Le monde déviant

Brice Milan

Le monde déviant

© 2025 Brice Milan

Édition : BoD · Books on Demand, 31 avenue Saint-Rémy, 57600 Forbach, bod@bod.fr

Impression : Libri Plureos GmbH, Friedensallee 273, 22763 Hamburg (Allemagne)

ISBN : 978-2-3225-3795-2

Dépôt légal : Avril 2025

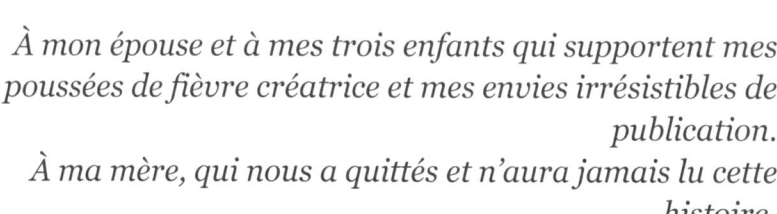

À mon épouse et à mes trois enfants qui supportent mes poussées de fièvre créatrice et mes envies irrésistibles de publication.
À ma mère, qui nous a quittés et n'aura jamais lu cette histoire.

1.

— Le monde s'incline à tes pieds... Sam Hartley.

Du dernier étage de la tour où ma société a élu domicile, je contemple la cité tentaculaire de New-Rop qui s'étend à l'infini. Une forêt inextricable de gratte-ciels colonise depuis plusieurs siècles les terres cultivables.

Comme un prolongement funeste de ces troncs de métal, de béton et de verre, des centaines de kilomètres de tuyaux et de câbles serpentent sous le sol : racines méprisables d'une civilisation arrogante !

Je tousse nerveusement en songeant que seuls émergent les sommets des buildings qui s'obstinent à briller sous le soleil déclinant de cette fin d'après-midi automnale. La pâleur de l'astre majeur de la galaxie est accentuée par le voile nauséabond de la pollution.

En posant ma main sur le triple vitrage, je ne peux me rendre compte de la fournaise qui règne à l'extérieur. La climatisation du bureau, poussée à son maximum, diffuse une fraîcheur trompeuse. En tant que directeur des ressources humaines, numéro deux d'une grande entreprise gouvernementale, ne suis-je pas en droit d'espérer les meilleures conditions de travail ?

Ma main droite, crispée autour de mon verre de whisky, n'est pas le gage d'une réponse sereine. En cette fin de journée maussade, je n'arrive pas à oublier qu'une tâche nécessaire, mais peu glorieuse, m'incombe.

Pour me donner du courage, je jette un coup d'œil au beau gosse qui prend la pose face au miroir. Malgré la quarantaine passée, des séances quotidiennes à la salle de musculation attenante et une hygiène de vie privilégiée m'ont préservé d'un vieillissement prématuré. Pourrissement, même. Les conditions d'existence à la surface de la Terre se sont considérablement dégradées. Les populations de miséreux qui s'entassent dans des quartiers nauséabonds, minées par les maladies et le taux élevé de chômage, tentent de survivre en dépit de la criminalité organisée autour du trafic des drogues de synthèse.

L'afflux de réfugiés climatiques vers l'hémisphère nord, les conséquences désastreuses des prises de position des gouvernements des principales puissances mondiales, ont accéléré la précarisation des plus démunis.

Les tours immenses érigées – orgueil des puissants de ce monde ! – sont devenues le refuge des nantis, membres du gouvernement compris. Je remercie chaque jour de mon existence mes parents, qui occupaient des postes importants dans cette société inégalitaire. Sans eux, je croupirais dans quelques bouges, ravagé par des maux innommables.

Je passe la main dans mes cheveux argentés. Cette spécificité capillaire est une des clés de mon succès auprès de la gent féminine. Voit-elle en moi un père rassurant ? Un patriarche en devenir ? Un futur mari plein aux as ?

Je ne me prends pas la tête en vaines explications, mais je profite sans vergogne de toutes les opportunités de coucher avec des femmes. Mes frasques sexuelles sont devenues légendaires dans le service. En tant que DRH, je bénéficie d'un atout supplémentaire pour satisfaire ma libido galopante.

Le bip dans mon oreillette m'indique que la personne convoquée est arrivée. Grâce au signal en provenance de mon cellulaire, je déverrouille la porte blindée de mon antre : on n'est jamais assez prudent. Le lourd battant métallique pivote silencieusement, et une frêle silhouette se dévoile.

— Bonjour, Maria. Merci d'être à l'heure. Entrez et prenez place.

Tout en m'installant sur le fauteuil à mon bureau, je désigne un sofa à mon employée, dont la taille basse a pour but de la mettre en position d'infériorité.

— Non. Je préfère rester debout.

Le timbre de sa voix est agressif, ce qui n'augure pas d'un entretien facile. La jeune femme, dont les formes suggestives m'ont séduit au premier regard, oppose à mon autorité hiérarchique une beauté hostile.

— Bien. C'est votre droit... Maria, je n'ai pas l'intention de tourner autour du pot. Des rumeurs circulent à votre sujet. Les plus insistantes affirment que vous êtes enceinte. J'ai besoin de savoir, car le règlement n'autorise pas une femme qui porte un enfant à poursuivre son activité salariale.

Je fais un effort pour continuer de fixer le visage hautain qui se décompose lentement. Les yeux noisette écarquillés, dont les cils s'affolent en de vains battements, renforcent l'impression de trouble qui émane de la jeune femme en face de moi. J'affectionne particulièrement sa chevelure sombre et épaisse, qui encadre un teint d'une pâleur subitement cadavérique.

— Tu... Vous ne pouvez pas faire ça.

Les lèvres qui ont murmuré ces mots ne me laissent pas indifférent. En d'autres circonstances, sa supplique m'aurait peut-être attendri, sauf que dans l'affaire présente, ma crédibilité professionnelle est en jeu. On ne badine pas avec les lois votées par le Parlement municipal.

— Maria, ne compliquez pas les choses. Je ne fais qu'appliquer le règlement, qui est le même dans toutes les entreprises.

Au moment où je m'y attends le moins, la jeune programmeuse fond en larmes, les mains recroquevillées contre sa poitrine. Je sais parfaitement qu'elle cherche du soutien dans la pièce austère, sans parvenir à en trouver, et tente de comprendre la sentence injuste.

— C'est le fruit de notre union qui grandit dans mon ventre. Tu n'oserais pas condamner à une mort certaine ta progéniture ?

Je me retiens de laisser exploser ma colère ! Quelle impudence de prétendre que quelques nuits passées avec elle pourrait me rendre responsable de sa grossesse...

— Rien ne prouve que je sois le père de cet enfant à venir, Maria. Vous prenez vos désirs pour des réalités !

À ces mots, elle franchit la limite tacite de mon bureau et s'approche du siège où je suis assis. Debout, elle me domine tout en me fixant attentivement, puis, sans me demander la permission, prend ma main gauche et la pose sur son ventre.

— Sens-le, sens combien ton fils aura besoin de toi !

Je la repousse, agacé. Cette folle raconte n'importe quoi. Et d'abord, comment sait-elle que c'est un garçon ?

— Oui, tu t'interroges. Cette certitude à propos du sexe du petit être qui se développe en moi. Je le sais... parce qu'il me l'a dit !

« Elle est possédée ! » m'inquiété-je. Cette femme doit être sous l'emprise de la drogue. De nos jours, c'est devenu tellement facile de s'en procurer grâce à la contrebande. Il faut que j'évite de la contrarier, sinon elle risque de déclarer une crise d'hystérie, ou pire, de commette des actes violents.

Je me lève en évitant toute brusquerie, non sans avoir au préalable discrètement appuyé sur l'application de mon portable pour alerter le service de sécurité.

— Je comprends. J'admire vos certitudes. Prenez place sur le sofa. Je vous sers un verre pour vous détendre ?

Maria recule ; un rictus de colère déforme sa bouche. Avant que je ne réagisse, elle pointe une arme sortie de nulle part, l'air buté.

— Tu n'as couché avec moi que pour satisfaire ton plaisir. Les promesses que tu m'as faites, les déclarations passionnées que tu as prononcées sur l'oreiller n'étaient que du vent, des mensonges ! Je te méprise. Tu ne mérites pas de vivre.

Au grand soulagement de ma vessie qui commençait à s'oublier, deux balèzes du service d'ordre font irruption dans mon bureau. Maria n'a pas le temps de presser sur la détente, qu'elle est foudroyée par une décharge électrique.

— Suspecte neutralisée ! annonce l'un des deux gars à l'intention de son cellulaire. Vous allez bien, Monsieur Hartley ?

Je ne voulais pas que notre relation se termine de cette manière, mais Maria n'aurait pas dû me menacer. Son licenciement ne fait plus aucun doute à présent. Après tout, je ne fais qu'appliquer à la lettre le règlement pour les femmes enceintes.

— Une pauv' naze, cette bonne femme. Son « Taser » n'était même pas chargé.

Les deux agents éclatent de rire, ce qui a le don de m'agacer. D'un geste nerveux, je leur signifie d'évacuer le corps évanoui.

Je ne peux me satisfaire de l'image que j'emporterai de Maria : un visage crispé sous l'effet de l'électrochoc.

Le soir même, une réception en l'honneur de mon beau-père est organisée au siège de la société CAL'GÈNE. Président-directeur général de la filiale « Recherche Génétique », monsieur Archibald Saint-Jones devrait recevoir la médaille du Mérite des mains du premier adjoint au maire en charge de la Santé.

J'aurais préféré décliner l'invitation, mais mon épouse, Margaret, a absolument tenu à venir. Fille unique pourvue d'une admiration sans bornes pour son paternel, rien ne l'aurait dissuadée de louper son sacre.

Depuis la mort de sa mère, les liens se sont resserrés entre ces deux-là. Alors, déjà qu'au début de notre mariage, Margaret me considérait comme un raté...

Je m'en fous. Archie était un ami de mon père. Ils avaient étudié ensemble à l'université quand celle-ci existait encore. Ce mariage arrangé faisait mon affaire. L'unique rejeton de la famille Saint-Jones n'est pas une gravure de mode, mais elle a le mérite d'être pleine aux as.

— Il est vraiment formidable, ce type ! s'exclame une copine de Margaret assise à notre table.

Pas vraiment baisable. Je lui décerne une note de 3/10 au maximum. Je m'emmerde tellement que tout est bon pour me distraire et ne plus penser à l'incident de cette après-midi.

Je tente d'oublier l'expression chargée de reproches ancrée dans le regard de Maria. J'ai fait l'amour avec elle plusieurs fois, toujours avec bonheur, portés tous deux par un élan passionnel et une véritable tendresse que je ne saurais définir. Une belle femme, différente des autres employées de la compagnie, manifestement peu intéressée par ma position sociale. Pourquoi fallait-il que cette conne tombe enceinte ?

Les discours interminables des personnalités se succèdent les uns après les autres. Je noie dans des coupes de champagne synthétique mon ennui. Margaret ne remarque même pas mon désintérêt croissant pour la soirée, trop occupée à contempler son grand homme de père, les yeux brillants d'admiration.

À un moment, la nausée me gagne et je prétexte un besoin naturel pour fuir la salle de réception. Les vomissements dans les chiottes ne calment pas les maux les plus profonds. Je m'assois sur le carrelage, à côté du lavabo. Puis, je ferme les yeux en essayant de ne plus penser à Maria... J'ai beau tenté de l'oublier, mais je l'ai bel et bien condamnée au bannissement dans les strates inférieures de la société.

2.

Un gouffre sombre et humide m'attire inéluctablement. Je cherche à éviter la chute, mais quelque chose m'oblige à sauter dans le vide. Je glisse interminablement dans un long tube intestinal dont les parois visqueuses sont recouvertes de mousse. Je n'ose imaginer leur pouvoir de contagion. Enfin, une issue apparaît, mais c'est pour mieux me jeter dans une gigantesque toile d'araignée. À demi nu au pied du lit, je me réveille avec un mal de crâne carabiné.

Depuis le début de notre mariage, Margaret et moi faisons chambre à part. D'après ma chère et tendre épouse, mes ronflements l'empêcheraient de dormir. Mesquinement, je préfère imaginer qu'elle s'adonne à des plaisirs solitaires, voire saphiques.

Quoi qu'il en soit, cette situation m'arrange. De cette manière, je n'ai pas de compte à lui rendre. La tête en vrac, je me traîne piteusement jusqu'à la salle d'eau pour me soulager. Ensuite, juché sur le receveur qui me nettoie à l'aide de jets de vapeur, je m'adonne à ce luxe sans honte, malgré la période où l'eau est tellement précieuse.

Année 2130 : voilà soixante-dix ans que le climat est complètement détraqué. Inexorablement, le compte à rebours pour la planète Terre avait commencé dès le début de l'ère industrielle au XXe siècle. Plus d'un siècle plus tard, l'humanité a pris conscience trop tard des dommages irréversibles causés par la surexploitation des ressources terrestres. Un peu partout, la température a augmenté sur le globe et les populations de l'hémisphère sud, souvent plus vulnérables, n'ont eu d'autre choix que de migrer vers le nord. Par peur d'un afflux incontrôlable, les gouvernements des grandes puissances économiques ont décrété le blocus afin de verrouiller les frontières de leurs pays, au mépris de la solidarité et des accords de collaboration internationale.

Progressivement, les mégapoles ont acquis une indépendance croissante, tant économique que militaire, à grand renfort de taxes et de nouveaux impôts. À présent, chaque municipalité se targue de disposer d'une milice défensive. Bien évidemment, toutes ces mesures ont accentué la précarisation des classes les plus pauvres, prélude au déclenchement d'émeutes gigantesques aux quatre coins du monde. Malheureusement, sans unité entre les différents mouvements de contestation, les gouverneurs des mégacités n'ont aucun mal à contenir ces foules désespérées en recourant à la violence.

Depuis, des millions de sans-abri errent le long des artères polluées, abandonnés par les autorités. Les gangs font régner une loi sanglante parmi les couches inférieures de la société, que des médias à la solde du pouvoir ont baptisées les *Infernus*. Au pied des gratte-ciels aux vitres fumées, grouille une faune qui n'attend que l'occasion de mettre à sac les symboles d'un capitalisme dépassé, sourd et aveugle aux revendications des plus démunis.

En finissant de me sécher à l'air pulsé, je me satisfais d'une situation où le confort perdure. Depuis longtemps, je me suis fixé une règle d'or : éviter de regarder les informations diffusées en boucle. Elles ne montrent que des reportages alarmants de populations en colère qui manifestent. Ces rassemblements se terminent inéluctablement par des d'affrontements avec des milices suréquipées, en face desquelles les armes dérisoires de pauvres hères ne peuvent rivaliser.

— On m'a dit que tu as licencié une jeune informaticienne, une certaine Maria Shakirova...

Quand mon beau-père débute une phrase sans avoir l'air d'y toucher, j'essaie de ne pas trop mentir. Margaret lève distraitement la tête de ses œufs brouillés, puis bâille à s'en décrocher la mâchoire.

— Vous êtes toujours très bien informé, Archie. J'ai effectivement dû me séparer d'une collaboratrice qui a tenté de nous dissimuler sa grossesse.

Margaret fait « Oh ! » d'un air désolé. Envisager de mettre au monde un enfant pour mon épouse s'apparente à une mission impossible.

— Certes, mon gendre, la loi ne badine pas à ce sujet. Une femme porteuse d'un fœtus ne peut assurer convenablement un emploi. La productivité demeure la clé de la réussite. En ces temps troublés, chaque employé déficient doit être écarté.

Parfois, j'ai l'impression d'entendre un de ces juges qui interprètent les textes de loi en faveur des politiques. Néanmoins, je ne suis pas dupe : l'homme courtaud au regard myope et au sourire mielleux, en train de beurrer sa tartine en face de moi, ne doit pas être sous-estimé. De plus, le fait que la mère de Margaret ait failli mourir en mettant sa fille au monde, n'améliore pas l'image des parturientes aux yeux de mon beau-père.

— Quel âge a-t-elle ? Trente, trente-deux ans ? Dommage de sacrifier à cause d'une naissance une jeune et jolie programmeuse. Douée, en plus, si je ne m'abuse...

À son regard torve, je comprends qu'il est au courant de ma liaison avec Maria... et sans doute des autres aussi. Pourtant, je ne ressens aucune crainte dans l'immédiat. Ces secrets inavouables resteront bien gardés par ce brave monsieur Saint-Jones, qui sait pouvoir les utiliser comme moyens de pression, lorsque le besoin s'en fera sentir. Nous échangeons un sourire complice qui ne trompe personne, excepté Margaret, occupée à déshabiller du regard son père.

— J'admets que tu as eu raison de t'en débarrasser. Je connais son dossier : un demi-frère, brillant mathématicien, mais anarchiste. Il a été arrêté, puis transféré aux niveaux inférieurs avec ceux de son espèce et tous les autres dont il voulait défendre la cause. Qui sait ? Les deux exilés se retrouveront peut-être.

J'ignore comment le « Saint » homme a eu vent de ces détails dont j'avais déjà oublié l'existence. Son petit-déjeuner englouti, Archie prend congé au motif que des affaires importantes requièrent sa présence. Sa fille chérie s'empresse de le suivre, tel un toutou bien dressé. Lorsque j'observe le visage de l'homme qui se reflète à la surface du liquide noirâtre, j'ai parfois l'impression de découvrir en face de moi un inconnu, noyé dans le bol de café.

La journée au bureau laisse peu de loisir pour ressasser les événements de la veille. En cette période de pénurie de personnel compétent, le service des ressources humaines est en ébullition. Le départ forcé de Maria entraîne une restructuration : un vrai casse-tête pour trouver un remplaçant digne de ce nom. Je passe plusieurs heures à auditionner des candidats, tous plus décevants les uns que les autres. Faute de mieux, je sélectionne un fils à papa, dont le père est un ami intime d'Archie. Le carnet d'adresses familial ne suffira certainement pas à masquer les lacunes du fiston. Néanmoins, je couvre mes arrières.

Il est 18h30 et j'en ai plein les bottes. Avant de partir, Angie, ma nouvelle secrétaire, vient me signaler un dossier qu'elle a transféré sur mon portable personnel. Elle quitte la pièce en tortillant du cul, et si je ne venais pas de sortir d'une histoire compliquée, j'aurais volontiers croqué la pomme défendue.

L'objet du message consultable sur mon cellulaire est énigmatique : « EM-V2 », son corps de texte illisible. Je maudis une fois de plus les erreurs d'encodage quand Angie m'appelle sur ma ligne professionnelle.

— Monsieur Hartley, désolée de vous déranger encore. Je me suis trompée. Le dernier mail que j'ai envoyé ne vous était pas destiné.

— Pas de problème, Miss Temple ! Vous en serez quitte pour un dîner aux chandelles à la date qui vous conviendra.

Elle bredouille des excuses, mais je sens à sa voix que j'ai ferré le poisson. Un des avantages de ma position est d'avoir la main mise sur la carrière des employés, et en particulier celle du personnel féminin.

Sam, mon cochon, tu vas bientôt accrocher une nouvelle prise à ton tableau de chasse.

Angie avance d'un pas nerveux le long des couloirs faiblement éclairés. Les restrictions d'électricité obligent les entreprises à réduire la lumière après dix-huit heures, Au passage, elles engrangent des bénéfices non négligeables. Aucune société ne lésine sur les économies ! Les employés du service de nettoyage sont déjà entrés en action. Pour la plupart, ils sont originaires de la rue et travaillent jusqu'à l'aube, en échange d'un salaire misérable. Tous acceptent d'être exploités, plutôt que de retourner vivre aux *Infernus*. À l'évocation de ce nom, Angie frissonne. La personne qui l'a embauchée, sans passer par le DRH, avait besoin de discrétion. Pourtant, elle lui a offert une occasion inespérée de conserver un niveau social respectable.

Une porte d'ascenseur s'ouvre tandis qu'elle tourne à l'angle du corridor. Un homme attend, immobile. Il porte des lunettes de soleil. Angie hésite, mais après tout, des caméras filment tous leurs mouvements.

— Quel étage ? demande l'inconnu.

Sa voix est agréable. Il est habillé de vêtements de marque et son visage hâlé témoigne de séances de bronzage UV : un luxe inouï en cette période troublée. Elle répond en indiquant un faux numéro, pour ne pas prendre de risques. Beaucoup d'hommes ne voient en elle que la blonde platine idéale. Ses formes généreuses ne lui sont d'aucune aide pour décourager les avances masculines. L'aggravation des problèmes climatiques a entraîné l'accélération du dérèglement des mœurs. Le statut de la femme a considérablement régressé. La loi qui oblige les femmes enceintes à arrêter de travailler est profondément injuste. Angie a payé un prix exorbitant pour se faire opérer par un chirurgien, afin qu'elle ne puisse plus concevoir d'enfant. Le sacrifice était énorme, mais il en valait la peine : finir aux pieds des buildings condamne à une mort rapide.

La porte de l'ascenseur s'ouvre lentement. Tandis qu'elle sort en tentant de dissimuler son inquiétude, elle ressent dans son dos le regard inquisiteur de l'autre passager.

— Ce n'est pas très gentil de ne pas me faire confiance. Vous et moi savons que votre appartement ne se trouve pas à cet étage.

Affolée, Angie se tourne et effleure l'écran de contrôle pour obliger l'ascenseur à repartir. Avant que la porte ne se referme, l'homme se glisse à l'extérieur de l'appareil élévateur et s'avance dans sa direction.

— Nous avons tellement de choses à nous dire, Madame Temple.

3.

Finalement, je suis parti tard du bureau. Ce message illisible et l'air affolé de ma secrétaire m'ont perturbé. Par sécurité, j'ai fait une copie du fichier attaché sur la micropuce implantée dans mon poignet droit.

La lassitude a eu raison de mes questionnements, d'autant plus qu'Angie a quitté son poste depuis longtemps. Ce n'est pas la première fois que je sors en dernier du service. Après tout, je n'en suis pas le chef pour rien.

Déjà vingt heures ! La faim me tenaille. Rentrer au foyer directement ne satisfera pas mon appétit... tous mes appétits ! Heureusement, je connais une adresse où on est toujours le bienvenu : chez Valkyrie Vassily.

Cette prostituée offre ses charmes aux cadres supérieurs qui n'ont pas le temps de chercher des partenaires. Mais surtout, elle est une cuisinière hors pair. Je ne veux pas finir ma soirée seul devant un plat d'aliments déshydratés, Margaret coincée dans le salon en train de regarder une ancienne série à succès diffusée une énième fois.

Préserver un cadre de vie luxueux entraîne des contreparties. La solitude en est une. Depuis la disparition tragique de mes parents, j'aurais pu sombrer dans la dépression.

Après tout, la plupart des locataires des grandes tours sont au bord du suicide. À dix ans, perdre les deux êtres les plus chers de ma putain d'existence, ça fait beaucoup. Sans le soutien inattendu du père Saint-Jones qui cherchait à caser sa fille, j'aurais dégringolé les échelons sociaux en même temps que les étages des gratte-ciels.

Je ne sais toujours pas comment mes parents sont morts, car l'enquête policière n'a pas abouti. Une chose est certaine : lorsque, ce soir de novembre 2100, je suis rentré au domicile familial, monsieur et madame Hartley avaient disparu.

« Arrête de broyer volontairement du noir ! » Le passé est le passé, et l'avenir sur Terre est encore plus sombre. Mieux vaut se raccrocher à l'instant présent. « *Carpe diem* ».

L'ascenseur s'ouvre à l'étage désiré. La sentinelle sur le pas de la porte scanne mon poignet pour vérifier mon identité. Valkyrie bénéficie de protecteurs discrets, dont la plupart sont des clients.

— OK ! Vous pouvez rentrer, confirme le colosse muni de lunettes infrarouges.

Les éclairages s'éteignent définitivement dans les couloirs après vingt-deux heures. Seules des lampes de secours évitent la pénombre totale.

À l'intérieur de l'appartement, lumière tamisée et musique d'ambiance accueillent les habitués. L'odeur d'encens renforce l'impression irréelle de sérénité. Un étroit couloir aboutit au living-room, où plusieurs personnes discutent à voix basse.

Notre hôtesse, vêtue d'un déshabillé vert pâle, papillonne entre les différents groupes. Valkyrie a adopté une perruque de couleur assortie à sa tenue. Sa silhouette androgyne satisfait les hommes comme les femmes.

— Bonsoir, Sam. Soirée sinistre en perspective ?

Mes déboires conjugaux ne sont plus un secret pour personne, excepté mon épouse. Sans me donner la peine de répondre ni de saluer les autres clients, je m'affale sur un fauteuil orphelin. Valkyrie me tend un plateau, sur lequel un verre d'alcool prohibé monte la garde devant une assiette de pâtes faites maison (comment s'est-elle procuré la farine et les œufs ?), puis pose son joli postérieur sur un des accoudoirs.

— Allons, pauvre mari délaissé… Raconte-moi tes malheurs.

Je serre le récipient entre mes doigts, imaginant m'agripper au cou de Margaret. Puis, comme à chacune de mes visites, je déballe ce que j'ai sur le cœur.

Parmi les clients attablés, un homme observe la scène attentivement. Malgré la faible luminosité dans la pièce, il n'a pas retiré ses lunettes de soleil.

L'odeur entêtante de parfums exotiques se mêle à celle de l'alcool, tandis que le corps de Valkyrie s'enroule lascivement autour du mien. Je suis familier de ses chorégraphies parfaitement orchestrées, de cette mécanique bien huilée. À mes caresses sur ses fesses musclées, la call-girl réagit par des soupirs professionnels.

Impatient, je dénoue la liane de nos corps, l'obligeant à s'allonger sur le ventre. Je sens qu'elle s'ouvre telle une huître, prête à recevoir l'offrande de ma verge. Grisé par la boisson, j'imagine une autre voie pour trouver mon plaisir. La putain se cabre en protestant que cette option ne figure pas dans mon contrat.

En bon cadre dynamique, je tente un passage en force, mais Valkyrie résiste. Plutôt que de m'entêter, je pénètre rageusement le vagin offert. Peu surprise, la prostituée accompagne d'un balancement du bassin mes va-et-vient brutaux.

Rapidement, les mouvements de nos corps s'harmonisent et des gémissements s'élèvent. L'alchimie des rapports sexuels opère : deux êtres que tout sépare jouent la même partition, celle de la recherche du plaisir.

Je flotte dans des vapeurs éthyliques, décidé à sombrer dans un océan d'alcool. Les soucis des jours passés larguent les amarres sur un lac trouble. Les difficultés quotidiennes à l'extérieur des immenses tours ne sont que des légendes.

Des vagues de plaisir vont et viennent dans un brouillard irréel. Peu importe le corps de femme que je possède, seule l'union charnelle a sa raison d'être. La sensation de ne faire qu'un avec ma partenaire me rapproche de l'orgasme.

Un instant, le visage de Maria et celui de Valkyrie se superposent. Triste et mélancolique, cette brève apparition met un terme à nos ébats. La marchande d'amour a compris que sa prestation était terminée. Attendue par d'autres clients, elle quitte le lit défait et m'abandonne à la solitude.

Rassasié et fatigué, j'attends que les battements de mon cœur retrouvent un rythme normal. La vision de mon ancienne employée a refroidi mes ardeurs. Un fragment de remords se glisserait-il dans mon inconscient ?

Je tente de chasser les images des ombres livrées à la violence des *Infernus*. Les conditions météorologiques extrêmes, le taux anormalement élevé de dioxyde de carbone, les bandes rivales qui s'affrontent laissent peu de chances de survie à un résident à l'extérieur.

Même si Maria réussit à se dissimuler dans un abri de fortune, comment se procurera-t-elle de quoi manger et boire ? L'enfant qu'elle porte deviendra un fardeau pour échapper à sa condition.

Merde ! Pourquoi je me prends la tête ? Je ne suis pas venu dans ce lupanar dilapider un mois de salaire pour ressasser mes états d'âme. Ma spécialité quotidienne, broyer du noir, n'a pas besoin de s'exporter.

Une bouteille de whisky à moitié pleine, opportunément oubliée par Valkyrie dans la chambre, tombe à pic. Je bois cul sec l'ersatz de boisson. Les fresques suggestives au plafond s'animent et des corps enchevêtrés copulent frénétiquement.

Rapidement, ma vue se brouille et je tombe dans le puits d'alcool ingurgité. Pendant ma chute d'ivrogne, je croise deux lueurs sombres et des mains expertes qui fouillent mon âme.

Un gouffre sans fond m'aspire sans répit, me digère dans l'indifférence générale. Un rire sardonique résonne et des milliers de lucioles radioactives explosent.

Lorsqu'enfin je refais surface, Valkyrie me tend un verre rempli d'un liquide blanchâtre.

— Bois ! Tu as déliré une partie de la nuit. L'aube va bientôt pointer son nez. Tu dois rentrer au bercail.

Elle pose le remède sur la table de nuit sans plus d'explications. Cette femme possède un cœur en titane pour supporter le défilé de pauvres mecs tels que moi.

Tout en avalant à contrecœur le breuvage amer, je découvre mon portefeuille ouvert, posé à l'envers sur le carrelage. Malgré ma mémoire défaillante, je me souviens l'avoir rangé dans la poche intérieure de ma veste.

4.

Après un bref passage au foyer, où Margaret ne s'offusque pas de mon teint cireux, je me change sans prendre le temps de me laver, m'aspergeant d'un parfum synthétique aux notes poivrées, puis je me sauve en déposant un œillet fané sur la table de la cuisine. La routine, quoi !

Dans l'ascenseur qui mène à l'étage « Entreprises », je me demande si j'ai rêvé pendant mon *bad trip* ou si quelqu'un est bien entré dans la chambre. Sans doute Valkyrie est venue s'assurer que j'allais bien. Une chose est certaine : son professionnalisme lui interdit de mettre le nez dans les affaires de ses clients – au sens propre, pas figuré.

Je m'aperçois que les autres personnes qui empruntent l'ascenseur me fixent avec insistance. J'ai donc une gueule de bois si visible ? Les sourires condescendants n'augurent rien de bon. Tous les services de la boîte seront rapidement au courant de mes frasques. Bref, encore une fois : la routine !

Soudain, l'écran dans la cabine diffuse les images d'un meurtre et le corps ensanglanté d'une jeune femme est montré. Les médias ne reculent devant rien pour choquer les spectateurs. Le cadreur s'attarde sur un gros plan du visage déformé par la terreur.

Mon cœur s'arrête de battre : Angie Temple, ma nouvelle secrétaire, gît dans une mare de sang ! Les gens autour de moi expriment leurs condoléances, sans que je sache quoi répondre.

Parvenu à mon lieu de travail, je découvre des policiers en uniforme qui quadrillent les locaux. Un grand balèze, la coupe en brosse et la moustache soignée, vient à ma rencontre.

— Lieutenant Cooper. Je suis chargé de l'enquête sur l'homicide de votre assistante. Je peux vous parler en toute discrétion ?

Je désigne mon bureau, mais plusieurs agents sont déjà en train de fouiller et d'effectuer des prélèvements.

— Hé ! Vous auriez pu me demander avant.

Le flic me toise comme si je plaisantais. De guerre lasse, je désigne la salle de convivialité. Les quelques personnes qui discutaient s'esquivent dès l'entrée de notre duo disparate.

— Je viens d'apprendre la terrible nouvelle au journal télévisé. Savez-vous ce qu'il s'est passé ?

Le lieutenant Cooper ne répond pas tout de suite. Il m'examine attentivement, comme si j'étais un suspect potentiel. Une jeunesse dorée, des parents partis trop tôt, ensuite, un mariage arrangé, une vie de nanti, un emploi sur mesure, des conquêtes faciles... Bref, le portrait parfait du type qui croit que tout lui est permis.

— Lieutenant, ce n'est pas un interrogatoire. Cessez ce jeu stupide. Je n'ai rien à me reprocher...

Un nouveau silence fait écho à mes protestations. En y réfléchissant bien, tout le monde a quelque chose à se reprocher. Mon comportement est loin d'être exemplaire, mes collègues de travail me jalousent et ma belle-famille me méprise.

Sans chercher longtemps, la police comblera les zones d'ombre de mon existence.

— Monsieur Hartley, un meurtre n'a rien d'un divertissement. Le tueur court toujours et je voudrais éviter d'autres victimes. Alors, ou vous coopérez, ou je vous place en garde à vue sur-le-champ.

Je connais la loi : les conditions qui régissent la procédure judiciaire ont été considérablement durcies. Pour faire simple, un officier de police peut décider de coller un suspect dans une cellule électronique aussi longtemps qu'il le désire.

— Ne nous énervons pas, lieutenant. Vous devez connaître l'identité de l'assassin, des caméras vidéo filment un peu partout.

Cette fois, le policier remballe son arrogance. Il cherche ses mots, visiblement peu enclin à se justifier :

— Les enregistrements à l'heure du crime ont été effacés. Du travail de pro. Il faut pouvoir accéder au serveur du centre de données. Nos informaticiens sont sur le coup. Le salopard qui a tué sauvagement votre secrétaire a bénéficié de complicité au plus haut niveau.

Malgré mon statut de directeur des ressources humaines, je m'assois, les jambes flageolantes. Je propose néanmoins un café au lieutenant, qui décline mon offre. Je me sers un double expresso.

— Quand vous dites au plus haut niveau, vous parlez du gouverneur ?

Sans bouger d'un pouce, Cooper cligne plusieurs fois des yeux. En d'autres temps, j'aurais trouvé son acquiescement ridicule si la crainte d'être surveillé ne me tiraillait le bide.

— Avez-vous des pistes ? Un tel massacre laisse forcément des traces.

Secouant négativement la tête, l'officier de police s'appuie contre la porte fermée.

— Excepté autour du cadavre, les services de nettoyage ont fait place nette avec un peu trop de zèle, me semble-t-il.

Je comprends que ce type voit des complots partout. L'époque troublée dans laquelle l'humanité se débat favorise les pots-de-vin. Beaucoup sont prêts à vendre père et mère en échange d'une promesse de ne pas finir aux pieds des buildings. La loyauté s'achète aussi facilement qu'un faux témoignage.

Le monde a basculé dans le chaos et la classe dirigeante, dans la débauche.

— Où étiez-vous à l'heure du crime, la nuit dernière ?

Enfin une question à laquelle je peux aisément répondre. Un sourire entendu aux lèvres, le lieutenant note l'adresse, comme s'il ne la connaissait pas. Il m'indique qu'il enverra un de ses hommes vérifier mon alibi, puis prend congé.

Lorsque je me retrouve enfin seul dans mon bureau, j'essaie de repenser à mes agissements la veille. Avec désespoir, je me souviens avoir invité à dîner la pauvre Angie. Dommage qu'elle ait refusé le soir de sa rencontre avec un destin macabre.

Le seul autre fait marquant de la journée est lié à ce message crypté qui ne m'était pas adressé. Mes poils se hérissent en songeant que, peut-être, ma secrétaire est morte à cause d'une erreur d'adressage.

Pourtant, mon angoisse augmente quand je réalise que le fichier attaché au mail reste en ma possession. Si le tueur l'apprend, je ne ferai pas de vieux os. Pourquoi n'ai-je pas informé le lieutenant de cette piste éventuelle ?

Considérant le caractère suspicieux de Cooper, ce lien entre la victime et moi me conduirait tout droit en prison. Je dois réfléchir avant d'agir, prendre conseil. À mon grand regret, la seule personne susceptible de m'aider se nomme Archibald Saint-Jones, mon foutu beau-père.

Je tente de me concentrer sur des dossiers en attendant la fin de la journée. Une de mes assistantes m'appelle sur mon cellulaire, la voix brisée, pour me signaler qu'un conseiller du gouverneur veut me rencontrer.

Intrigué, j'accepte de le recevoir. L'homme est introduit par la secrétaire intérimaire aux yeux rougis.

— Bonjour, Monsieur Hartley. Je ne crois pas que nous nous connaissions. Mon nom est Bavers, Tom Bavers.

Vêtu de manière très élégante d'un complet dernier cri malgré la déroute de l'industrie textile, il s'avance avec assurance, la main tendue. Je la serre mollement, impatient de savoir ce qui justifie la visite de ce personnage.

Sans demander la permission, il prend une chaise libre et s'assoit à côté de moi.

— Je suis missionné par l'équipe du gouverneur Farwell. Il est important que vous entendiez la requête dont je veux vous faire part.

Le conseiller examine avec attention la pièce avant de poursuivre, comme pour s'assurer de l'absence de mouchard.

— Avant sa disparition tragique, votre secrétaire vous a transmis un message qui ne vous était pas destiné. Je vous demande de le détruire et d'oublier son existence. J'insiste sur ce dernier point.

Je suis persuadé que ce mail a tué Angie. Si les politiques s'en mêlent, l'affaire doit être importante.

— Je le ferai... Rendre service au gouverneur est un devoir.

— Nul besoin d'attendre. Procédez immédiatement.

J'obtempère. Mieux vaut éviter de poser des questions. Tom Bavers m'observe, tandis que j'efface le message de ma boîte mail.

— Avez-vous conservé une copie sur une autre unité de stockage ? Par exemple, votre micropuce personnelle ?

L'enfoiré est bien informé ! Mentir risque de m'attirer de gros ennuis, mais j'ai besoin de savoir ce qui a justifié la mort d'une innocente.

— Je ne mélange jamais vie professionnelle et vie privée.

Mon visiteur me fixe avec un air inquisiteur. S'il n'est pas muni d'un mandat délivré par un juge, rien ne m'oblige à lui donner accès à mes informations personnelles.

— Bien, déclare-t-il en soupirant. Le gouverneur a besoin de collaborateurs en qui il peut avoir confiance.

Sans attendre, Tom Bavers se lève, me salue poliment et s'éloigne d'un pas rapide. Après son départ, la nervosité me gagne. J'ai pris un risque inutile en dissimulant ma copie du message.

Si je n'y prends pas garde, je risque de me retrouver pris entre un meurtrier et les agents de la police spéciale du gouverneur. Ces « Cleaners » ont une sale réputation : insensibles à la pitié, surentraînés, suréquipés et assassins infaillibles si la mission l'exige.

Heureusement, mon beau-père adoré m'aidera à déjouer tous ces pièges...

Les événements s'enchaînent à une vitesse folle. Dehors, des millions de personnes luttent pour survivre, pendant qu'à l'abri des tours géantes, une poignée de privilégiés se dispute les restes du pouvoir.

Je suis spectateur face à cette lutte des puissants. La conservation de mon niveau social reste le premier objectif. J'espère ne pas être emporté dans un tourbillon qui me submergera.

La situation est délicate, mais en jouant serré, la partie peut s'avérer payante. L'information que je détiens vaudra un joli petit pactole monnayable en temps voulu. J'ai des atouts dans ma manche : il suffit de savoir s'en servir.

5.

Le lendemain, Archie accepte un déjeuner en tête à tête, malgré une réponse laconique à mon texto. Qu'importe ! Il y a urgence à recueillir son avis. Le vieil homme ne m'a jamais apprécié, mais il me doit une fière chandelle. Avoir accepté d'épouser sa fille tient du sacerdoce !

Attablé dans un coin de la grande salle du restaurant d'entreprise, j'évite de croiser le regard de mes collègues de travail. Ceux qui sont venus prendre de mes nouvelles se comptent sur les doigts d'une main.

Ma santé mentale n'inquiète pas grand monde. Au contraire, nombre de ces soi-disant amis espèrent que je craque pour briguer mon poste. Plutôt que de développer la solidarité, les aléas du monde ont accru l'individualisme, l'opportunisme et le culte de la personnalité.

Je ne le sais que trop bien : j'en suis le parfait exemple !

— Ça va, mon gendre ? Tu tiens le coup ?

Plongé dans mes pensées, je ne me suis pas rendu compte de la présence du père Saint-Jones. Ses petits yeux perçants traquent les signes de faiblesse sur mon visage. Ses doigts manucurés tapotent nerveusement la nappe en papier.

— Je prends sur moi, Archie. Mourir de cette façon est vraiment une chose horrible.

— Il ne faut le souhaiter à personne, renchérit-il. Parfois, la prudence est préférable.

Crois-je déceler une menace dans ses propos ? Comment peut-il proférer de telles inepties ? Angie n'a pas mérité le sort qu'un tueur psychopathe lui a réservé.

— Je la connaissais depuis peu, mais j'appréciais sa façon de travailler. Elle était hyper professionnelle.

Mon vis-à-vis hoche la tête d'un air détaché. Fichu bonhomme ! Il n'en a rien à foutre de cet assassinat.

— Tu voulais me parler d'autre chose ? J'ai peu de temps disponible, une réunion dans quelques minutes...

Je me retiens de le gifler. Cet enfoiré ne prend même pas la peine de dissimuler son indifférence. J'ai soudain envie de lui retourner la table sur la tête, de quitter cet endroit rempli d'hypocrites, d'arrivistes...

— Je réfléchis... Si ma secrétaire a été sauvagement assassinée, c'est peut-être parce qu'elle savait quelque chose...

— Par exemple, des informations dont elle n'aurait pas dû être au courant ?

Soudain moins pressé de partir, mon beau-père adopte un ton qui ne présage rien de bon. Avec son carnet d'adresses, il doit savoir exactement ce qu'a tenté d'obtenir le criminel. Une boule dans le ventre m'avertit de ne pas lui confier toute l'histoire.

— Supposons, et ce n'est qu'une supposition, qu'Angie ait eu accès *par erreur* à des données top secrètes. Pourquoi nos dirigeants enverraient-ils un tueur faire le sale boulot ? Le gouverneur dispose de polices spéciales très efficaces et, surtout, plus discrètes.

— Un point pour toi, mon gendre. Dans un cas similaire, le pouvoir en place agirait dans l'ombre. Je partage ton point de vue pour une fois : l'assassinat de ta secrétaire n'a pas été commandité par le gouverneur ou ses sbires.

En d'autres circonstances, je me serais réjoui du compliment d'Archie. Qu'il soit d'accord avec ma vision des choses n'est jamais arrivé en dix ans de mariage avec sa fille !

— Merci. Malheureusement, le mystère autour de ce crime s'épaissit. Je n'ai pas la prétention de posséder les qualités d'un Sherlock Holmes pour élucider l'affaire. D'après vous, dois-je faire part aux flics de mes soupçons ?

Le rusé bonhomme déguste son café pour jouer la montre. Ses yeux fouillent dans mon âme comme un clochard fouillerait dans une poubelle.

— Sam, un conseil de vieux singe à qui on n'apprend pas à faire la grimace : collabore avec la police plutôt que de tenter de mener ta propre enquête.

Sans attendre mes arguments, il quitte la table, non sans avaler les dernières gouttes de son café. Je n'ai pas beaucoup avancé après ce déjeuner mitigé.

La suite de ma journée ressemble à celle de la veille. La police scientifique procède à un tas de prélèvements dans les locaux de la boîte, particulièrement dans mon bureau et celui d'Angie. Malgré la confirmation de l'alibi par Valkyrie, l'inspecteur tourne autour de moi comme un vautour.

Versatile, la classe dirigeante réclame un coupable rapidement. Je décide de me rendre en fin de soirée à l'appartement d'Angie. Même si les flics en ont interdit l'accès, j'ai la conviction qu'un détail leur aura échappé.

Vers dix-huit heures, lassé du défilé d'agents de police, je quitte le boulot, ma veste négligemment jetée sur l'épaule. Après consultation de son dossier, mon ancienne secrétaire loge dans un modeste appartement, une trentaine d'étages plus bas. Lorsque la porte de l'ascenseur s'ouvre, je suis déconcerté par le silence qui règne.

Depuis l'agitation médiatique qui a suivi l'annonce de la découverte du corps, j'étais persuadé que des nuées de journalistes camperaient sur le palier de son appartement. Logiquement, un périmètre de sécurité a été délimité pour empêcher les curieux d'approcher.

L'absence de policiers ou de vigiles me choque aussitôt : personne pour monter la garde devant le domicile de la défunte. Et quand je ne dis personne, c'est vraiment personne !

Vaguement stressé, j'enjambe le ruban de signalisation, conscient que quiconque un tant soit peu intelligent ne s'y risquerait pas. Je n'ai jamais mis les pieds sur une scène de crime. Enhardi par le manque de réaction policière, je m'aventure jusqu'au pas de la porte.

L'entrebâillement indique qu'elle est ouverte ! Pire, je discerne des crissements à l'intérieur de l'appartement. Comme dans un mauvais rêve, je pousse le battant et me dirige vers la source du bruit.

Ma décision est complètement irrationnelle. Je sais pertinemment que rebrousser chemin et alerter le lieutenant Cooper seraient la meilleure solution. Je ne connais pas la disposition des lieux, mais des bris de verre ou d'autres objets me guident.

Pour ne rien arranger, le logement est plongé dans l'obscurité. Heureusement, mon cellulaire fait office de lampe de poche. Quel mauvais coup du sort m'incite à poursuivre ? Les sons qui provenaient d'une pièce au fond de l'appartement se sont tus.

Putain ! Qu'est-ce que je fous chez une morte ?

— Bonsoir, Monsieur Hartley.

Je fais un bond en entendant la voix aux accents cauteleux dans mon dos. À regret, je me retourne : le cauchemar dans la chambre chez Valkyrie était prémonitoire !

Un homme bronzé, plutôt trapu et au cou de taureau me dévisage avec une allure de fauve. Malgré la pénombre, il porte une paire de lunettes noires.

— Qui... Qui êtes-vous et que faites-vous là ?

— Je pourrais vous retourner la question, Monsieur Hartley. Qu'est-ce qui pousse un DRH à s'introduire sur mon territoire de chasse ?

Ce type est glaçant... C'est l'assassin de ma secrétaire ! Il me connaît et moi non. Son calme inquiétant accroît la terreur qui s'empare de moi. Je dois gagner du temps, tenter de le surprendre. En une fraction de seconde, je décide de jouer cartes sur table.

— Je n'ai pas tué Angie Temple, moi !

Son rictus de fierté ne trompe pas : il prend très au sérieux son rôle de psychopathe. Je me suis jeté volontairement dans la gueule du loup.

Avec une lenteur calculée, il extirpe un couteau à la lame aiguisée de derrière sa ceinture. L'arme blanche est loin d'être un simple couteau de cuisine, le métal étincelant attire mystérieusement les reflets de l'astre lunaire. Une angoisse sourde me tenaille, sans que je puisse réellement deviner son regard qui sonde mon âme. Les yeux écarquillés, je l'observe avec inquiétude s'amuser à jouer avec la lame de son couteau, dont le tintement sonore emplit le silence de l'appartement.

— Je vous trouve bien présomptueux, Monsieur Hartley, de vous aventurer seul et sans arme en ce lieu… Mais c'est tant mieux. Vous m'évitez de venir à votre domicile récupérer ce qui ne vous appartient pas.

S'il était tombé nez à nez avec Margaret, je n'ose imaginer la réaction de ce monstre. Il faut que je fasse quelque chose avant qu'il ne passe à l'acte.

L'autre affreux, les lunettes de soleil vissées sur son nez, ne paraît pas incommodé par le manque de lumière. Faisant glisser la lame sur son poignet, il affiche un sourire satisfait lorsqu'un filet de sang jaillit.

— Rien ne vaut l'acier pour découper la chair et les os. Vous n'avez pas croisé les cadavres des policiers qui étaient censés surveiller l'entrée ? La gorge tranchée : net et sans bavure ! Ils n'ont pas su saisir leur chance de s'enfuir…

Ce sinistre personnage ne reculera devant aucun crime. Sans réfléchir, je lui balance de toutes mes forces ma veste dans la figure et je détale. Malgré le peu de luminosité, l'instinct de survie me guide vers la sortie.

Je fuis droit devant moi, oubliant l'ascenseur. Je me précipite dans l'escalier de service dont je dévale les marches quatre à quatre, alors que ses pas résonnent derrière moi. Je sors au hasard à un étage et me heurte à des employés du service de nettoyage. Malgré leurs cris de protestation, je renverse leurs poubelles par terre en espérant ralentir mon poursuivant.

La peur me donne des ailes : jamais je n'ai couru aussi vite ! Plus loin, à un croisement, de grands bacs pour la collecte des déchets domestiques sont alignés. Je saute dans celui du milieu. Je rabats le couvercle en plastique quand des bruits de pas se font entendre.

Merde ! L'assassin m'a localisé ! Quelle naïveté d'espérer échapper à ce fou furieux. Mon heure est venue. Un dernier regret : ne pas pouvoir annuler le licenciement injuste de Maria.

Au lieu d'un champion de l'arme blanche, je distingue par une faille un employé qui saisit les poignées de mon abri précaire, puis le met difficilement en branle. Je n'arrive pas à savoir si le tueur rôde encore dans les parages.

Devoir la vie à une personne de race supposée inférieure, voilà qui est cocasse. Je prie pour que mon sauveur n'ouvre pas le conteneur : la résurgence du suprémacisme blanc a ravivé les tensions communautaires et les poussées ségrégationnistes.

Mon conducteur à la peau noire aura envie de me zigouiller s'il découvre le déchet pâle qu'il transporte. Pour l'instant, il se contente de pousser le bac à l'intérieur d'un monte-charge.

L'appareil vétuste avale les étages à toute vitesse au point que j'éprouve un début de malaise, causé aussi par l'odeur répugnante dans ma cachette.

Enfin, nous stoppons brutalement et l'employé reprend son pénible effort. Je ne suis jamais descendu au sous-sol des gratte-ciels, confiné au-dessus du 100e étage. L'air semble vicié à ce niveau et pas seulement dans l'endroit où je me terre.

Un nouvel arrêt donne lieu à une discussion avec un autre quidam que je ne vois pas. Soudain, le bac est accroché à un mécanisme qui le soulève rapidement. J'essaie d'ouvrir le couvercle pour m'échapper du piège, mais il est coincé. Mes cris de protestation sont couverts par le bruit des machines.

Secoué comme un prunier, je maudis ma stupidité et jure de faire payer ses crimes à l'assassin d'Angie. Je n'ai pas le temps de mettre à exécution mon projet que le contenu de l'énorme poubelle, moi y compris, se déverse dans un large conduit d'évacuation des ordures.

6.

Nos ordures nous ressemblent : elles sont nombreuses et gâchent le paysage. Cette réflexion m'accompagne durant ma longue chute dans le boyau en putréfaction qui se termine dans une immense cuve remplie de déchets.

Immergé dans leur puanteur, je peine à respirer. À l'extérieur, l'air est brûlant et chargé de particules. Même le ciel vers lequel je tourne mon regard est obscurci de nuages ocre. De pâles rayons lumineux tentent de se frayer un chemin à travers la crasse.

Je saute de la décharge, au grand étonnement du conducteur d'engin de chantier en train de remuer toute cette merde. Il m'insulte et me chasse : je n'ai rien à faire dans son monde. Le sol est jonché d'immondices et les odeurs infectes qui s'en dégagent prennent à la gorge. Des milliers d'oiseaux survolent les environs, avides des restes de l'humanité.

Pour éviter d'étouffer, je noue un mouchoir autour de ma bouche et m'éloigne en progressant péniblement, ralenti par des bourrasques violentes et une chaleur torride. Je croise des chiens errants qui ne s'intéressent qu'aux carcasses.

En prenant de la distance avec les collines d'ordures, je visualise les tours dont les sommets sont noyés dans la brume salissante. Un instant, je suis tenté de faire demi-tour, mais les lunettes noires du prédateur me l'interdisent. Tant que je séjournerai à l'intérieur d'un gratte-ciel, l'assassin me retrouvera et m'éliminera.

Avec difficulté, je déchiffre l'heure sur le cadran de ma montre dont le verre est fendu. Malgré la faible clarté, la nuit n'est pas encore tombée. Désemparé, je m'adosse à un pylône rouillé, vraisemblablement hors d'usage.

Les classes dirigeantes ont pris le contrôle des dernières centrales nucléaires pour produire l'énergie nécessaire. Des unités militarisées veillent à leur bon fonctionnement et assurent la sécurité des employés. Les fuites radioactives se multiplient, conséquence de la vétusté des installations.

J'ai vu les reportages de médias indépendants en parler sur les réseaux sociaux, mais à chaque fois, j'ai détourné le regard. L'indifférence nous a gangrenés, préoccupés seulement par nos propres besoins.

Le vent redouble, au point qu'une tempête de sable m'enveloppe dans ses bras puissants. En guise de protection dérisoire, je me couche sur le sol, roulé en boule comme un hérisson. Les rafales violentes soulèvent des nuages de poussière qui forment des tourbillons jaunâtres.

Respirer devient de plus en plus compliqué. Les éléments déchaînés auront raison de moi plus sûrement qu'un tueur professionnel.

Les yeux fermés, je regrette ma folle initiative. À présent, le lieutenant Cooper doit être convaincu de ma culpabilité. Mes empreintes traînent un peu partout dans l'appartement d'Angie. Si ça se trouve, on me collera aussi les meurtres des policiers sur le dos.

Tandis que je sombre dans l'inconscience, les stridulations de la tempête redoublent d'intensité. Emporté par les vents, je m'envolerai certainement vers des cieux plus cléments, et qui sait, peut-être rejoindrai-je mes parents disparus ?

La Jeep hors d'âge crache ses poumons en roulant tant bien que mal. Le carburant utilisé, produit à base du jus de pomme de terre, est un dérivé d'éthanol.

Les trois hommes à son bord ont le visage dissimulé par un chèche gris. Le long foulard, noué autour de la tête, protège le visage du soleil torride et du vent, comme jadis les tribus du désert.

Le regard du conducteur est masqué par une vieille paire de Ray-Ban, récupérée à la décharge. Les humains qui survivent aux pieds des tours ressemblent à des charognards. Ils se disputent les miettes des occupants nantis des gratte-ciels.

— Là ! hurle un des passagers en désignant un tas de sable. Y'a quelque chose qui remue.

Un brusque coup de volant plus tard et le véhicule freine à côté du monticule.

— On ne s'attarde pas, les gars. Ces enfoirés de Cleaners peuvent débarquer à tout moment.

Le chef de patrouille sait qu'ils bénéficient d'une courte pause pendant les tempêtes. L'arsenal sophistiqué des unités d'élite ne fait pas bon ménage avec le sable et la poussière.

Bosco, le plus baraqué de la bande, saute de la Jeep, accompagné par Topaze, muni de pelles. Qu'est-ce qui a attiré le regard de lynx de ce dernier ? Ils creusent comme si leur vie en dépendait.

— Bordel, chef ! Y'a un corps humain en vie, là-dessous. On fait quoi ?

Debout à l'avant, une main agrippée au volant, le chauffeur a laissé le moteur allumé. Un léger sifflement dans l'oreille l'alerte.

— Merde ! Grimpez avec votre prise. Des drones approchent.

À peine ont-ils sauté dans la Jeep avec leur colis encombrant que deux aéronefs sans pilote surgissent. Les Cleaners préfèrent envoyer des robots pour exécuter leur sale besogne.

— Bosco, le lance-roquettes, vite !

Effectuant des virages serrés, la Jeep essaie d'éviter les salves meurtrières des engins de combat.

— Vas-y ! Mais vas-y ! hurle Topaze. Ces drones verrouillent leur cible sur une source de chaleur.

Alors que la sueur dégouline le long de ses paupières, Bosco s'efforce de viser malgré les embardées du véhicule. Lorsqu'il déclenche enfin le tir, la poussée le projette en arrière et il heurte violemment le tableau de bord. L'explosion dans le ciel est saluée par les vivats des passagers.

— Il en reste encore un, rappelle leur chef. Il n'abandonnera pas.

Il fonce vers un tunnel désaffecté dans l'espoir de semer le chasseur électronique. À quelques mètres de l'entrée, une déflagration projette en l'air la Jeep, éjectant les passagers à l'intérieur. Miraculeusement, Bosco roule dans le sable sans lâcher son arme défensive.

Avant que le drone ne fasse un nouveau passage, il recharge le lance-roquettes et propulse une seconde fusée vers la cible, qui se désintègre sous la violence de l'impact.

Le conducteur se relève péniblement, et s'empresse de vérifier qu'il n'a rien de cassé. Topaze n'a pas eu autant de chance. Il gît, le crâne défoncé sur un rocher. En pleurs, Bosco s'agenouille à son chevet, puis tente de masquer sa peine en enfouissant son visage au creux de ses mains.

— Putain ! La loque que vous avez ramassée est indemne. Un sacré veinard, le mec.

Le chef de patrouille empoigne le survivant par le col de la chemise et le jette sur son épaule comme s'il s'agissait d'un vulgaire sac de patates.

— Bosco ! On enterrera Topaze plus tard. D'autres drones peuvent revenir.

Accroupi, son compagnon pose respectueusement son lance-roquettes sur le ventre du cadavre.

— T'en auras besoin en enfer, camarade.

Il se lève et, sans se retourner, emboîte le pas de son supérieur qui peine à porter son fardeau.

Une odeur de pisse imprègne le tissu sur lequel je repose à même le sol en terre battue. Pieds et poings liés, j'essaie maladroitement de m'asseoir. La superficie de la cellule, faiblement éclairée par une lampe-tempête, ne doit pas faire plus de quelques mètres carrés.

Le confort est spartiate : un pot pour faire ses besoins et un pichet d'eau croupie. Comment ai-je atterri dans ce bouge ? Après mon évanouissement, je me rappelle un choc, puis un éclair aveuglant.

Un silence impressionnant règne dans l'endroit qui ressemble à une tanière. Pourtant, les parois rocheuses portent les traces de la main de l'Homme. Ainsi, l'entrée est condamnée par une énorme roue de camion.

La température est plus supportable, ce qui confirme que je me trouve sous terre, mais l'air vicié oblige à économiser sa respiration. En soupirant, je regrette mon appartement et tout son confort. Le visage du tueur efface pourtant mes regrets les plus amers.

Des éclats de voix et des bruits de bottes me ramènent à la réalité. Un roulement indique que je vais bientôt faire connaissance avec mes ravisseurs.

L'homme qui pénètre dans ma cellule est un colosse barbu, les cheveux en bataille. Son regard vif trahit une intelligence aiguë, rehaussé par des yeux bleu argenté. Il me dévisage en s'attardant sur ma chevelure.

— Comment tu t'appelles ? On n'a retrouvé aucun papier d'identité sur toi.

Ma veste ! J'avais glissé mon portefeuille à l'intérieur. Dans la chute avec les ordures, j'ai aussi perdu mon téléphone cellulaire.

— Mon nom est Sam Hartley. À qui ai-je l'honneur ?

Mon robuste visiteur me gratifie d'une tape qui se veut amicale. Entravé par mes liens, je bascule vers le sol que je heurte durement, ce qui a pour conséquence de déclencher l'hilarité du plaisantin.

— Dans la communauté dont j'ai la responsabilité, tout le monde m'appelle Mad Marpel.

Avant que je ne proteste, il me soulève comme une plume et délie mes entraves.

— Viens, je vais te présenter aux autres. Une bouche supplémentaire à nourrir n'est pas la bienvenue en ces temps difficiles. Va falloir que tu prouves ta valeur.

Je secoue mes membres ankylosés par la captivité. Plusieurs types à l'allure hostile crachent sur mon passage. Au sortir d'un tunnel, nous débouchons dans une immense grotte circulaire, où des gradins ont été taillés à même la roche.

Une foule disparate et bruyante s'est installée pour assister au spectacle. Je me sens comme un veau mené à l'abattoir.

— Faites silence, tas de blaireaux ! hurle un acolyte de Mad Marpel.

Son regard s'attarde sur mon visage, sans que je sache pourquoi. De taille normale, sa peau est burinée par le soleil et ses cheveux ont la couleur de la paille. Un autre type, plus trapu, me désigne le centre de l'arène.

— Peuple d'insoumis, notre survie dépend de la solidarité envers nos semblables. Dan a décidé de ramener ce « lécheur de ciel » parmi nous. Un lourd tribut a sanctionné son choix : la destruction d'une Jeep et la mort d'un des nôtres. Bosco a été témoin de ces actes.

Le silence religieux qui succède au discours du géant m'impressionne, tant par le respect dont font preuve les spectateurs que par leur sincère émotion. Parmi eux, je remarque des jeunes femmes au ventre arrondi par la grossesse.

Je comprends devoir la vie au blondinet qui a exigé le calme. Je voudrais le remercier, mais il m'ignore.

— Une vie pour une vie, c'est la règle, poursuit Mad Marpel. Dan, tu dois affronter celui qui est la cause de nos pertes.

Des exclamations saluent sa décision. Je n'en crois pas mes oreilles : ces tarés ne m'ont épargné que pour m'obliger à affronter mon sauveur !

— J'ai le droit de m'exprimer, crié-je. Ce jugement est cynique. Je ne veux pas me battre et encore moins avec celui à qui...

Une gifle du dénommé Bosco me projette à terre. Il s'avance, une expression de fureur dans le regard.

— Mon meilleur pote, Topaze, est mort par ta faute et aussi celle de Dan. Vous combattrez pour vous acquitter de votre dette de sang.

Un autre larron nous distribue des piques hérissés de fers. Ces armes rudimentaires paraissent insolites à une époque où l'arsenal de guerre est à la pointe de la technologie.

Je n'ai pas le temps de me poser plus de questions que Dan se précipite sur moi, décrivant de dangereux moulinets avec sa lance désuète. Dans ma jeunesse, j'ai pratiqué des sports de combat, mais jamais en maniant des jouets aussi imprévisibles.

J'évite péniblement ses attaques sous les quolibets de la foule. Agacé, celui-ci me gratifie d'un revers de son bras gauche qui m'explose l'arcade sourcilière. Malgré la douleur, je recule d'instinct pour ne pas être embroché.

Je perçois dans l'attitude du vainqueur qu'il prépare un coup fatal. Dans un réflexe désespéré, je saute pieds en avant en utilisant la pique comme une perche et je percute violemment la tête de Dan. Assommé par le choc, il s'écroule sans connaissance.

L'assistance abasourdie retient son souffle, puis vocifère pour m'achever. Un filet de sang coule le long de ma joue tandis que ma vue se brouille. La barbarie dans laquelle je me vautre me donne la nausée.

Écœuré, je plante l'arme blanche à côté de mon adversaire inconscient, tout en vomissant mes boyaux. Les projectiles et les injures qui redoublent obligent Mad Marpel à ajourner le rassemblement, tandis que Bosco m'évacue avant que je sois lapidé.

7.

Bosco s'est contenté de m'enfermer dans la cellule sans prononcer un mot. Il aurait préféré que je meure. La créance de sang reste toujours en suspens.

Plus tard dans la soirée, on m'apporte un bol de soupe tiède et un quignon de pain. Les deux sont immangeables, mais la faim a raison de mes réticences. Je passe la nuit à moitié éveillé, à me demander si mon cauchemar ne se poursuit pas.

À l'aube, la fraîcheur me cueille dans la somnolence, recroquevillé pareil à un oisillon. Mad Marpel choisit ce moment pour faire irruption. Grattant sa barbe avec perplexité, il m'inspecte de la tête aux pieds.

— Pour un lécheur de ciel, tu te défends plutôt bien. Dan Vince est un combattant exceptionnel. Tu as failli le tuer avec ton coup du perchiste. Les autres sont furax. Ils exigent ton exécution. J'ai refusé, arguant que tu as gagné ton duel sans tricher.

Ses explications m'indiffèrent, car je voudrais m'abriter dans un lieu décent. Cette vie de rat n'est pas faite pour moi. J'ai besoin de lumière et de chaleur.

Vaguement, j'ai entendu aux infos que les bandes se structuraient pour lutter contre le pouvoir en place. J'ai toujours cru que les trafics en tout genre motivaient surtout ces formations clandestines.

— Tu te demandes ce que tu fous ici, m'interrompt mon geôlier comme s'il devinait mes pensées. Sans l'intervention de Dan, tes os sécheraient dans le sable. Tu dois la vie à mon meilleur patrouilleur.

— C'est quoi, votre cause ? Vous voulez renverser l'actuel gouverneur ?

Mad Marpel éclate d'un rire tonitruant à s'en tenir les côtes. Sa grande carcasse est secouée de tremblements incontrôlables.

Pourvu qu'il ne casse pas sa pipe, sinon ses chers compagnons se feraient une joie de me tuer. Enfin, après un long moment, il me fixe d'un regard inquisiteur.

— Ces profiteurs ne méritent pas nos efforts pour les éliminer. Les nantis des tours géantes conduisent la planète à sa fin, plus rapidement que les cataclysmes naturels.

Je ne partage pas son point de vue. Sans instance dirigeante, la marche du monde serait encore plus chaotique...

— À condition que les gouvernements travaillent pour le bien commun !

Comment a-t-il perçu mes réflexions ? Ce type lit *réellement* dans mes pensées !

Mad Marpel me fixe, l'air songeur. Soudain, un sourire espiègle se dessine sur son visage barbu.

— Je vais te présenter aux femmes. Si l'une d'entre elles veut de toi, alors peut-être qu'on te gardera.

À ce jeu-là, je ne risque pas grand-chose. Mon pouvoir de séduction s'est traduit par de nombreuses conquêtes féminines, lesquelles constituent une sorte d'assurance vie.

— OK ! Allons les voir. Tout plutôt que croupir dans ce trou pourri.

Le colosse fronce les sourcils, puis finit par soupirer :

— Quand tu auras fréquenté nos compagnes, tu regretteras peut-être ton cachot !

Une partie de la grotte réservée aux femmes semble mieux entretenue. À croire que les mecs veulent garder de bonnes relations avec le sexe opposé. Je suis surpris de découvrir çà et là des fleurs séchées ou encore des tapis aux couleurs délavées.

Les privations que subissent les autochtones n'empêchent pas les attentions. À l'intérieur d'une salle voûtée, baignée de lumière naturelle, des encensoirs disposés aux quatre coins de la pièce accentuent l'impression de douceur.

Assises en cercle sur un épais tapis, plusieurs femmes poursuivent une discussion animée sans nous prêter attention. Vêtues de simples tenues, elles dégagent un mélange de force et de sincérité.

Mad Marpel me fait signe d'attendre discrètement. Je le soupçonne de vouloir admirer une des participantes. Par curiosité, je cherche à savoir laquelle. Une de celles qui se tiennent de dos pourrait bien être l'élue de son cœur.

Malgré les épreuves que j'ai traversées, le désir de posséder les femmes refait surface et particulièrement si elles sont convoitées par d'autres. La chevelure sombre d'une en particulier me rappelle celle de Maria. J'ai honte en me remémorant son renvoi.

Au même moment, la jeune femme aux cheveux couleur d'ébène se lève et se retourne. Elle adresse un sourire amical à mon geôlier, qui se transforme en grimace dès qu'elle m'aperçoit.

— Malden, pourquoi tu amènes l'enfoiré qui m'a condamnée à cette vie de merde ?

Maria, car c'est bien elle, pointe un doigt rageur dans ma direction. Malgré sa colère, elle reste désirable, mais je regrette aussitôt cette pensée, car elle se jette sur moi. J'évite *in extremis* la lame de son poignard qui frôle ma joue. La saisissant à bras-le-corps, je la projette vers « Malden ».

Celui-ci la réceptionne, le visage décomposé, caressant avec soulagement son ventre arrondi. L'air furieux, Mad Marpel me dévisage comme s'il ne m'avait jamais vu. Ses pommettes cramoisies font craindre que sa barbe ne s'enflamme.

— Fils de pute ! C'est à cause de toi que ma sœur a été renvoyée de son boulot. J'aurais dû laisser les autres te tuer.

Je n'en crois pas mes oreilles ! Le sort a voulu que je sois prisonnier du frère de mon ancienne maîtresse. Il faut que je tente quelque chose.

— Maria ! Quel plaisir de te savoir vivante. Je m'en suis tellement voulu de ma décision.

— Va te faire voir, connard ! Les filles, prêtez-moi main-forte pour lui faire payer !

Affolé, je m'adosse contre la paroi rocheuse avec l'intention d'affronter les viragos qui forment un demi-cercle. Armées de bâtons, de piques et de couteaux, elles crient leur haine et leur colère. Sans aide, je ne pourrai pas parer leurs attaques.

— Arrêtez ! rugit Mad Marpel, stoppant les harpies. Ce pourceau a abusé de ma sœur. Il l'a mise enceinte, puis s'en est débarrassé. Il a fui ses responsabilités : il y aura un procès pour décider du châtiment qu'il mérite.

Les acclamations qui ponctuent la décision du chef ne présagent rien de bon. Je profite de l'allégresse générale pour m'enfuir. Malheureusement, une fois à l'extérieur, je me heurte à un Bosco rageur qui n'apprécie guère de s'être donné en spectacle de la sorte, surtout pour perdre le duel aussi bêtement... Avant que je ne réalise, il m'immobilise par un étranglement.

Accourue, Maria embrasse son héros, qui devient rouge pivoine. Des cris d'allégresse résonnent dans les souterrains quand la nouvelle de mon procès se répand. À moitié groggy, on m'entraîne dans l'arène où j'ai été victorieux de Dan.

On me lâche et je m'assois tant bien que mal sur un banc en bois. Merci, Bosco, de ne pas y être allé de main morte. J'ai l'impression de revivre la même épreuve, celle du jugement dernier.

Rapidement, les gradins se remplissent de spectateurs à charge qui m'insultent :

— À mort, le profiteur !

— Que Maria exécute la sentence !

— Débarrassons-nous de tous les lécheurs de ciel !

Toute cette haine qui m'est adressée, je ne l'imaginais pas. À l'abri dans une bulle surprotégée, loin des contingences matérielles, jamais je n'aurais pensé que le peuple grouillant aux pieds des tours s'insurgerait.

Mon aveuglement a pour origine un amour-propre démesuré. Depuis la mort de mes parents, je manque d'affection. Les bouleversements climatiques sont passés au second plan, en partie éclipsés par la satisfaction de mes désirs immédiats, aboutissant à une attitude d'éternel adolescent. Sur l'estrade qui me fait face, trois personnes se sont installées : au centre, Mad Marpel, assisté de Bosco et de Dan, qui a récupéré depuis mon coup de pied.

Debout face à un pupitre, Maria me fixe sévèrement. Je bombe le torse pour tenter de faire bonne figure. Après tout, si une sentence négative doit tomber, je veux mourir avec dignité. Un silence inattendu s'installe dans l'arène.

— Accusé, levez-vous ! La plaignante Maria Shakirova, ici présente, vous accuse de l'avoir licenciée pour des motifs mensongers et, plus que tout, d'avoir abusé d'elle pour la mettre enceinte.

— Objection, Votre Honneur. La victime était consentante. Les charges à retenir sont le licenciement et l'abandon de paternité.

Une vague de protestations fait écho à mon intervention. Des canettes rouillées pleuvent sur moi, au point que le président menace d'interrompre le procès.

La situation confuse devient tellement grotesque que je me rassois en me prenant la tête à deux mains. Le monde est en décrépitude totale, pourtant, ces sauvages s'accrochent à un semblant de civilisation, une ultime parodie de la justice.

— Assez ! crie Maria d'une voix stridente qui m'arrache à ma désolation.

Tous les regards de l'assistance se tournent vers celle à l'origine du procès. Un frisson me parcourt l'échine, persuadé que la sentence va tomber.

— Sam Hartley, tu m'as trompée et privée de mon travail. Pour ces crimes, tu mérites un châtiment exemplaire...

Des murmures secouent les premiers rangs, tandis que le trio improvisé de magistrats retient son souffle. Pour ma part, j'attends, résigné, son verdict.

— Sam, je porte ton fils en devenir. Il vient de s'adresser à moi pour implorer la clémence.

De nouveau, les personnes présentes commentent bruyamment ce revirement de Maria. Bosco tape comme un sourd sur le pupitre en bois avec un bâton pour obtenir le silence.

— Mon esprit de femme réclame vengeance, mais mon cœur de mère a entendu la requête de mon enfant. Je demande solennellement à cette cour de justice des pauvres la sentence suivante : que le dénommé Sam Hartley m'épouse et qu'il endosse le rôle de père de famille.

Les yeux écarquillés, la bouche entrouverte, je n'en crois pas mes oreilles. Malgré la mort qui rôde, la quasi-certitude du déclin de la planète Terre, cette femme exige notre union. Je m'apprête à refuser sa proposition absurde, lorsque des cris horribles résonnent à l'extérieur de l'arène.

— Les Cleaners ! Les Cleaners attaquent notre refuge ! hurlent des voix.

Subitement, les décisions me concernant passent au second plan et les questions de survie redeviennent prioritaires.

8.

— Ces sales anarchistes ne récoltent que ce qu'ils ont semé !

Les sondes-espions ont enfin localisé un de leurs fichus clapiers. Dès l'annonce de cette information, le gouverneur a ordonné une intervention. Enfin, il a l'occasion de se couvrir de gloire.

Pourquoi ne pas l'avoir choisi plus tôt comme commandant en chef de cette unité de Cleaners ? Il a vingt-cinq années de loyaux services au compteur, un quart de siècle passé à traquer les bandes qui infestent les rues sordides de la cité de New-Rop. Pas une blessure grave, seulement des égratignures. Rien que des broutilles.

— Sergent, les insurgés résistent à la première vague.

Cleaner 1050 interrompt ses réflexions et il est tenté de le punir immédiatement pour son audace. Il transperce d'un regard appuyé ses petits yeux bridés.

— C1050, qui t'a permis de me déranger ? Je pourrais te faire exécuter rien que pour ça.

Le soldat sous ses ordres se fige, en mode garde-à-vous. Ce présomptueux a au moins retenu la leçon : ne jamais le sous-estimer.

— Compris, sergent. Mais, mon sergent, je me suis dit que l'information en valait la peine.

Debout sur la passerelle de débarquement du transporteur de troupes, il domine l'inconscient qui persiste à le défier. L'assaut a débuté depuis quelques minutes et ce bleu-bite se permet de lui donner un cours de stratégie militaire.

— C1050, retourne au front avant que je ne troue moi-même ta sale petite gueule.

Le troufion d'élite hésite une fraction de seconde de trop sur la conduite à tenir. Sans aucune forme de sommation, le sergent sort son arme et lui offre une accolade mortelle.

— Infirmier ! Évacuez-moi ce soldat mort au combat.

Deux types du corps médical s'exécutent en silence, tandis que les officiers qui attendent ses ordres serrent les fesses.

Il range sans se presser son arme dans son étui. Déjà, le jour décline. Le soleil brûlant se voile de couches polluantes, chargées de particules toxiques. Leurs masques respiratoires ne seront pas de trop.

— Chefs de corps des sections 4 et 5, ordonnez l'attaque. Il faut en finir avant que la nuit ne nous surprenne.

Avec satisfaction, il vérifie à la jumelle infrarouge que ses ordres sont appliqués. Il n'a pas le corps d'un athlète, taillé pour des missions de longue durée en territoire hostile. Non, son physique est plus adapté à des raids éclair, des interventions « coup-de-poing ».

Il est sec comme une trique, pas un poil de graisse, tout en muscles nerveux. L'uniforme épouse sa silhouette de mercenaire comme une seconde peau. Il est l'archétype du combattant des forces spéciales, un gradé qui colle au cul de ses hommes sur le terrain.

Malgré ses réactions imprévisibles, les gars le respectent et se feraient tuer pour ou par lui. Ils lui ont trouvé un surnom : le Désinfecteur. Les cafards humains qui prolifèrent aux pieds des tours des mégapoles n'ont qu'à bien se tenir !

La consigne était claire avant d'attaquer leur repère : ne pas épargner les femmes enceintes. Le gouverneur l'a suffisamment répété : si on les empêche de se reproduire, cette espèce dégénérée s'éteindra d'elle-même.

Une détonation amplifiée l'arrache à ses considérations de perpétuation de la race. Merde ! Le jeunot qui est venu l'asticoter avait-il raison ?

— Qu'est-ce que vous attendez, bande d'incapables ? Lâchez toutes les troupes de réserve sur ce nid infesté !

La débandade parmi les gradés qui l'entourent confirme que le message a bien été entendu. En se dépêchant, il aura le temps de passer chez Valkyrie pour fêter ma victoire. La putain se fera un plaisir de satisfaire ses fantasmes les plus tordus.

— Gagnez les souterrains ! martèle Mad Marpel.

Le chuintement du haut-parleur provoque une panique sans nom. Les femmes gravides sont escortées par des hommes armés. Maria refuse de les suivre. Son frère insiste. J'insiste. Elle me dit d'aller me faire foutre.

— Restez près de moi !

Malden prend la tête du groupe de combattants dépenaillés dont je mesure la détermination à la lueur haineuse qui embrase leurs yeux.

— Pourquoi s'embarrasser de c'ui-là ?

Malgré notre progression vers la zone d'affrontement, Bosco ne peut se résoudre à ma présence.

— Ta gueule ! On a besoin de tous les hommes valides pour affronter les Cleaners.

Je remercie intérieurement ce chef qui réfléchit. Les tirs de plus en plus nourris nous obligent à avancer avec précaution. Des corps de rebelles jonchent le sol, le visage marqué par la surprise. La mort n'a pas prévenu avant de les faucher.

Un éclaireur en provenance de l'avant-poste fait son apparition. C'est Dan, mon sauveur. Ses cheveux blonds sont maculés de sang.

— Ils savent parfaitement où on se planque. Ce salopard est un espion. Il a fourni aux Cleaners les informations qui leur manquaient !

Des regards chargés de reproches sont braqués sur moi : après les femmes, les mecs veulent avoir ma peau.

— On éclaircira ce point plus tard si on s'en sort, aboie Mad Marpel. On va montrer à ces tueurs patentés comment se battent les oubliés de la croissance !

D'un même élan, tous s'élancent derrière leur chef, Dan à ses trousses, bien que diminué. Je ferme la marche de cette troupe hétéroclite, Maria à mes côtés.

— Prends ce flingue, Sam, maugrée-t-elle, essoufflée.

Je saisis l'arme dont je ne me suis jamais servi. Des déflagrations éclatent de toutes parts.

— Baisse la tête !

Une onde mortelle fauche deux combattants devant nous. J'ai l'impression que Maria anticipe les tirs. Le cœur du maelström approche : les deux camps s'affrontent avec une égale férocité. J'aperçois sporadiquement les uniformes gris des Cleaners.

Vantés par notre gouverneur comme des machines de guerre implacables, certains d'entre eux s'effondrent comme les nôtres. L'opposition des occupants de la grotte est héroïque.

— C'est parce qu'ils n'ont plus rien à perdre, chuchote dans ma tête Maria. Bientôt, nous serons submergés par le nombre.

Malgré le déluge de feu, je la dévisage, persuadé de me trouver en présence d'une sorcière. La couleur de ses iris vire au blanc pâle jusqu'à se confondre avec sa peau laiteuse. Sans prévenir, elle se dresse face au chaos.

Aussitôt, je fais le geste de la retenir, mais un des gars m'immobilise d'une clé au bras. Obnubilé par la douleur, je la regarde, impuissant, offrir la cible de son corps aux Cleaners.

— Lâche-moi, bordel ! Maria va se faire descendre.

D'un air absurdement confiant, cet enfoiré fait non de la tête. Plus je tente de me libérer en m'agitant comme un forcené, plus l'autre raffermit sa prise.

Le souffle d'une explosion inexpliquée nous projette plusieurs mètres en arrière. Ma chute est amortie par des cadavres encore chauds. Des cris et des hurlements ajoutent à la confusion. Un peu groggy, je cherche le connard qui m'a empêché de sauver Maria d'une mort certaine. Il gît par terre, à quelques pas de moi, couvert de poussière sanguine.

J'emboîte machinalement le pas aux hommes qui reculent. Quelqu'un a décrété la retraite. Mad Marpel passe à côté de moi, telle une grande brute au visage noirci qui ne manifeste aucune émotion. J'hallucine qu'il abandonne sa sœur sur le champ de bataille. J'hésite à l'étrangler. J'hésite à tous les étrangler !

Le repli stratégique s'opère dans le désordre le plus complet. La secousse violente a marqué les esprits et les corps. Le sacrifice de Maria m'insupporte. Bosco se porte à ma hauteur et sourit de ses dents gâtées. J'ai l'irrésistible envie d'effacer sa grimace sur sa face de bouledogue.

— On fait une pause, confirme Malden.

Épuisé, je m'écroule sur le sol rocailleux, imité par d'autres, marqués dans leur chair par l'affrontement court mais intense.

— Pourquoi vous avez laissé Maria participer à cette foutue bataille ? Elle a payé un prix exorbitant. Sa mort ne nous sauvera pas.

Mad Marpel me laisse l'accuser, son visage exprimant l'incompréhension. Soudain, il éclate de son rire contagieux de gros ours, repris en chœur par une partie des gars.

— Qu'est-ce que j'ai dit de si drôle ? Le décès d'une sœur n'a rien de réjouissant.

Je serre les poings pour ne pas les lui mettre dans la figure. Tel un fauve, je me retiens de bondir à la gorge de mon geôlier pour lui faire payer son indifférence.

— Sam, tu fermes ta gueule !

Le ton de la voix est sans appel et claque comme un fouet. Incrédule, je me retourne et découvre Maria. Pas la moindre ecchymose sur ce corps que j'ai aimé cajoler des nuits entières. Tout le monde se lève à sa vue, adoptant une attitude idolâtre.

— Comment... Comment as-tu survécu à cet enfer ? Tu devrais être morte.

De sa main gracieuse, Maria caresse ma joue. Puis, d'un geste presque familier, prend la mienne pour la déposer sur son ventre.

— Notre fils m'a transmis la force nécessaire pour repousser les légions maudites. Notre enfant réalisera de grandes choses, lorsqu'il viendra au monde. Il a besoin de protection et d'amour.

Subjugué, je trouve normal que tous les hommes s'agenouillent autour de Maria, les bras levés vers la voûte caverneuse. Psalmodiant, les combattants aguerris communient avec elle et la vénèrent, pareillement à une sainte.

Je me pince, convaincu de rêver. Puis, dans un élan mystique, je prends la jeune femme dans mes bras et l'exhibe comme un trophée au-dessus de ma tête, sous les vivats et les applaudissements de la foule en extase.

9.

— Vous n'avez pas honoré votre contrat ! Des informations top secrètes sont toujours en possession de ce Sam Hartley.

La voix déformée par le casque qui dissimule son visage, l'homme se tient derrière une porte vitrée. Entièrement recouvert d'un long manteau couleur sable, il n'est pas reconnaissable.

La personne mise en cause réajuste ses lunettes noires, qui glissent sous l'effet de la sueur. Son teint bronzé contraste avec la silhouette pâle qui l'interpelle.

— La cible s'est avérée plus coriace que prévu. Une rallonge financière sera nécessaire.

Raffermir sa voix et afficher un certain détachement : il a retenu les leçons de ses prédécesseurs. Il a même eu l'honneur d'en exécuter certains.

— Excuse inacceptable ! Comment cet imbécile s'est-il échappé des griffes d'un soi-disant professionnel de l'assassinat ? Et dire que vous m'avez été chaudement recommandé.

Garder son calme... Ne pas céder à la tentation de tuer son commanditaire. Celui-ci doit posséder de puissants appuis pour se payer ses services. Il lui serait tellement facile de tirer une balle à travers le verre.

— Je n'ai jamais échoué et le verbe « renoncer » ne figure pas dans mon vocabulaire. J'ai pratiqué un interrogatoire un peu musclé de certains gars du service de nettoyage. Ils n'ont pas mis longtemps à m'avouer que des cris ont été entendus dans une des bennes dont le contenu a fini dans un conduit d'évacuation des ordures.

Son employeur se crispe, visiblement peu satisfait d'apprendre que sa proie s'est évanouie dans la nature. Une aubaine pourtant : les contrats en extérieur entraînent des frais décuplés.

— Vous allez devoir terminer votre travail aux *Infernus*. Les risques sont énormes, mais l'enjeu est colossal. Partez immédiatement. Vos émoluments restent inchangés !

Cette fois, son employeur est allé trop loin ! Pour qui se prend-il, cet enfoiré ? L'argent n'achète pas tout, en particulier son honneur. Personne ne s'est jamais permis d'employer ce ton.

— Je veux le double de la somme convenue et encore le double lorsque j'aurai récupéré la puce greffée sur ce minable.

Son vis-à-vis manque s'étrangler sous le coup de la colère. Il s'approche de la cloison transparente pour le narguer. D'un geste explicite, il simule le tranchage de sa gorge. C'en est trop ! Aucun patron n'a jamais osé le menacer de mort. Ce type d'injure le fait sortir de ses gonds. Il dégaine son arme létale et tire sans viser sur le prétentieux.

La décharge d'énergie pure ricoche sur la paroi. Cette porte est munie d'un système de sécurité sophistiqué. Il aurait dû y penser. Ce connard n'est pas homme à s'exposer sans prendre de précautions. Avant de pouvoir s'échapper, il encaisse une secousse électrique en représailles.

Piteusement affalé sur le sol, les douleurs atroces qui transpercent sa chair ne sont en rien comparables au sourire narquois que dissimule le masque pathétique.

— Je vous donne huit jours avant que les Cleaners n'aient accompli votre sale besogne. Il serait dommage que des secrets gouvernementaux retombent entre leurs mains.

Sans ajouter autre chose, le maître du jeu tourne les talons et s'évanouit d'un pas alerte dans l'obscurité.

Le lieutenant Cooper est furieux. Sa hiérarchie l'a menacé d'une mise à pied s'il ne retrouvait pas rapidement l'auteur de l'exécution des policiers. Le principal suspect dont il avait la charge ayant disparu, sa situation est devenue irrespirable dans le service.

Pour le moment, il ronge son frein dans le bureau austère de la « Gouvernementale ». La police scientifique cherche des indices qui permettront de trouver une piste menant à l'assassin. Il ne lui a pas été difficile de remarquer les similitudes entre les modes opératoires des meurtres de la secrétaire et de ses collègues.

À son grand étonnement, les empreintes relevées dans le logement de madame Temple appartiennent à Sam Hartley. Les deux suspects dissimuleraient-ils une complicité ? Quel serait le mobile du meurtre de la jeune secrétaire ? Pourquoi un cadre à l'avenir prometteur, en apparence sans histoires autres qu'extraconjugales, se compromettrait-il dans un crime crapuleux ?

Trop de questions sans réponses. Tous les locaux et les appartements du building ont été fouillés. Sans succès ! À croire que le DRH s'est volatilisé. Il n'est pas loin de conclure que lui et le tueur ont quitté la protection du gratte-ciel, au point de risquer leur vie parmi les *Infernus*.

Si son intuition ne le trompe pas, une descente dans ces quartiers abandonnés devra être envisagée. Tout gradé qu'il soit, il ne possède aucune expérience des conditions de survie aux pieds des immenses tours. S'aventurer en terrain découvert et hostile ne le tente pas.

D'autre part, ce type de mission en zone extérieure est de la responsabilité des Cleaners, unité de combattants d'élite formée spécifiquement aux interventions en milieu hostile. Encore en charge de ce dossier, il n'ira enquêter au-dehors que si aucune autre piste n'aboutit.

Le temps joue contre lui. Ses supérieurs subissent la pression des politiques qui ne supportent pas l'échec. Mener une enquête, ce n'est pas une partie de plaisir, encore moins depuis la mutation catastrophique du monde. Il faudra redoubler de prudence, car entre les gangs qui soufflent le chaud et le froid, le staff du gouverneur au bord de la crise de nerfs et des milliers de tueurs potentiels en liberté, rien ne lui facilite la tâche.

Il a peut-être fait une erreur de débutant, mais une pièce n'a pas été versée au dossier d'enquête. Un carnet de croquis de la dénommée Maria Shakirova, dont le frère précisément est un activiste notoire.

Certains représentent des nourrissons, d'autres, des cités imaginaires. Cette programmeuse a un vrai talent d'illustratrice. Beaucoup de pages sont couvertes d'explosions nucléaires, une fascination morbide pour ces dinosaures énergétiques. L'officier de police conservera ce document sans en référer à ses chefs, le temps nécessaire à son analyse.

Un signal sur son portable l'avertit d'un rendez-vous, qu'il accepte de recevoir.

— Mes respects, mon lieutenant. S'cusez-moi d'user de vot' temps.

Son visiteur, un grand costaud à la peau noire, doit trimer comme un pauvre diable pour gagner de quoi subsister. Ses vêtements usés jusqu'à la corde proviennent d'œuvres de charité. Il a les traits tirés d'un gars qui ne dort pas beaucoup.

— J'ai peu de temps. Qu'est-ce qui vous amène ?

L'homme aux muscles saillants ressemble à un enfant pris en faute. Il pétrit nerveusement entre ses mains son bonnet élimé.

— J'm'appelle Gédéon et j'suis employé au service d'entretien. C'est moi qui vide les bennes à ordures, mon lieutenant.

L'impatience oblige son interlocuteur à s'agiter sur sa chaise.

— Venez-en au fait, Gédéon. De quoi voulez-vous me parler ?

Visiblement embarrassé, l'autre hésite à cracher le morceau. Le lieutenant Cooper peut voir ruisseler sur son front sa méfiance.

— Mon lieutenant, j'devrais pas en parler. Si mon employeur l'apprend, il me virera, pour sûr !

Devant l'air excédé qu'affiche l'officier de police, Gédéon décide de vider son sac :

— J'espère qu'vous garderez ça pour vous... Voilà : y'a bien trois jours, j'ai entendu un drôle de bruit dans la benne que j'vidais dans un conduit à ordures. Après coup, j'crois qu'c'était bien une personne qui s'cachait au milieu des déchets.

Subitement intéressé, le lieutenant Cooper fait immédiatement le lien avec les meurtres et la disparition des principaux suspects.

— Pourriez-vous décrire l'occupant du bac à ordures ? Avez-vous aperçu sa silhouette ?

Gédéon fait non de la tête. Maigre indice que la présomption d'un pauvre hère officiant au nettoyage. Jamais ses supérieurs ne prendront au sérieux pareil témoignage.

— Merci, Gédéon, de vous être déplacé pour me le signaler. Je vais voir ce que je peux faire.

Il lui indique la sortie, bien décidé à couper court à leur entretien. L'employé ne bouge pas d'un pouce, les yeux exorbités. Machinalement, le policier vérifie que son arme est dans son étui, inquiet de la tournure que prend l'échange.

— Y m'en coûtera sûrement d'vous dire ça, mais j'peux pas m'en empêcher.

De nouveau, Gédéon marque une pause, cherchant ses mots.

— Putain, tu vas accoucher, maudit macaque !

Oups ! Le lieutenant met sa main devant la bouche. Laisser ses plus viles convictions prendre le dessus n'est pas très professionnel.

Gédéon roule des billes indignées. Les insultes à caractère racial, il a l'habitude. Mais venant d'un officier de police, il ne s'y attendait pas. Tout ce chemin pour renoncer à cause d'un mec porté sur le suprémacisme. Rageant !

— J'aurais préféré ne pas avoir entendu, lieutenant. L'autre info, c'est qu'un type de la pire espèce, un malade mental, a charcuté certains de mes collègues pour savoir si un p'tit blanc, du nom de Sam

Hart… quelque chose, a emprunté la voie la plus rapide pour la décharge extérieure.

Honteux, Cooper fait l'effort de soutenir le regard de Gédéon. Aucune haine n'est présente au fond de ses yeux, seulement de la lassitude. Calmement, il lui demande de décrire avec précision le tueur potentiel.

10.

Depuis son exploit incroyable, j'ai envers Maria un immense respect, partagé par l'ensemble des membres du clan. Son intervention miraculeuse a écarté le danger de l'invasion des Cleaners.

Malden déploie une énergie hors du commun pour obliger la troupe survivante à quitter le repaire de la grotte. En dépit des nombreux blessés, des enfants traumatisés et des femmes enceintes, les préparatifs pour un voyage incertain se poursuivent.

Le frère de Maria mérite bien son surnom de « Mad Marpel », hurlant sans cesse comme un possédé, ne laissant de répit à aucun des survivants encore vaillants, insufflant un vent de folie dans l'abri précaire.

Je partage avec lui la même inquiétude quant à la réaction du pouvoir en place. Cette défaite ne restera pas impunie. Je ne devrais pas dénigrer mes anciens patrons, pourtant, je suis persuadé que ces ordures vont frapper fort et rapidement.

La reconnaissance de ma paternité a transformé le regard des femmes rebelles. Elles voient en moi le géniteur du futur libérateur de leur peuple. Les hommes m'acceptent avec plus de réticence, car tous voudraient occuper la place de celui qui a fécondé Maria.

Je ne réalise pas encore les conséquences d'une telle position sociale, et particulièrement des devoirs qui m'incombent. Aucun mâle de la troupe ne tolérerait que je ne sacrifie pas ma vie pour celle qui les a sauvés.

Maria m'adresse peu la parole pendant la journée. Sans que je le lui demande, elle m'a invité à partager sa couche dans la cavité aménagée pour elle. Les regards envieux de tous les combattants m'ont convaincu de ne pas refuser. Tous voudraient bénéficier d'un tel honneur.

Dan et Bosco passent le plus clair de leur temps avec leur chef à discuter de la stratégie à adopter. Je n'ai pas été convié à ces conseils au sommet, preuve que la confiance en ma personne a ses limites. La considération de Maria ne suffit pas à me faire aimer de son frère.

Maintes fois repoussé à cause des conditions climatiques exécrables, le départ est imminent. L'ensemble des hommes et des femmes qui survivent dans cet univers apocalyptique attendent avec impatience d'écrire une page meilleure de leur histoire.

À n'en pas douter, Maria figurera au premier plan dans les légendes et les contes que ces humains inventeront. La température à l'extérieur est montée à plus de soixante degrés. L'espérance de survie pour un être normalement constitué devient hypothétique.

J'ai fait part de mon désaccord à Malden à propos de la décision de s'aventurer sur ces terres arides. Il m'a ri au nez, insistant sur mon manque de courage. Excédé, j'ai cédé à ses provocations, malgré les mises en garde de Maria.

Je l'ai affronté à mains nues et il s'est fait un plaisir de me donner une leçon de boxe.

— Idiot ! s'est contentée de me sermonner celle qui m'avait prévenu. Il n'attendait que ça. Tu as joué son jeu et tu as perdu.

Grimaçant de douleur, j'ai mis un mouchoir sur ma fierté et convenu de ma stupidité. Dorénavant, j'affronterai son frère sur un terrain où j'ai une chance de le vaincre.

Les journées sont bien remplies à essayer de survivre. J'ai exigé de faire ma part, notamment en participant aux sorties. La fournaise qui règne à l'extérieur est telle qu'un groupe aguerri ne peut y séjourner que quelques minutes. Le rythme cardiaque s'emballe, le cerveau en ébullition cherche ses neurones. Seul Bosco ne décolère pas.

Que son chef lui ait imposé une nouvelle recrue passe encore, mais qu'il soit obligé de veiller sur elle, cela, il ne l'accepte pas.

Agacé, Mad Marpel a fini par menacer la boule de muscles d'une exclusion avant qu'elle ne cède. Voilà pourquoi je me cramponne aux pas de Bosco, même s'il n'arrête pas de répéter que je le colle un peu trop.

La luminosité est telle que sans lunettes de soleil, les rétines brûleraient immédiatement. Nos tenues sont inspirées de celles des peuplades du désert. Des vêtements flottants nous recouvrent de la tête aux pieds. Au préalable, nous enfilons une grande chemise de coton. Le tissu extérieur n'est donc pas au contact direct de la peau. La circulation facilitée entre les deux vêtements permet l'évacuation de la chaleur dégagée par l'astre solaire.

Le risque premier, c'est la déshydratation. Voilà pourquoi Mad Marpel a décrété que nous ne voyagerions que la nuit. La température, bien que toujours importante, reste supportable.

Dan et d'autres rebelles ont objecté que ces saletés de drones sont munies de lunettes à visée infrarouge, tout comme les unités de Cleaners. Au contraire des combattants libres, dépourvus d'équipements sophistiqués, ce qui en fait des cibles idéales dans l'obscurité.

— Je préfère tomber sous les tirs ennemis, plutôt que mourir desséché par la chaleur !

Le chef a parlé et plus aucun des hommes n'a osé aborder à nouveau le sujet. Pour ma part, je reste persuadé, quelle que soit la décision, que circuler de jour ou de nuit ne changera pas grand-chose : nous finirons sous le feu des chasseurs lancés à notre poursuite. Bien entendu, je garde cette opinion pour moi, afin d'éviter de semer le trouble dans la communauté. L'équilibre de notre groupe est tellement fragile que la moindre étincelle de doute mettrait le feu aux poudres.

— À quoi pense mon futur époux ?

J'avais presque oublié la dernière lubie de Maria : m'épouser ! Quelle caution accorder à une cérémonie « officielle » d'union des cœurs et des âmes, malgré la déliquescence inexorable des institutions civiles ? Depuis que j'ai l'âge de comprendre le mariage, je me méfie d'un engagement à vie avec une partenaire de sexe féminin. J'ai toujours préféré la liberté et les plaisirs faciles. S'improviser père de famille ne constitue pas l'aboutissement d'une carrière me concernant.

— Tu ne réponds pas ? Aurais-tu peur de ce type de responsabilité ?

La fine mouche n'oublie pas de m'interroger en se collant contre moi, de manière à ce que sa poitrine s'imprime contre mon torse. Il y a des arguments auxquels un coureur de jupons résiste difficilement. Je ne peux m'empêcher de l'enlacer sans qu'elle oppose la moindre résistance. Il n'y a pas si longtemps, cette femme a essayé de me tuer.

Son ventre arrondi palpite contre mon sexe en érection et ce contact charnel m'excite davantage que les courbes idéales d'une prostituée. Presque intimidé, je l'embrasse maladroitement, effleurant à peine ses lèvres offertes. Malgré nos différents passés, notre relation chaotique, je ressens une attirance organique pour Maria, comme si un philtre avait été versé dans ma boisson.

Elle ose plonger sa langue dans ma bouche pour entraîner la mienne dans une ronde sensuelle. Les assauts du désir brisent mes dernières réticences : je l'effeuille méthodiquement, puis me débarrasse de mes vêtements. Nos corps dénudés s'adonnent aux jeux lascifs de l'amour charnel, usant de postures inattendues, libérant nos pulsions sexuelles.

Maria prend l'initiative, m'incitant à m'abandonner entre ses cuisses. Je laboure avec passion son intimité offerte, plongeant ma hampe dans cette terre fertile.

Lorsqu'enfin, épuisés, nos mouvements ralentissent, je plante mon regard dans ses yeux couleur noisette. Un sourire mutin se dessine sur son visage aux reflets enfantins. Elle approche sa bouche près de mon oreille et murmure d'une voix suave :

— Es-tu certain de ne pas vouloir t'unir avec moi devant les hommes et devant Dieu ?

Au moment où elle me parle, après nos ébats irréels, rien ne pourrait m'obliger à répondre non.

Le lendemain, tous les compagnons sont réunis dans les vestiges de l'ancienne arène. Malgré le chagrin, les femmes ont revêtu leur plus belle parure, tandis que les hommes cherchent à faire oublier leur tenue de combattants. Un des guerriers, grimé en ecclésiastique, marmonne des versets en latin, probablement appris par cœur dans un recueil de prières.

Dan et Bosco prennent leur rôle de témoins de la noce au sérieux, sous le regard attentif de Mad Marpel. À présent, tous entonnent d'une même voix un chant ancien d'une beauté troublante. Passé le temps des cantiques, l'officiant s'adresse à moi avec un ton liturgique :

— Acceptes-tu d'aimer, de choyer et de protéger cette femme, ainsi que l'enfant divin qu'elle porte, issu de ta semence ?

Je réponds « Oui » d'un signe de la tête.

— Acceptes-tu de lui témoigner à tout jamais ton attention, de la chérir au point de donner ta vie en échange de la sienne ?

Bien que la formulation prête à questions, j'acquiesce encore sans hésiter.

— Alors, je le proclame devant cette assemblée d'hommes et de femmes de bonne volonté : je déclare unis par le lien indestructible du mariage Samuel Hartley et Maria Shakirova... Vous pouvez échanger le baiser qui scellera définitivement votre union.

J'embrasse avec fougue les lèvres de celle avec qui je convole sous les vivats et les clameurs de la foule. Dans les yeux de Mad Marpel, je crois discerner des larmes. Deux anneaux grossièrement taillés dans une pièce de métal nous sont offerts en guise de commémoration de notre alliance. À une époque où les mariages sont réservés à la classe supérieure, je me rappelle soudain avoir épousé une autre femme dans un autre monde. Je prie pour que les deux épouses ne se rencontrent jamais !

11.

Le lendemain soir, Mad Marpel intime l'ordre du départ. Nous ne savons pas vraiment pour quelle destination, mais qu'importe. Si nous demeurons terrés, les Cleaners reviendront achever leur sale besogne.

À vrai dire, je ne connais pas grand-chose des environs. Depuis toutes ces années, mon univers s'est réduit aux tours géantes. L'horizon, brouillé par la chaleur, n'est plus qu'un souvenir diffus, une vague connaissance. Je comprends que ce voyage m'angoisse aussi à cause de la peur de l'inconnu.

Après notre mariage, Maria et moi n'avons plus osé faire l'amour, comme si nos corps unis étaient devenus intouchables, avec l'envie de préserver une pureté fragile. Je me rends compte au quotidien d'avoir un statut à part, telle une icône profane. Mes moindres désirs sont aussitôt satisfaits par les femmes, particulièrement réceptives. Les hommes sont plus réticents et ne s'avouent pas encore vaincus. Ils ont l'illusoire espérance que Maria changera d'avis et choisira bientôt l'un deux.

Le choc du monde extérieur me ramène à la réalité. Malgré l'obscurité moite, la chaleur reste suffocante. Le manque de visibilité renvoie tout le groupe, qui progresse péniblement, à ses craintes originelles. Les consignes sont strictes : aucune lumière qui indiquerait notre présence à l'ennemi.

Le sol sableux et encore chaud s'effrite sous nos pas hésitants. À l'avant-garde de la colonne, Bosco et des combattants triés sur le volet ouvrent la marche. À l'arrière-garde, Dan et Malden surveillent les environs, l'air soucieux. De temps en temps, je jette un coup d'œil en arrière, consigné au centre avec les femmes enceintes. J'ai honte de ne pas assumer un rôle plus viril aux côtés des autres mâles. Tous m'ont fait comprendre qu'en tant qu'époux de Maria, ma place s'imposait auprès de l'élue de leur cœur.

Plus nous nous éloignons des ruines de la mégapole, plus je deviens nerveux. Je n'ai jamais vécu loin de sa silhouette bétonnée, de ses courbes d'acier. Malgré sa décrépitude, je me découvre une appartenance à ces tas de ferraille, à ces ruelles nauséabondes. Si au moins je savais où cette expédition nous mène...

Mad Marpel consulte sans cesse sa vieille boussole dont l'aiguille indique le nord. Sa sœur lui a confié que cette direction l'attirait comme un aimant. Avec le réchauffement climatique, les populations ont tenté de migrer vers les régions les plus septentrionales de la planète. L'espoir de températures plus supportables s'est heurté à la volonté farouche des populations autochtones de défendre leur territoire. Des guerres sanguinaires ont éclaté près du cercle polaire arctique. Depuis, une partie de l'humanité reste sans nouvelles des conditions de vie à ces latitudes.

Je profite d'une halte nocturne pour me faufiler en fin de colonne.

— Malden, notre voyage vers le nord est voué à l'échec. D'autres que nous ont essayé sans succès de rejoindre ces terres maudites.

— Maria n'a pas su tenir sa langue. Il ne faut pas que nos compagnons comprennent nos intentions. Le pôle Nord a mauvaise réputation depuis les bouleversements climatiques. Surtout, ne t'avise pas d'en parler à d'autres personnes ou il t'en coûtera !

Son attitude agressive à mon encontre s'est encore aggravée depuis mon mariage. Je vais finir par croire qu'il aime plus que de raison sa sœur. Je le défie du regard sans broncher. Dan intervient avant que nous n'en venions encore aux mains :

— Calmez-vous ! Il y aura des raisons valables pour montrer votre valeur. Nous avons des préoccupations plus importantes : il faut impérativement trouver un abri avant le lever du soleil.

Notre défi visuel n'a duré qu'un bref instant, mais déjà des combattants se sont rapprochés pour savoir ce qu'il se passe. L'autorité de Mad Marpel ne doit pas être mise à mal, sinon la cohésion de la communauté éclatera. Je tourne les talons, abandonnant momentanément la partie.

En fixant péniblement l'horizon, j'entraperçois des sortes de tertres, à moins que cela ne soit des dunes de sable. Peut-être, sous ces monticules, des excavations nous offriraient le répit journalier nécessaire ? Je m'apprête à soumettre mon idée au chef, lorsque je constate qu'une partie des hommes et des femmes montrent du doigt les silhouettes bosselées. Sur l'ordre de Malden, toute la troupe bifurque vers ces apparitions.

Les premières lueurs de l'aube sertissent de jaune la base des tumuli à notre arrivée. Fébrilement, nous cherchons l'accès à un refuge souterrain. Mad Marpel hurle ses consignes, mais les marcheurs fatigués n'écoutent pas. Je me concentre pour repérer une altération aux pieds des dômes de terre, constellés de pierres taillées.

— Ici ! affirme Maria. C'est ici que nous trouverons l'entrée.

Les plus costauds se ruent alors vers l'endroit désigné et ont tôt fait, à l'aide de pelles, de dégager un passage. Le trou sombre n'incite pas à s'y aventurer, et pourtant, plusieurs téméraires se précipitent à l'intérieur. Les rayons du soleil concentrent de plus en plus la chaleur, aussi, je n'hésite pas longtemps avant d'imiter mes congénères.

L'obscurité et l'odeur de pourriture ne sont pas les seules causes d'inquiétude. Des centaines de corps en état de décomposition reposent sous les tumuli. D'autres, à l'état de squelette, imposent un silence respectueux et craintif à mes compagnons. Jamais je n'ai croisé autant de morts, disposés scrupuleusement dans des tombes. Les plus jeunes écarquillent leurs yeux, incapables d'exprimer par des mots la terreur qu'ils ressentent.

— Je ne suis pas certain que s'installer dans pareil endroit soit une bonne idée.

Ma réflexion à haute voix m'attire des regards courroucés et d'autres compréhensifs. Une seule consolation : la température est agréable, malgré l'inconfort des locataires pour l'éternité. Afin de tempérer mes propos, je jette mon sac près du cadavre d'une femme à la carnation partiellement intacte. Après tout, sommeiller à côté de morts est moins dangereux que de frayer avec la plupart des vivants.

Maria s'affaire auprès des blessés et de certaines femmes presque au terme de leur grossesse. Quelle ironie de penser qu'elles pourraient accoucher au milieu des sépultures ! Plutôt que de rester immobile à observer l'agitation alentour, je préfère explorer notre havre journalier.

Je croise Dan, en pleine discussion avec Bosco. Leurs échanges heurtés m'incitent à penser qu'ils sont en désaccord. Je capte en passant quelques-unes de leurs amabilités : « Folie de s'aventurer si loin de la cité ! ... C'est de l'amateurisme que de se fier aux visions d'une seule... » Plus je m'éloigne, plus la conversation entre eux bat son plein. D'autres fidèles à Malden doutent-ils de sa décision d'entreprendre ce long périple ?

La plupart des membres du groupe sont exténués, souvent diminués par des blessures. Les Cleaners n'ont pas fait de cadeau. Sans l'intervention magique de Maria, nous n'aurions pas pesé lourd face à ces soldats d'élite. Dès lors, mettre le plus de distance possible avec ces troupes assassines me semble être la meilleure des décisions.

Tout en progressant lentement dans ce caveau façonné par la main humaine, je me demande pourquoi les informations dont j'ai été involontairement le destinataire intéressent autant de personnes. Il faudrait que je trouve un spécialiste informatique possédant un matériel de décodage numérique suffisamment sophistiqué pour déchiffrer le contenu de la pièce jointe au mail. À n'en pas douter, des révélations ultrasensibles sont dissimulées dans ce foutu message.

J'avance vers le coin le plus sombre de l'excavation, muni d'une lampe torche, à l'endroit où la roche a conservé son apparence la plus rudimentaire. Les tombes sont moins nombreuses, peut-être parce que l'humidité transperce davantage les os et l'épiderme. Quoi qu'il en soit, je grelotte malgré la température très élevée à la surface.

Sur une paroi recouverte de salpêtre et de mousse, j'aperçois des signes indistincts. Malgré leur aspect visqueux, j'arrache les plantes souterraines qui ont colonisé cette partie du tombeau afin de mieux voir les inscriptions, ou du moins les symboles. Les mains tachées d'un liquide verdâtre, je manque m'évanouir à cause de l'odeur putride qui s'en dégage. Je m'essuie sur les pans de ma veste et me noue un mouchoir sur le nez et la bouche. Je braque le faisceau lumineux sur les lettres qui composent des mots. À ma grande surprise, j'arrive à lire le langage. Les indications ne laissent aucune hésitation quant à la marche à suivre !

— Écoutez-moi ! Écoutez-moi tous ! hurlé-je, essoufflé par la course rapide que j'ai entreprise depuis le fond de la fosse.

Peu de personnes réagissent à mon appel, écrasées par la fatigue et déjà somnolentes.

— T'as pas fini de beugler, connard de lécheur de ciel ?

Bosco se dirige vers moi dans une attitude belliqueuse. Visiblement, depuis sa dispute avec Dan, il n'a pas réussi à se détendre.

— Une nuit de marche ne t'a pas suffi ? Si tu veux faire du bruit, dégage à l'extérieur. La chaleur te calmera peut-être.

Visiblement, d'autres « camarades » mécontents se sont redressés pour prêter main-forte à la brute qui se dresse face à moi. Je cherche du regard notre chef, ou à défaut, Maria, mais je ne devine que des visages hostiles et maussades. Leurs rancœurs accumulées trouvent enfin l'occasion de s'exprimer après une progression nocturne harassante. À leurs yeux, n'incarné-je pas le privilégié qui a les faveurs d'une icône, doublé d'un locataire arrogant des grandes tours ?

Peu à peu, un attroupement se forme autour de moi et je ressens la colère grossir les rangs. Les insultes fusent, bien que je ne manifeste aucune agressivité. Des poings se lèvent, symbole d'une frustration et d'une jalousie trop longtemps contenues. Je lance un regard implorant à Bosco, qui réalise enfin le règlement de compte qu'il a déclenché. Les premiers coups pleuvent sans que j'aie la possibilité de les éviter. Rapidement, je ploie sous le nombre.

— Cessez immédiatement, bande de primates !

La voix rageuse de Mad Marpel se répercute sur la voûte comme autant d'avertissements sonores. À ses côtés, Maria, soutenue par Dan, a les yeux remplis de larmes, les mains blotties contre sa poitrine. Le mouvement d'hystérie collective s'arrête aussitôt et les participants, l'air penaud, se dispersent sans demander leur reste.

À genoux sur le sol piétiné, j'hésite à abandonner ma position recroquevillée. Mon corps n'est plus que douleur et chacun de mes muscles se rappelle à mon bon souvenir. Je dois être couvert d'hématomes, ce que le regard horrifié de Maria me confirme. On m'allonge sur une couverture, sans doute pour me transporter et me soigner dans un endroit plus tranquille. Avant de m'évanouir, je tente encore d'avertir la communauté du terrible danger qu'elle court. L'obscurité cède la place à une noirceur que je ne suis pas en mesure d'endiguer.

12.

Svorax Svergenson n'a pas l'habitude d'attendre. Sa patience limitée le conduit le plus souvent à des accès de colère qui ne laissent pas indemnes ses visiteurs. Son physique de géant, accentué par sa longue barbe et ses yeux couleur charbon, a de quoi impressionner ses interlocuteurs.

Depuis plusieurs années maintenant, il règne sur les populations défavorisées des *Infernus*. Son gang a réussi à s'assurer le monopole du trafic des drogues de synthèse, de la prostitution et des denrées alimentaires. Les malchanceux qui échouent dans les bas-fonds de la cité dilapident leurs maigres économies en plaisirs artificiels, car la vie s'avère pour eux rapidement trop difficile.

Lorsqu'il a été condamné par la justice municipale à l'exil, pour une stupide histoire de détournement de fonds, il ne lui a pas fallu longtemps pour gravir les échelons de la mafia qui sévit dans les quartiers pourris aux pieds des gratte-ciels. Ancien banquier pendant son existence dorée au sommet de la hiérarchie, Svorax a su utiliser judicieusement ses connaissances pour bâtir un nouvel empire au sein de la pègre.

L'âpreté de cet environnement toxique est largement compensée par l'enrichissement incommensurable dont il a pu bénéficier. L'argent permet d'embaucher les meilleurs exécuteurs de basses œuvres, et de constituer une garde rapprochée recrutée parmi les hommes les mieux entraînés et les plus fidèles.

Alors pourquoi, tandis qu'il profite de la fraîcheur de son bunker climatisé, entouré de ses maîtresses les plus sensuelles, un étranger ose-t-il le déranger ? Sa dernière acquisition, une rousse à la peau laiteuse, lui tend un verre de whisky produit par ses distilleries clandestines. Les légers tremblements de sa main excitent Svorax, qui s'imagine les promesses d'ébats sexuels la nuit prochaine.

— Comment t'es-tu procuré l'adresse de mon repaire ? Donne-moi le nom de celui qui n'a pas su se taire.

Assis sur son trône de pacotille, le maître des *Infernus* s'impatiente. Les membres de l'escorte qui ont conduit l'importun raffermissent leur prise sur leurs fusils d'assaut. Au milieu d'eux, un homme bronzé de taille moyenne, le corps athlétique et vêtu d'une tenue raffinée, ne bronche pas. Ses lunettes de soleil vissées sur le nez, il fait face crânement à son hôte.

— L'homme de main qui t'a trahi ne parlera plus. J'ai veillé à ce qu'il ne survive pas après m'avoir avoué sous la torture l'emplacement de ta cachette.

Svorax s'agite nerveusement à l'énoncé de la sentence. Ce personnage lui semble tout à coup plus intéressant. Loin d'être impressionné, il savoure la boisson alcoolisée que sa beauté lui a apportée, tout en détaillant scrupuleusement l'inconnu. Sa mémoire, qui ne lui fait jamais défaut, reconnaîtrait entre mille un visage aperçu. Pourtant, celui qui se présente devant lui n'évoque aucun souvenir. Rien ne lui permet de l'associer à un lieutenant d'une des bandes rivales qui convoitent ses marchés juteux.

— Tu es bien présomptueux de venir m'avouer que tu as tué un de mes collaborateurs. Espérais-tu réellement échapper à ma vengeance ?

Dans la salle où une faune hétéroclite s'agglutine, les plus téméraires s'esclaffent. Tous les courtisans, qui ne doivent leur survie qu'à ce parrain impitoyable, restent suspendus à la réaction du visiteur.

— Je suis venu te trouver, car je croyais conclure un pacte avec toi. Je constate que tu n'es qu'un lâche qui se dissimule dans les entrailles malsaines de cette cité !

La stupeur affichée sur le visage du malfaiteur prêterait à confusion en d'autres occasions, si elle ne dissimulait la cruauté d'un serpent. Des quintes de toux nerveuses trahissent les sentiments du souverain autoproclamé des *Infernus*. Il se lève brusquement, le visage rougi par la colère.

— Ton arrogance n'a d'égale que ta stupidité. Crois-tu vraiment sortir vivant de cet endroit après une telle déclaration ?

Les hommes de main encerclent celui qui défie leur employeur, formant un anneau hérissé d'armes à feu. Au centre de cette arène improvisée, l'assassin d'Angie ne s'émeut pas de la menace. Discrètement, il approche sa main de sa ceinture. Effarés, ses adversaires constatent sa disparition sous leurs yeux. Les imprécations proférées par Svorax Svergenson déclenchent une salve meurtrière. Dans l'affolement, les tireurs se faisant face se blessent mortellement. Fou de rage, leur chef ordonne de cesser l'usage des armes à feu.

— Par la vérole atomique, où donc est passé ce fils de pute ?

Les propos orduriers masquent péniblement le silence angoissant qui succède à la fusillade. Par pur réflexe professionnel, deux tueurs interdisent l'accès à la sortie du bunker, sans savoir où se trouve leur adversaire. Certains membres de l'organisation criminelle reculent en boitillant, suivis par un sillage sanguinolent. Tous s'observent, incrédules, perturbés de ne savoir quoi faire exactement depuis l'inexplicable absence.

Soudain, sans raison apparente, Svorax s'agenouille en grimaçant de douleur. À l'abri derrière le fauteuil qui sert de trône à son nouveau maître, son esclave sexuelle pousse un cri d'effroi, tandis que les porte-flingues encore valides pointent le canon de leurs armes en direction de leur patron.

— Jetez vos armes, tas d'abrutis, articule péniblement Svorax.

Un objet pointu appuie sur sa gorge et, bien qu'invisible, la lame n'en est pas moins réelle. Un mince filet de sang s'écoule le long de son cou jusqu'à sa poitrine, imprégnant de rouge l'étoffe de son costume d'alpaga.

— Faites ce que je vous dis immédiatement, bande de crétins ! Je suis à la merci du type que nous recherchons.

L'incompréhension règne parmi les hommes du maître de la pègre. Un patron qui leur demande de se débarrasser de leurs flingues, c'est du jamais vu ! Le plus costaud d'entre eux, connu dans les bas-fonds sous le doux nom de « Atomiseur », met en joue ce chef qui ne sait visiblement plus ce qu'il dit. En réglant la hausse, il vise légèrement au-dessus de la tête de Svorax. Avant qu'il n'appuie sur la détente, un poignard s'élance dans sa direction et se plante dans sa poitrine. Il s'écroule les yeux grands ouverts sans savoir comment la mort a frappé.

Aussitôt, tous les autres lâchent leurs armes qui leur brûlent les mains.

— Reculez et sortez tous, mains croisées sur vos têtes. Le dernier verrouillera la porte de l'extérieur, ordonne leur chef en position équivoque. Toi aussi, Elena.

La jeune femme quitte en tremblant sa cachette derrière le trône et file en direction de la sortie. Peu à peu, la pièce se vide de ses occupants. Certains combattants serrent les poings de dépit, d'autres crachent leur dégoût sur le sol, une poignée de fidèles s'arrache ses vêtements en signe de colère...

Bientôt, Svorax demeure seul, agenouillé par obligation, le visage crispé par la haine.

— Tue-moi, maudit sorcier. De quel noir sortilège uses-tu pour passer inaperçu ? Mets un terme à cette pathétique mise en scène. Tue-moi !

La pression de l'acier sur sa carotide se relâche, mais un choc brutal dans le bas-ventre le force à se plier en deux.

— Imbécile imbu de pouvoir ! Tu invoques la magie et les démons dès que tu ne conçois pas quelque chose. Pas un seul instant, l'idée d'un artifice technique ne t'est venue ? Malgré la déliquescence du monde, les recherches scientifiques se poursuivent dans des laboratoires aux emplacements tenus secrets.

À la fin de sa phrase, le tueur appuie à nouveau sur le bouton dissimulé sous sa ceinture. Sa silhouette se dessine à nouveau nettement, dominant le corps de son hôte à ses pieds. L'expression ahurie de Svorax contraste avec l'attitude triomphante du porteur de lunettes de soleil.

— Je te dévoilerai le secret de ma disparition. Tu pourras en faire l'usage qu'il te conviendra, mais avant, j'exige que tu t'engages à m'aider à retrouver une personne. Nous scellerons ton serment par l'échange de notre sang.

Inquiet, le maître des *Infernus* tente de se relever, mais un autre coup de pied dans ses parties génitales l'en dissuade.

— Avant, tu vas jurer sur la tête de ta fille, Sverena, que tu chéris plus que tout au monde. Tu vas me promettre de tenir tous tes engagements. Par la fange pourrie dans laquelle tu te vautres, si tu manques à ta parole, ton enfant sera égorgée sous tes propres yeux !

Les yeux brillants de haine, Svorax aurait, en d'autres circonstances, torturé longuement celui qui ose menacer sa perle précieuse, puis achevé dans d'atroces souffrances le tueur téméraire. Néanmoins, posséder le pouvoir de se rendre invisible dans son environnement hostile est un formidable atout. À la place, il se contente de le foudroyer du regard, puis de répondre positivement d'un signe de la tête. La promesse qu'il s'apprête à faire ne l'empêchera pas de faire payer chèrement à l'inconnu présomptueux son arrogance.

Celui-ci, d'un geste précis, s'incise la paume de la main et indique à son rival qui se relève péniblement de lui tendre la sienne. La poignée virile échangée ne garantit aucunement la confiance, mais lie par des liens de sang les deux hommes.

— Nous partirons à la prochaine pleine lune, dans trois jours. Prépare tes meilleurs éléments à une longue partie de chasse vers le nord.

— Quel gibier humain mérite un tel acharnement ? crache Svorax.

— Un imbécile qui ne sait même pas la valeur des informations qu'il transporte sur lui !

Sans attendre de réponse, le corps de l'assassin s'efface, laissant le patron des *Infernus* remâcher sa soif de revanche.

13.

J'ouvre les yeux péniblement. Une odeur de charogne putride agresse mes narines. J'essaie de bouger, mais une douleur insoutenable sur le côté droit me cloue sur place. En tournant lentement la tête, je découvre Maria à mon chevet, l'inquiétude perlant dans son regard.

— Tu as plusieurs côtes cassées et pas mal de contusions. Heureusement, aucun organe vital n'a été endommagé.

Sans m'étonner de son diagnostic précis, je désigne la gourde dans sa main. Elle comprend immédiatement que je meurs de soif. Je bois au goulot avec bonheur, bien que la déglutition s'effectue difficilement.

— Les coups que ces abrutis t'ont portés occasionneront des désagréments sur ton système digestif pendant quelque temps. Pour le moment, force-toi à avaler par petites gorgées.

Bien que modérément rassuré, j'apprécie que Maria s'occupe de moi comme une mère. Après nos retrouvailles houleuses, un peu de considération de sa part ne me déplaît pas. Mal en point, je baigne dans un brouillard irréel, confiné dans un tumulus glauque... Tumulus ! Putain, il faut que j'avertisse les autres du danger.

— Maria, appelle vite ton frère. Nous ne devons pas nous éterniser dans cet endroit. La survie du groupe est en jeu !

Elle me dévisage, doutant de ma santé mentale en considérant le traumatisme que j'ai subi et l'état de choc qui s'en est suivi. Après un moment d'indécision, elle se lève et part à la recherche de Malden. Le temps nous est compté et je semble être le seul à l'avoir compris. Les minutes s'étirent comme des heures, ma vision se trouble au risque d'une perte de connaissance, mais je m'accroche pour le salut de tous.

— Sam, je suis désolé pour cette agression injustifiée, me surprend Mad Marpel. Les responsables seront châtiés sans pitié. Bosco m'a déjà avoué regretter de s'être emporté : il ferait n'importe quoi pour se faire pardonner. Maria m'a dit que tu voulais me parler. C'est quoi, le problème ?

Pour une fois, je suis content de voir sa silhouette imposante. Je voudrais m'asseoir pour offrir une meilleure image de ma personne, mais je souffre trop à chaque mouvement.

— Cet immense tombeau est un lieu sacré. J'ai découvert des inscriptions qui mettent en garde les pilleurs de tombes et autres qui oseraient s'introduire à l'intérieur.

Le frère et la sœur m'écoutent sans vraiment réagir à mes propos, comme si la menace n'était pas avérée.

— Vous ne comprenez pas, bordel ? Pour les populations qui enterrent leurs morts sous ce gigantesque tertre, nous sommes des profanateurs. S'ils découvrent notre présence, ils nous massacreront !

Une lueur d'affolement s'allume dans les yeux de Mad Marpel, qui masque sa bouche tordue d'une main tremblante. Sans prononcer la moindre parole, il fonce vers le centre du tumulus, beuglant des ordres en chemin. Maria me caresse délicatement la joue pour exprimer sa gratitude. Lorsqu'elle retire sa main, légère comme une plume, je donnerais n'importe quoi pour qu'elle recommence. Au même moment, des hurlements en provenance de l'extérieur sèment la panique parmi les hommes et les femmes assoupis.

— Les guetteurs ! s'exclame Maria. Ils sont attaqués. Ton avertissement arrive trop tard !

Je lui demande de m'aider à m'asseoir, malgré des grimaces de désapprobation ponctuant chaque effort pour me mettre sur mon séant. Le nouveau champ de vision me permet d'apprécier la rapidité avec laquelle les combattants s'équipent et se rassemblent près de l'entrée de l'excavation. Dan et Bosco assistent efficacement Mad Marpel, qui hurle ses ordres afin que tous se tiennent sur le qui-vive en vue d'une évacuation rapide, tandis que des volontaires féminines se chargent de rassurer les femmes enceintes et les enfants. Le tumulus ressemble de plus en plus à une ruche, même si beaucoup d'abeilles sont mortes. Je sens le regard de Maria, qui se demande si je vais être en mesure de m'enfuir.

Des cris et des chants coléreux résonnent au-dessus de nos têtes, pareils à des démonstrations de revenants qui fêteraient leur résurrection. Je poursuis mon redressement avec le soutien de mon épouse en m'adossant à la paroi terreuse. Enfin debout, je mesure l'angoisse qui étreint la communauté, piégée à l'intérieur de ce tombeau qui pourrait devenir le sien. Comme si elle ressentait mes craintes, Maria me serre tendrement la main :

— Je dois aller parlementer avec eux, car j'ai le pouvoir de les raisonner.

— Tu ne peux pas t'y rendre sans moi, répliqué-je en mettant le maximum de conviction.

Sans réfléchir, j'avance d'un pas avec son soutien, malgré les déchirements musculaires que m'occasionne la marche. Oubliant ma souffrance, je mets un pied devant l'autre, décidé à poursuivre. À l'approche de l'entrée du tombeau, où une troupe de guerriers se prépare à une attaque, les autres membres du groupe nous dévisagent d'un air abasourdi. Les bras se tendent vers nous, leurs paumes de main offertes pour nous effleurer au passage, évoquant l'adieu à des saints qui s'exileraient pour un pèlerinage.

Lorsque Malden prend conscience de notre duo progressant avec difficulté, entouré de toute l'attention de la communauté, la colère enflamme sa face brûlée par le soleil.

— Qu'est-ce que tu fous là, Maria ? Il n'est pas question que tu t'exposes à nouveau avec ton bébé. Je refuse que vous vous mettiez en danger !

Le ton hargneux masque difficilement son inquiétude, et pour bien affirmer son ordre, il se place entre nous et la sortie. Je sens la poigne de mon accompagnatrice se raffermir, pendant que son corps se cabre.

— C'est à moi de décider des choix qui m'incombent. Ma grossesse est un atout, elle infléchira l'ardeur de nos agresseurs. Laisse-moi passer !

Dehors, les vociférations augmentent, confirmant l'imminence de l'attaque. Je comprends qu'aucun des deux ne cédera, alors que l'existence du groupe est menacée. Profitant de la dispute, je me détache de Maria avant qu'elle ne réagisse. Puis, exploitant l'effet de surprise, je bouscule mon supérieur pour forcer le passage, mû par un irrésistible élan qui occulte ma souffrance.

En dépit des injonctions de Mad Marpel, Bosco s'engouffre dans la brèche que j'ai ouverte pour me servir de béquille humaine. Son soutien s'ajoute à la volonté de fer qui m'habite et sans laquelle je n'aurais jamais risqué ma vie.

Une brise légère nous rafraîchit au pied du tumulus. La nuit sombre est criblée de torches qui s'agitent frénétiquement. Formant un demi-cercle, les gardiens du lieu sacré brandissent leurs armes en entonnant des chants guerriers. Les mouvements désordonnés ressemblent à ceux des consommateurs de substances hallucinogènes.

Uniquement sous l'emprise de la peur, Bosco exerce une pression qui me broie les côtes. Je tente de le calmer en lui pinçant l'avant-bras, priant pour qu'il ne cède pas à l'affolement. Parmi les manifestants hystériques, un homme masqué, des peintures suggérant un squelette sur son corps nu et enduit de suie, s'avance en agitant ses bras de manière saccadée. Bosco se place devant moi pour me protéger, au péril de sa vie. L'inconnu agressif nous tance verbalement, usant d'un langage incompréhensible en effectuant des sauts menaçants.

— Je vais me le faire, murmure mon bouclier humain, comme s'il n'attendait que le moment de montrer sa bravoure.

Je ressens sa fureur et sa haine, sa frustration, son désir de revanche. Il a beaucoup à se faire pardonner. Le fusil qu'il braque vers l'intrus qui nous défie n'est que l'expression de ses sentiments contradictoires.

— Bosco, s'il te plaît, pas de gestes inconsidérés qu'on regretterait. Je vais tenter d'établir le contact.

Sans attendre sa réponse, je le dépasse et me dirige d'un pas incertain vers le mage fou qui, visiblement surpris par mon initiative, se fige dans une posture comique. Tous ses congénères interrompent leur danse macabre, déstabilisés par mon audace. Dans mon dos, je discerne le bruit caractéristique d'un fusil qu'on arme et j'en déduis que Bosco se tient prêt à ouvrir le feu.

— Nous respectons vos croyances ! clamé-je. Si elles nous étaient plus familières, jamais nous n'aurions agi comme des sacrilèges. Au nom de tous les membres de ma communauté, je vous demande pardon pour notre intrusion... Afin d'éviter un massacre inutile, je vous supplie de nous laisser quitter cet endroit sains et saufs.

Un silence assourdissant fait écho à ma requête, troublé uniquement par la respiration rauque de Bosco. Les mouvements de tête des assaillants qui se consultent du regard traduisent leurs hésitations. Le personnage que j'identifie à un sorcier se rapproche de moi, presque à me toucher. En dépit de la nervosité croissante de mon garde du corps derrière moi, je n'ai pas peur.

L'émissaire iconoclaste dessine, avec ses mains, des arabesques autour de mes muscles endoloris. Progressivement, un bien-être irradie mon corps, au point d'éprouver le besoin de quitter mon enveloppe corporelle. Les silhouettes qui me font face se troublent et je m'élève au-dessus d'une nuée ardente. Le monde est un vaste désert, semé des milliers d'épaves de l'humanité. Les fantômes des cités qui survivent s'accrochent à des lambeaux de pouvoir, incapables d'entrevoir l'inéluctable déclin. Je survole les restes pathétiques de mes compatriotes, désespérés par l'inaction coupable. Une torpeur irrésistible m'envahit, m'entraînant vers la nuit sans que je puisse opposer la moindre résistance...

— Sam ! Sam, réveille-toi !

Bosco me secoue sans ménagement, oubliant visiblement que je suis couvert de contusions. Dan et Maria, à ses côtés, sont entourés de combattants armés qui surveillent les environs et d'une partie de la troupe. Je suis allongé sur le sol sableux, son chaud baiser me réchauffe le dos. Je me souviens que des agités du bocal ont voulu s'en prendre à nous. Le pseudo-sorcier qui m'a approché a disparu... Comme tous ses acolytes, au demeurant !

— Après que tu t'es évanoui, le farfelu a hurlé des ordres et toute la clique s'est dispersée dans la nuit, m'explique Bosco. Que lui as-tu dit pour qu'ils s'en aillent sans combattre ?

Je suis bien en peine de répondre. L'impression de grâce dans laquelle j'ai baigné au contact du mage ne se prolonge malheureusement pas après mon étourdissement. Pourquoi ces adorateurs belliqueux ont-ils renoncé à nous punir de notre ignorance ? J'ai du mal à croire que mes mots seuls ont suffi à convaincre cette peuplade.

— Il t'a plongé dans un moment de sérénité, un état second où les humains voient plus loin que la simple vision du monde réel.

Maria s'est exprimée d'une voix douce mais franche, en toisant son frère qui doute de son explication.

— Quelle que soit la raison de l'abandon des hostilités, ne traînons pas dans le coin : ces excités pourraient revenir avec des intentions moins conciliantes.

Mad Marpel coupe court à toute discussion, tourne les talons et harangue ses ouailles pour qu'elles s'empressent d'exécuter ses ordres. La marche qui s'annonce n'épargnera personne cette fois-ci.

14.

Dès les premières lueurs blafardes du jour, notre groupe a ressenti les rayons brûlants du soleil. Couverts de vêtements de toile de couleur claire, nous espérons nous protéger des agressions solaires. Le paysage désertique que nous traversons se transforme rapidement en fournaise.

Tous les membres de la communauté maudissent leur chef de les avoir obligés à reprendre la route au milieu de la nuit, sachant qu'inévitablement, il faudrait affronter des chaleurs torrides... Sans compter les rafales de vent qui s'acharnent sur la terre desséchée. Où donc se cachent les ressources en eau ? Existent-elles encore ailleurs que dans notre imagination ?

J'ai tout loisir de méditer, car deux solides gaillards portent à la seule force de leurs muscles une civière improvisée munie d'un dossier, sur laquelle je trône. J'ai trop mal pour poser les pieds par terre et encore moins pour m'aventurer dans les dunes de sable. Même les femmes enceintes n'ont pas eu droit à un tel privilège. Parfois, certaines me lancent des regards envieux, adoucissant machinalement l'expression de leur visage avec l'espoir que j'en invite une à mes côtés.

Celle qui ne demande rien et se contente de prendre appui parfois sur les montants en bois de mon étrange moyen de transport, c'est Maria. Ce petit bout de femme souffre en silence, posant un pas après l'autre malgré les difficultés de marche que sa grossesse induit. Bien évidemment, je ne suis pas un monstre et lui ai proposé de prendre ma place sur le siège, mais elle a systématiquement refusé, levant d'une manière hautaine son joli menton pour me dévisager avec des yeux de panthère.

— Si je ne marche plus, alors pourquoi les autres femmes en cloque marcheraient-elles ?

À chaque fois, le ton cinglant de sa réponse ne m'encourage pas à réitérer ma demande.

Vers quelle destination progressons-nous aussi péniblement ? Mad Marpel a été incapable de me le dire lorsque je lui ai posé la question... Ou plutôt, ses explications manquaient de clarté. Je me suis demandé si ce n'est pas volontaire de sa part. Une chose reste certaine : Maria indique le nord, comme si le pôle magnétique l'attirait inexorablement.

Vers midi, nous cherchons refuge au pied d'une grande dune, derrière laquelle le soleil au zénith projette son ombre. La température doit avoisiner les soixante degrés et l'air semble soudain figé. Enveloppés dans nos vêtements de tissu rugueux, nous tentons tous de profiter au maximum de la pause. En ce qui me concerne, ce sont plus les élancements dans les côtes qui m'empêchent de m'assoupir.

— Tu lui as dit quoi, à ce satané sorcier ?

Dan s'assoit entre Maria et moi, prenant un malin plaisir à s'immiscer entre nous. Une brise étouffante soulève des tourbillons de sable, au grand dam de certains qui crachent et toussent. Si l'enfer a une couleur, elle ressemble à celle du désert.

— Je lui ai juste rappelé que nous respections leurs croyances, que nous allions partir rapidement. Rien de bien original, en vérité.

Avec des réflexes de chef de patrouille, Dan me prend par le col et plante son regard d'aventurier dans le mien.

— Tu m'caches quelque chose, p'tite tête.

Soudain, semblant réaliser l'absurdité de la scène, il se lève brusquement, bredouille des excuses et se dirige vers Bosco, qui ronfle comme une forge.

Sa question n'est pas si idiote, après tout. Pourquoi cet hurluberlu à l'allure d'excité du bocal a-t-il décidé de nous épargner ? Son contact m'a plongé dans une sorte de transe durant laquelle des visions apocalyptiques m'ont hanté. À vrai dire, je ne m'explique pas du tout ce qui est arrivé. Les autres non plus ! Depuis, la plupart des membres du groupe m'observent à la dérobée, avec un mélange d'attirance et de répulsion.

— En route ! ordonne Mad Marpel, tandis que je me perds en conjectures.

Les expressions de lassitude qui émanent de mes congénères n'augurent pas d'une poursuite aisée. Beaucoup de corps ont déjà atteint leurs limites.

Plusieurs vieillards ne font pas l'effort de se relever. Résignés, ils regardent les plus vaillants s'éloigner. Balancé mollement par mon étrange équipage, j'éprouve soudain un sentiment de honte. De quel droit m'arrogé-je une vie ? Quel est mon mérite sur cette planète ravagée ?

— À quoi tu penses, freluquet ?

Bosco remplace un de mes porteurs, qui montrait des signes de fatigue. Les veines saillent le long de son cou de taureau, tandis que son visage marbré traduit l'effort qu'il s'impose. Je voudrais lui exprimer ma reconnaissance de m'avoir accompagné hier soir, le rassurer sur ma propension récente au pardon, mais les mots restent coincés au fond de ma gorge.

— Une tempête approche ! avertit un des guetteurs. Tout le monde à l'abri sous les bâches.

La panique s'empare du groupe. Les témoignages de rescapés des vents des sables sont édifiants. Je me souviens avoir entendu dire que le souffle assourdissant rendait fou les égarés des étendues désertiques. À peine ce détail rappelé, les premiers coups de langue chargés d'effluves cinglants lèchent nos silhouettes recroquevillées sous des morceaux de tissu fragile. Les assauts des bourrasques redoublent bientôt, tandis que les cris de frayeur se multiplient. La peur me laboure le ventre, persuadé que la fin approche. Le vacarme paroxysmique couvre les manifestations des humains. Seul le feulement violent du vent rugit sur l'immensité désertique. Aucun obstacle ne s'interpose entre nous et la brutalité de la nature.

Lorsqu'enfin le phénomène météorologique s'atténue, Maria et moi nous extirpons de dessous la couche sableuse. Autour, des abris de toile se sont transformés en tombeaux. Une dizaine de cadavres sont découverts.

— À ce rythme, maugrée Malden, seule une poignée atteindra la destination finale.

Le frère enlace sa sœur pour la réconforter et lui assurer son soutien malgré les pertes humaines. Parmi les rescapés, je sens des regards noirs qui convergent vers la silhouette de ma femme. Égarés par la perte de leurs proches, ces ingrats ont déjà oublié que Maria a sauvé tout le clan de l'attaque des Cleaners. La mémoire des hommes vacille quand le danger devient prépondérant.

Je prie pour que nous trouvions une halte favorable à la tombée du jour. D'ici là, le courage devra suffire aux récalcitrants pour continuer la marche. Mes transporteurs avancent avec de plus en plus de difficulté et Bosco doit sans cesse en remplacer un à tour de rôle. Il est costaud, le bougre, mais à ce rythme et sous cette chaleur de plomb, il ne résistera pas longtemps.

Le coucher de soleil est encore loin et la baisse de température ne sera pas immédiate. Par hasard, deux éclaireurs ont découvert les vestiges d'un temple adossé au flanc d'un escarpement rocheux. La chance nous sourirait-elle enfin ?

Avant d'investir l'antique bâtiment, je pénètre avec Dan et Mad Marpel pour inspecter le lieu. Il n'est pas question de violer de nouveaux interdits. D'autres populations se sont peut-être entichées de cet habitat troglodytique. Notre exploration se solde par une rencontre avec une colonie de chauves-souris que nous dérangeons. De nombreuses larves ont élu domicile dans ce sanctuaire où la température est plus clémente, les chiroptères abondent. Leur présence, bien qu'inquiétante, ne devrait pas poser de problème. Les autres peuvent bénéficier de la fraîcheur relative du temple.

Dan en profite pour effectuer un recensement : une trentaine de membres ont survécu aux affres des dérèglements climatiques. C'est peu. Je m'inquiète auprès de Mad Marpel des effectifs qui se réduisent comme peau de chagrin, mais cela n'entame pas son optimisme de rigueur.

— Profitons d'un repos mérité dans une atmosphère moins étouffante. Nous nous remettrons en route au milieu de la nuit, lorsque la température se montrera plus clémente.

Je doute que ses subordonnés accueillent avec beaucoup d'enthousiasme la nouvelle d'un départ imminent. L'autre problème qui va bientôt devenir crucial est lié à nos réserves de nourriture. Elles ne sont clairement pas suffisantes, tout comme celles d'eau. Bosco se charge de la distribution. En nous rationnant, peut-être arriverons-nous à subsister quelques jours de plus ?

Maria, épuisée, grignote plus pour l'enfant qu'elle porte que pour rassasier son estomac affamé. Avant que je n'aie terminé ma part en mâchant lentement, elle s'endort dans une position incongrue. Je l'allonge sur un drap gris, puis la couvre d'une mince couverture. Il ne s'agirait quand même pas qu'elle attrape froid ! L'enfant qu'elle héberge dans son ventre offre un espoir à notre communauté et, qui sait, à toute l'humanité aussi.

Je me force à avaler les quelques bouts de viande séchée, plus par principe que par plaisir. L'air harassé, Bosco a englouti en quelques secondes sa portion et ronfle déjà. Dan monte la garde avec deux guerriers fiables. Je localise la position de Mad Marpel, qui réconforte une famille endeuillée. J'attends que sa mission soit terminée pour l'entretenir :

— Nous n'irons pas beaucoup plus loin sans vivres supplémentaires. Les ventres sont creux, les regards vides. Nous ne les ferons plus avancer longtemps de cette manière.

— Et que proposes-tu, l'intello ? Si tu as une meilleure solution pour traverser une région caniculaire, je suis preneur.

Son ton acerbe masque difficilement le désarroi d'un chef. « Il se sent impuissant », pensé-je. Tous ces morts depuis que nous avons quitté les grottes où ils avaient trouvé refuge. La fatigue accumulée ne fait pas bon ménage avec le mécontentement. Je propose à Mad Marpel d'envoyer deux chasseurs de confiance traquer quelque proie. Avec de la réussite, ils ramèneront du gibier. Un peu de viande grillée remonterait le moral des hommes et des femmes.

Il s'éloigne en haussant les épaules, visiblement peu enclin à écouter mes conseils. Je crois percevoir une pointe d'agacement chez mon beau-frère. Ma prise de décision, la veille, lorsque j'ai enfreint ses ordres pour aller parlementer avec nos assaillants, lui est restée en travers de la gorge. Sans doute a-t-il ressenti mon initiative comme une remise en cause de son autorité. Au fond de moi, je n'ai pas le sentiment d'avoir cherché à le défier. Je n'ai jamais eu la carrure d'un chef et encore moins l'envie d'accompagner la destinée d'une communauté.

— Quel est ce regard noir ? À quoi penses-tu, Sam ?

Maria se blottit lascivement contre moi, telle une chatte en chaleur. Bien que je trouve son attitude déplacée, le souvenir de sa main me caressant délicatement la joue ravive mon désir. Je l'enlace tendrement, malgré la fatigue et les douleurs persistantes. Puis, sans aucune gêne, nous nous embrassons fougueusement, sous les regards jaloux des autres membres du groupe. Nous retrouvons nos réflexes d'amants du temps où j'étais encore à un poste élevé dans les hautes sphères de la mégapole en décomposition. Cet instant aurait dû se prolonger éternellement, mais une explosion à l'extérieur du temple nous fait sursauter. Aussitôt sur le qui-vive, les hommes armés se préparent à affronter une menace. J'abandonne à regret le corps tiède et parfumé de Maria pour suivre Dan et Bosco, qui se portent à la rencontre de la source de la déflagration.

Par une meurtrière grossièrement taillée dans la pierre, j'aperçois un convoi de guerriers aux uniformes disparates : une unité non gouvernementale nous a localisés ! Elle encercle notre abri précaire et semble bien décidée à nous éliminer. Comment ont-ils fait pour nous trouver ? Est-ce dû à ma présence ? Je n'ai pas le temps de m'interroger davantage qu'un personnage qui ne m'est pas inconnu descend d'un des camions : l'assassin de ma secrétaire !

— Livrez-nous Samuel Hartley et il ne vous sera fait aucun mal...

La voix qui reste suspendue dans le haut-parleur est sans intonation particulière, froide comme un scalpel qui tranche une artère. L'homme, trapu et musclé, se tient campé à quelques pas devant la troupe de mercenaires, ses lunettes de soleil enfoncées sur le nez.

— ... Si vous aviez la mauvaise idée de résister, nous vous tuerions tous sans hésitation !

Derrière moi, des rumeurs de protestation enflent. Plusieurs membres du groupe s'affrontent sur la réponse à donner. Bosco est mon plus fervent défenseur, tandis que Dan cherche avant tout à calmer les rancœurs.

— Ça suffit ! intervient Mad Marpel. Sam fait désormais partie de notre famille. Il n'est pas question de le livrer à quiconque.

— À cause de lui, nous allons tous mourir, s'insurge un homme dont je ne vois pas le visage.

— Depuis sa capture, il ne nous a apporté que des ennuis, proteste un autre.

Maria s'avance au centre du rassemblement qui s'est formé. Je n'entends pas ses propos, trop occupé à surveiller le meurtrier et sa bande de tueurs. Ce n'est pas une coïncidence qu'il m'ait trouvé aussi rapidement. Ma micropuce personnelle, implantée dans mon poignet ! Elle doit être équipée d'un système de géolocalisation. Si c'est confirmé, je représente effectivement un danger pour la communauté. Maria ! Je dois penser à elle.

— L'ultimatum va bientôt expirer, hurle un des combattants qui a pris position derrière un rocher.

Avant que nous ne réagissions, une salve nourrie de tirs d'armes à feu s'abat sur l'entrée du temple. Nous nous jetons tous à couvert, conscients de la précarité de notre situation.

— Si on ne riposte pas, hurle Bosco, ces salopards vont débouler à l'intérieur et nous massacrer sans pitié !

Je sais qu'il faut réagir, qu'une contre-attaque s'impose, mais Malden est plus rapide que moi. Il ordonne à plusieurs guerriers de le suivre pour tenter une sortie. Dan essaie en vain de le retenir, tandis que Bosco ne me quitte pas du regard. La fusillade s'intensifie et j'aperçois un moment le commando téméraire qui tient ses positions, ripostant avec bravoure.

Réalisant enfin le danger que court notre chef, nous tirons parti de la moindre faille, du plus insignifiant interstice dans le mur pour tirer sur les ennemis. Pour l'instant, ils concentrent leurs tirs sur les hommes à découvert.

— Putain ! Z'ont rien à foutre dans cet enfer, rugit Bosco. Revenez, bande de sacrifiés.

Maria, entourée des femmes qui forment un cercle, semble plongée dans une transe, comme pour s'attirer la faveur des dieux. Je ne suis pas convaincu de l'intervention divine. Mon fusil, même technologiquement dépassé, me servira davantage de garantie face aux attaques.

Soudain, le silence s'impose à l'extérieur et nous nous dévisageons, l'air inquiet. Je scrute le champ de bataille sans voir nos partisans. Où sont-ils passés ? Aussi subitement qu'ils sont arrivés, les tueurs sautent dans leurs camions et démarrent sur les chapeaux de roues. Je ne comprends pas la raison d'un tel revirement.

— Sont partis, ces enfoirés ?

Bosco exprime sans détour un sentiment partagé. J'ai peur de ce que je découvrirai dehors, pourtant, il me faut aller voir. Je m'extrais par l'entrée criblée de balles en grimaçant de douleur. Mes côtes cassées se rappellent à ma mémoire et j'ai le bon sens de me coucher sur le sol, à l'abri derrière un bosquet.

— Malden, vous autres, comment ça va ?

Seuls la poussière tournoyante et les cris des charognards témoignent d'une présence. Je me retourne pour apercevoir Dan et Bosco, qui me font signe de faire demi-tour. Il faut que je sache pourquoi personne ne répond. Pour une raison que j'ignore, le danger est passé.

Péniblement, je me redresse et avance à découvert malgré les mises en garde de mes anges gardiens. C'est en les rassurant d'un geste de la main que je heurte un obstacle au sol et m'affale de tout mon long. Je pousse un cri d'effroi en découvrant le corps allongé en travers du chemin : Mad Marpel, couvert de sang, gît sans vie ! À quelques pas de nous, les pauvres gars de son escorte n'ont pas eu plus de chance. Tous ont payé au prix fort leur fait d'armes inutile. Aucun manuel d'Histoire ne célébrera leur gloire, aucun conteur ne narrera leurs aventures. Ils sont partis vers d'autres terres que j'espère pour eux plus fertiles.

15.

En pleurs, Maria s'est agenouillée auprès du corps de son frère. En hommage aux défunts, les membres du groupe se sont donné la main pour former une chaîne fraternelle. Après le fracas des armes, les chants nostalgiques qui troublent cette fin d'après-midi ont quelque chose d'irréel. Malgré la chaleur qui soumet à rude épreuve nos organismes, nous prolongeons stoïquement ce moment de communion. Tels des fidèles lieutenants, Dan et Bosco assistent au rituel, adoptant une attitude très digne. Personne ne prononce la moindre parole par peur de briser le charme.

Je me sens coupable du sacrifice inutile de Mad Marpel. J'ai la sensation qu'il voulait prouver à tous que sa décision de m'intégrer au groupe était justifiée. En un sens, il est mort à cause de moi. Je redoute le regard inquisiteur de certains, le doute qui s'insinue dans les esprits. Contrairement aux autres, le deuil n'est pas mon unique préoccupation. Je voudrais comprendre pourquoi les assaillants ont renoncé alors que nous étions à leur merci.

Lorsque je fixe l'horizon écrasé par un souffle brûlant, je devine l'annonce de sombres présages. Le crépuscule se manifesterait-il en avance ? Mes congénères, entièrement plongés dans le recueillement et la douleur, n'ont pas relevé le phénomène. Tout en essayant de ne rien laisser paraître, j'écarquille les yeux pour mieux distinguer la masse obscure qui approche. Ne suis-je pas le jouet d'une illusion d'optique ? Une telle fournaise engendre nécessairement des mirages. Je voudrais demander son avis à Bosco ou à Dan, mais j'ai peur que cela ne passe pour une faute de goût. Nos morts méritent toute notre attention. Ces hommes et ces femmes en prière sont pour la plupart des proches parents des disparus.

— Dan, chuchoté-je, en espérant que le bruit des cantiques couvre le son de ma voix. Regarde à l'ouest et dis-moi ce que tu vois.

Celui-ci me dévisage d'un air outré, visiblement choqué par mon manque de respect. Bosco fronce les sourcils, mais ne peut s'empêcher de tourner le regard dans la direction indiquée. Son étonnement contraste avec la tristesse qui l'accable. Le léger coup de coude à son camarade achève d'énerver Dan, particulièrement affecté par la disparition tragique de Mad Marpel.

— Taisez-vous et respectez la mémoire de notre chef ! marmonne-t-il, excédé.

Néanmoins, nos mines inquiètes alertent ce chef de patrouille dans l'âme. Ses yeux se portent vers la source de notre questionnement. L'amas grossissant qui se déplace dans notre direction déclenche chez lui l'alerte.

— Merde, tous aux abris ! s'exclame-t-il, oubliant toute retenue liée au cérémonial. Nous sommes en danger de mort.

Maria la première comprend qu'une menace approche. Essuyant ses larmes, elle se lève, entraînant à sa suite les femmes affligées. En l'absence de leur chef, les hommes mettent plus de temps à réagir. Lorsqu'un bourdonnement caractéristique commence à se faire entendre, la panique s'empare d'eux.

— Les sauterelles ! Les sauterelles des régions du sud sont en marche.

Affolés, ils s'enfuient sans attendre les ordres.

— En quoi des nuées d'insectes les effraient-ils autant ? interrogé-je. D'accord, ces satanées bestioles dévastent tout, mais il suffit de rester caché à l'intérieur du temple et d'attendre.

Nerveusement, Dan m'incite à bouger, tandis que Bosco me soutient. Pendant que nous nous dirigeons vers l'abri, Dan nous donne des explications :

— Cette variété de sauterelles, dites « sabres », voyage regroupée en millions d'individus. Elles dévorent tout sur leur passage. Avec le changement climatique et la raréfaction des cultures, elles ont muté et sont devenues carnivores. Leurs morsures urticantes produisent des fièvres paralysantes. Si nous ne nous barricadons pas, elles ne laisseront que nos os pourrissants. Il faut colmater tous les interstices du sanctuaire, qu'aucune brèche ne leur soit offerte, sinon nous le paierons de nos vies...

Le vacarme augmentant, Bosco me soulève pour me porter dans ses bras. Tel un enfant, je me retourne malgré l'angoisse ressentie. Un immense nuage vrombissant est en mouvement. À cet instant, je comprends pourquoi le tueur et ses acolytes ont cessé les hostilités. Sans doute avertis par liaison satellitaire, ils ont eu connaissance de la menace avant nous. Si cette calamité n'était pas plus dangereuse qu'eux, j'aurais de quoi me réjouir.

Une fois tout le monde réfugié dans le temple, nous utilisons nos dernières réserves d'eau pour humidifier de la terre mélangée à des herbes sèches afin d'obtenir un enduit de rebouchage. En priorité, nous l'utilisons pour masquer les meurtrières. Fébrilement, chacun s'active à la tâche, conscient que notre survie est en jeu. À l'extérieur, un grondement assourdissant enfle, accompagné de chocs répétés. Trois hommes s'arc-boutent contre la porte d'entrée, effrayés à l'idée qu'elle puisse céder. Une femme hurle de terreur, entourée de sauterelles ayant réussi à pénétrer dans la salle. Nous luttons pour la débarrasser des intrus en tentant de les éliminer, tandis qu'un des nôtres se sacrifie pour condamner l'accès aux insectes volants. Submergé, le courageux volontaire succombe dans d'horribles souffrances avant que nous ne supprimions ses bourreaux miniatures.

L'idée insoutenable de finir dévoré par ces insectes attise la rage de survivre, déclenchant chez tout un chacun un sursaut de motivation. Avec l'énergie du désespoir, nous plaquons sur chaque fissure du mur notre enduit rudimentaire, en priant pour qu'il empêche les sauterelles de pénétrer. Dès que des individus y parviennent, nous les traquons et les éliminons impitoyablement.

Plusieurs spécimens atterrissent sur mon dos et, immédiatement, une décharge électrique me terrasse. Fort heureusement, Bosco intervient en frappant à l'aide d'un torchon les monstrueuses créatures pour qu'elles lâchent prise. Je lui sais gré de son intervention, car sans cela, la paralysie m'aurait gagné. La lutte inégale se termine à la tombée de la nuit... Aussi rapidement qu'elle est apparue, la nuée d'envahisseurs s'évanouit dans l'obscurité.

Épuisés, nous nous affaissons sur le sol jonché de cadavres d'insectes, conscients d'avoir échappé au pire. Maria se traîne péniblement vers moi pour se blottir contre mon torse. J'entends son cœur qui bat la chamade, ou bien est-ce celui d'un autre ? Pris d'une subite intuition, je caresse son ventre et, tout à coup, le bébé qui grandit en elle se manifeste. Pour la première fois depuis la découverte de ma paternité, j'établis le contact avec l'enfant, ce fils, d'après les dires de sa mère.

Une chaleur réconfortante irradie ma main posée comme un présage de bienheureux. Mon épouse a entrouvert ses paupières, un léger sourire flottant sur ses lèvres. Après ces rudes épreuves, ce gage d'amour du petit être en devenir me ravit. Je dépose un baiser sur le front humide de Maria, qui s'abandonne à un sommeil réparateur. La suite de notre périple sera sans conteste dangereuse et hautement risquée, mais l'union de nos peurs agira tel un catalyseur pour nous pousser vers le but à atteindre. De cela, à présent, j'en suis persuadé !

16.

Autour d'une table basse, quatre hommes fument des cigares de marque. En ce XXIIe siècle déliquescent, ce privilège inouï procure à tous une jubilation intense. Le plus âgé, l'air maussade, mâchonne la tête de son havane miraculeusement conservé. La salle dans laquelle ils sont réunis depuis le lever du soleil baigne dans un nuage opaque. Assis chacun dans un des quatre fauteuils disposés aux points cardinaux, l'ambiance est à couper au couteau. Au travers de la vitre d'une mince fenêtre se découpent les buildings crasseux de la mégapole de New-Rop. La réunion se déroule au sommet du plus haut édifice de la ville, lequel domine ses semblables. Le participant le plus fluet tousse nerveusement, crachant des effluves de tabac, alors que le troisième semble indifférent.

Parmi les dirigeants de la société CAL'GÈNE, le président-directeur général de la filiale « Recherche Génétique » ne bronche pas, indifférent à l'atmosphère viciée. Le vieil homme dévisage chacun de ses vis-à-vis sans une once de pitié. Il sait qu'un des membres de ce cercle très fermé est responsable de l'envoi à Samuel Hartley du mail contenant des informations top secrètes. Archibald Saint-Jones n'imagine pas sortir de cette réunion sans avoir neutralisé le coupable.

— Archie, marmonne l'homme chétif, il ne faut pas nous inquiéter. Ton minable de beau-fils n'a eu que ce qu'il méritait. Privé de la protection des gratte-ciels, il ne survivra pas longtemps dans une nature hostile.

L'intéressé prend le temps de répondre à l'énoncé d'une si piètre analyse. Certes, les nouvelles en provenance du monde extérieur ne sont pas rassurantes. Cet abruti n'est pas au courant que Sam n'est certainement pas mort, partageant la destinée d'un groupe de dissidents...

— Moi, s'exclame le fumeur de havane, j'aurais envoyé l'armée bombarder la dernière position connue de ce DRH de mes deux ! Après tout, l'équipe de collaborateurs actuelle du maire nous est acquise.

Le plus intelligent des Saint-Jones soupire : comme si les militaires pouvaient être la solution. À part raser certains quartiers des *Infernus*, protéger péniblement les dernières centrales nucléaires, ces va-t-en-guerre ne savent plus rien faire d'autre. Non, dans une affaire aussi sensible, la discrétion est de mise.

— Nous le retrouverons. J'ai la situation bien en main. Pour l'instant, j'ai besoin de connaître le responsable des fuites, l'inconscient qui s'amuse avec notre avenir à la tête de cette société.

Un silence embarrassant fait écho à la question énoncée sur un ton lugubre. Tous se lancent des regards suspicieux, sans qu'aucune parole ne soit échangée. Au paroxysme de la tension, un téléphone cellulaire sonne. Archie Saint-Jones grimace. Il se lève et sort précipitamment de la pièce.

— Margaret, ma chérie. Tu sais que je n'aime pas être dérangé quand je travaille... Oui, je rentre pour dîner ce soir... Non, toujours aucune nouvelle de ton époux. Tu connais ma théorie : ce coureur de jupons s'est enfui avec une de ses conquêtes... Si, rappelle-toi, ma perle, je t'ai révélé les meurs dissolues de ce débauché, qui ne mérite plus d'être mon gendre... Oui, Margaret, je te vois en fin d'après-midi. Attends-moi à l'appartement, comme d'habitude.

En père attentionné, il éteint calmement son cellulaire. Ce petit con d'Hartley avait tout pour vivre heureux, sans se poser trop de questions. À présent, il a tout gâché et le paiera de sa vie, même si la nouvelle de sa disparition brisera le cœur de sa fille adorée. Serrant les poings, Archie retourne à des occupations plus terre-à-terre. Le coupable de la fuite orchestrée va devoir cracher le morceau ou bien... Heureusement que tout est déjà prévu.

Dans la salle de réunion, les hommes d'affaires attendent le retour de leur supérieur hiérarchique en fumant plus que de raison. Chacun épie l'autre, veillant à ne pas montrer sa suspicion ou encore le trouble palpable chez tous les membres de l'assemblée. La brume irréelle engendrée par la fumée des cigares s'épaissit. Le fumeur de havane s'extirpe à regret de son fauteuil et se dirige vers le climatiseur. Pressant maladroitement sur un bouton, il enclenche la filtration pour purifier l'air. Dépité, il jette son mégot dans une poubelle métallique.

— Que fait-il ? Et s'il nous avait trahis ?

Le plus chétif se fige, l'inquiétude ridant son front. Il s'éponge machinalement, incapable de détourner son regard de la porte.

— C'est vrai qu'il lui faut beaucoup de temps pour une simple conversation téléphonique.

Le troisième homme, plus massif, s'exprime avec un léger accent :

— Messieurs, je suis persuadé que pour retrouver la confiance de notre hôte, nous n'échapperons pas à un examen de conscience. Videz vos sacs et vous vous sentirez soulagés.

Les deux participants l'examinent soudain plus attentivement. Leur collègue musculeux au teint hâlé ne paraît nullement impressionné.

— Je ne crois pas que nous ayons eu l'occasion d'être présentés. Dans quelle branche de la compagnie officiez-vous ?

Sans daigner répondre, celui-ci décroise les jambes avec désinvolture, puis se verse un verre d'eau en saisissant la bouteille sur la table basse. Il boit sans se presser, sans quitter des yeux ses homologues. Dehors, la tempête fait rage, mais ces privilégiés n'en ont cure. Le monde pourrait s'écrouler, tant qu'il y a du whisky et du tabac, ce genre d'individu s'en désintéressera.

— Savez-vous combien d'êtres humains disparaissent chaque jour sur la Terre, de mort naturelle ou non ? Dix mille selon les statistiques de l'Organisation mondiale de la santé, ou plutôt ce qu'il en reste depuis le grand chambardement climatique. Alors, un ou deux hommes de plus ou de moins…

Le fumeur de havane se précipite sur la poignée de la porte, mais celle-ci est fermée à clé. Son collaborateur s'éloigne de l'homme qui trône, totalement décontracté, sur son fauteuil. Une vague de panique s'empare d'eux lorsqu'il exhibe une arme qu'il a sortie d'une de ses poches, tandis qu'il réajuste machinalement ses lunettes de soleil.

— Si j'étais vous, je reviendrais m'asseoir rapidement. Je peux infliger des blessures horriblement douloureuses, simplement en visant des parties judicieusement choisies de votre anatomie.

Les deux businessmen s'exécutent de mauvaise grâce sous la menace du pistolet du tueur. Ils ont encore en mémoire l'assassinat de la secrétaire de Samuel Hartley, celle-là même qui avait reçu leur mail. Le visage crispé, les responsables du complot visant à dénoncer la politique inique de l'entreprise viennent de comprendre qu'ils ne sortiront pas vivants de cette pièce.

— Détendez-vous, chers cadres supérieurs, nous avons le temps de discuter de vos motivations à trahir mon employeur. Il aimerait savoir si d'autres personnes sont impliquées dans la divulgation des secrets de la boîte.

Comme ses interlocuteurs s'entêtent à garder le silence, l'artiste de la gâchette visse avec application un silencieux sur le canon de son pistolet. Des coups de feu dans un espace clos s'entendraient à tous les étages. Il n'est pas utile d'alerter la police dans cette affaire délicate. Le condamné à la mine chétive joint les mains pour prier, tandis que son acolyte allume un dernier cigare.

— Dommage que vous ne soyez pas plus loquace. J'aurais eu la satisfaction de vous tuer en sachant votre crime avoué. Au lieu de cela, je vais devoir mettre fin à votre insignifiante existence lentement, jusqu'à l'obtention des aveux !

Lorsqu'Archie Saint-Jones revient dans la salle, les cadavres de ses collaborateurs gisent sur le sol. Des filets rougeâtres, telles des toiles d'araignée sanglantes, entourent les dépouilles. La vision de ces hommes morts ne le satisfait pas. Il aurait préféré que ces délateurs n'existent pas. Leur bourreau déguste un verre de brandy, nullement incommodé par la vision macabre. Quel genre d'homme est-il donc ?

Néanmoins, leur employeur commun sera content : deux traîtres éliminés dans la même soirée, quelle aubaine !

— Il n'en demeure pas moins que mon beau-fils vous a échappé. Les informations dont il est détenteur ne doivent en aucun cas devenir publiques. La responsabilité vous incomberait.

Le tueur lève la tête dans la direction de celui qui ose mettre ses capacités en doute, ses yeux dardent des éclairs qui transperceraient ses lunettes de soleil si cela était possible. Un sourire de carnassier découpe sa face hâlée. Il se lève et se dirige lentement vers l'homme qui l'a offensé.

— Saint-Jones, n'abusez pas de votre situation. J'ai supprimé pour des affronts moindres nombre d'hommes qui se croyaient supérieurs. Une proie, je ne la lâche jamais. Priez pour ne pas en faire partie. Sam Hartley ne peut m'échapper, sa balise personnelle est aussi facile à repérer que votre nez sur la figure !

Son vis-à-vis recule imperceptiblement, conscient de jouer à un jeu trop dangereux. Provoquer un professionnel de la mort procure le frisson, mais peut aussi mettre un terme à une existence. Archie connaît les limites à ne pas dépasser. Il fait un pas de côté, puis désigne sans prononcer la moindre parole la sortie. Le tueur ne doit pas être aperçu sur le lieu de son crime. Les équipes de nettoyage vont arriver d'un moment à l'autre. Avant de sortir, le criminel se retourne et fixe longuement le vieil homme.

— Rassurez-vous ! Si on me passe un contrat pour vous descendre, j'y mettrai les formes et ferai en sorte que vous souffriez atrocement !

Lorsque la porte claque, la nausée envahit Archie Saint-Jones qui se demande comment il a eu la faiblesse de fréquenter ce genre d'individu. Le pouvoir et l'argent ont des attraits puissants et il n'est pas disposé à se séparer de l'un ou de l'autre, au point de s'estimer veule.

17.

Les jours sombres envahissent nos contrées. Ces nuées de sauterelles manifestent la volonté divine. N'est-ce pas l'une des dix plaies que Dieu infligea à l'Égypte selon le livre de l'Exode ? Les récits des catéchistes pendant mon enfance ont durablement influencé ma vision d'adulte. Malgré leur agnosticisme, mes parents ont insisté pour que je suive des enseignements religieux. J'ai passé une partie de ma courte existence à baigner dans un mysticisme confessionnel. Étrange que ma conscience ait bifurqué tout à coup vers des désirs matériels, des besoins purement physiques et non psychiques.

— À quoi rêve mon homme ?

Maria, qui suit péniblement mon rythme de marche, s'agrippe courageusement à mon bras. Dans ce long tunnel sinueux où la lumière filtre à peine, mon esprit vagabonde comme pendant le sommeil. Après l'attaque des insectes carnivores, les survivants – une vingtaine, environ – ne savaient plus quelle décision prendre. Des cadavres de combattants tombés à l'extérieur du sanctuaire, seuls les squelettes subsistaient. Découvrir Mad Marpel, ce colosse plein d'énergie et de vitalité réduit à un tas d'os, nous a tous affligés et sa sœur particulièrement. Les restes de ces courageux volontaires ont été enterrés pour leur rendre un dernier hommage. « Suicidaires », répète Bosco à qui veut l'entendre.

Puis, le soleil infligeant sa brûlure quotidienne, nous nous sommes réfugiés à l'intérieur des ruines protectrices après avoir fait disparaître les traces de l'attaque des sauterelles. L'épuisement et le désespoir gagnaient les individus qui avaient échappé à la mort. Dan semblait désorienté depuis la disparition de son chef. Sans réserve d'eau et disposant de peu de nourriture, notre voyage était voué à l'échec.

— Je repense à certains passages des textes sacrés et aux conséquences concrètes que nous vivons. Heureusement que tu es là, sinon j'aurais abandonné depuis longtemps.

La femme qui m'était destinée esquisse un sourire radieux et serre plus fermement mon avant-bras. Elle mérite ces compliments. Sans ses interventions, nous serions probablement encore en train d'atermoyer en fâcheuse posture. En effet, une décision devait être prise alors que nous nous disputions à propos de la poursuite ou de l'arrêt de notre quête. La perspective de faire demi-tour et de reprendre la route en direction de la cité de New-Rop me révulsait. Je n'avais pas accompli un tel cheminement pour abdiquer.

Maria et Bosco se rangèrent à mon avis, tandis que les autres s'en remettaient à l'autorité de Dan. En tant que premier-lieutenant de Mad Marpel, la succession à la tête du clan lui revenait de plein droit. Je n'aurais pas songé un instant à lui disputer ce titre si Maria n'avait plaidé en ma faveur avec véhémence. À ma grande surprise, elle considère que je possède les qualités nécessaires pour incarner leur guide. Les quolibets et les injures qui fusèrent dans l'assemblée ne prônaient pas en ce sens. Seul Bosco vint se camper devant moi pour défendre ma candidature et je l'aurais bien embrassé pour cet acte généreux.

La tension monta d'un cran lorsque Maria rappela que je les avais sauvés de la horde de gardiens du tumulus. Dan se gaussa et argua que la chance ne suffisait pas pour commander. De plus, selon lui, la présence de Bosco était pour beaucoup dans le renoncement des fanatiques. Malgré l'urgence de la situation, deux factions s'affrontaient, prêtes à en venir aux mains. C'est à ce moment que mon patrimoine mystique a refait surface. Sans savoir ni pourquoi ni comment, une intuition m'a poussé à me lever et à me diriger vers le coin le plus obscur du lieu rempli de vestiges.

Tous les hommes et les femmes se sont tus, surpris par mon attitude. Les bras tendus, je tâtonnais dans le noir, convaincu d'une découverte importante. Mes compagnons d'infortune manifestaient leur incompréhension par des murmures d'impatience, quand soudain, une brise légère me frôla la main. En glissant mon bras dans la fente par laquelle l'air circulait, je décelai un passage étroit, mais praticable.

Bosco et Maria, qui avaient compris, me rejoignirent en criant à tue-tête qu'une voie s'offrait à nous. La perspective d'affronter les terres sèches et arides sous un soleil de plomb vainquit les dernières réticences. Comme un seul homme, tous les membres du groupe me suivirent, préférant progresser à l'abri de l'astre solaire plutôt que finir desséchés. Dan fermait la marche de l'étrange cortège.

Ainsi, depuis plusieurs heures, nous avançons en file indienne, Bosco en tête, braquant devant nous la dernière lampe torche à recharge solaire qui fonctionne encore. Bien que l'eau fasse défaut, la fraîcheur relative de la galerie est revigorante. Les femmes enceintes, suivant l'exemple de Maria, forcent le respect par leur résistance. Personne dans la troupe ne sait où mène le souterrain, mais mû par une intime conviction, j'emprunte sans hésiter les courbes de l'étroit boyau. Ma compagne approuve chacun de mes choix, dans une atmosphère proche de l'exode. Les marcheurs sont devenus des fidèles, convertis à l'Évangile de la sainte survie. J'incarne à leurs yeux celui qui doit les sauver d'une mort certaine. Quelle ironie ! J'interprète un rôle tellement éloigné de ma nature profonde, égoïste et individualiste.

Enfouie en moi, une certitude m'incite à poursuivre dans la direction qui m'appelle. Jamais, dans ma chienne de vie, je n'ai ressenti un tel attrait pour une action concrète, un chemin dans la nuit. Maria l'a compris dès les premiers pas que nous avons entamés dans ce passage inconnu. Je ne montre aucun signe d'hésitation, moi qui d'habitude ne suis qu'incertitude. Cette foi en la direction à prendre, cette détermination inexplicable, la jeune femme qui partage à présent mon quotidien l'avait-elle décelée avant notre union ?

Fourbus, la majorité des membres de la communauté trouvent les ressources nécessaires pour avancer. L'attrait de la pénombre aurait dû en effrayer plus d'un, et pourtant, tous me suivent sans discuter. Le simple fait d'avoir découvert un chemin sous la surface, protégeant des maux de la canicule, aura suffi à m'accorder le droit de mener ces humains vers une autre destinée. La peur de mourir en ces temps plus que troublés, les détraquements climatiques croissants et les luttes sans merci que se livre l'humanité, ont accru leur besoin de faire confiance à des meneurs.

L'humidité bienfaisante du passage souterrain est un baume sur nos souffrances. La fatigue s'agrippe à nos jambes, augmentant la tension des muscles. Le rideau de malheurs obscurcit de doutes la direction à suivre, mais sans faiblir, nous pénétrons toujours plus avant dans les profondeurs, bien décidés à atteindre, s'il le faut, le cœur même de la planète.

Soudain, le vœu illusoire se heurte aux dures réalités. Une des femmes prégnantes tombe à genoux en se tordant de douleur. Elle vient de perdre les eaux et attend que la nature la libère de son fardeau. Maria et une amie s'empressent de venir en aide à la parturiente. Une arène féminine se forme, de laquelle les mâles sont exclus. Les plus fatigués en profitent pour s'asseoir en s'adossant aux parois humides.

D'un signe, Bosco comprend que je veux poursuivre l'exploration. Pour ne pas nous égarer ou perdre le contact avec le groupe resté en arrière, j'emporte un sachet de pigments jaune ocre, dont certaines femmes se servent en guise de maquillage. À chaque intersection, j'apposerai une marque pour pouvoir ensuite revenir en arrière. Maria, très occupée, me fait un signe discret lorsque nous nous éloignons. Bosco aurait préféré que j'attende les autres, mais une fringale de découverte me pousse à avancer sur-le-champ. Chaque fois qu'un choix se présente, je sais immanquablement quelle direction prendre. Aucune hésitation ne s'attache à mes pas, aucun doute ne m'assaille. Jamais, durant toutes ces années, je n'ai reconnu avec autant de certitude la voie à suivre.

Bosco cède à mes injonctions de nous enfoncer toujours plus loin dans les ténèbres. Je ressens sa peur et ses interrogations, mais, insensible à ses états d'âme, je pénètre dans un domaine inconnu où la mort et la vie sont sœurs jumelles.

— Sam ! hurle soudain mon compère. Nous allons nous égarer et crever comme des chiens. Il ne te reste presque plus de pigments pour marquer notre passage. Faisons demi-tour pendant qu'il en est encore temps !

J'entends ses craintes et ses suppliques. Je ne suis pas sourd à ce sage conseil. Les dédales de couloirs tous plus obscurs les uns que les autres n'incitent pas à continuer sans une garantie de retour. La sagesse consisterait à accepter le renoncement, à savoir attendre un autre jour pour savourer la victoire. Cependant, une force irrésistible me pousse vers les tréfonds de la Terre, à la source de toute chose. Bosco sait qu'il ne me fera pas changer d'avis. Il sent que s'arrêter le condamnerait à l'oubli. Alors, conscient d'une exploration exaltante, il m'ouvre la voie, malgré la lueur qui faiblit. Bientôt, seuls le silence et la pénombre s'offriront comme alliés. Je désespère de ne pas atteindre mon but, quand un éclat lumineux brille au loin, ultime espoir dans notre périple nocturne.

— Là ! s'exclame Bosco, revigoré. Il y a du jour.

Il accélère le pas et je peine à le suivre. L'espérance lui donne des ailes de papillon de nuit. Je m'accroche à sa ceinture dans son dos, décidé à l'utiliser comme moyen de traction. Nous franchissons au pas de course la distance qui nous sépare de la promesse de clarté. Le point lumineux s'agrandit à mesure que nous avalons les mètres. Une entrée de la taille d'un homme se dévoile à nos regards étonnés. Épuisés, nous atteignons l'ouverture qui communique avec une grotte immense. La surprise est de taille : un lac souterrain scintille dans la pâleur d'une journée monotone. Bosco me gratifie d'une bourrade qui signifie que j'ai eu raison de persévérer. L'eau qui nous faisait défaut s'étend à nos pieds à perte de vue, ainsi que la flore qui croît sur les bords de l'immense nappe liquide. Cet endroit est une source de bienfaits, une oasis inespérée où notre groupe meurtri va pouvoir reprendre des forces !

Je m'assois par terre pour contempler ce qui n'est pas un mirage. Est-ce la chance, ou bien la destinée, qui m'a conduit en ce lieu bénéfique ? Encore sous le coup d'une inspiration grandiose, j'ai envie de croire que le hasard n'est pas seul responsable de cette découverte. Bosco n'a pas besoin de s'exprimer pour que je discerne dans son regard la même conclusion.

18.

Les jours suivants, notre communauté s'installe sur les berges du lac souterrain. Bosco et moi effectuons plusieurs voyages pour acheminer par petits groupes nos compagnons. Certains ne sont pas en état de poursuivre la marche intense que nécessite notre long périple vers l'inconnu. Ainsi, la jeune mère d'une petite fille baptisée Crépuscule ne se remettra en route que trois jours après notre découverte.

Chaque membre loue le destin de m'avoir permis de trouver ce havre de paix. Ma cote de popularité grimpe en flèche parmi mes congénères, au point qu'ils décident un soir de m'élire comme chef par un vote à main levée. Malgré l'abstention remarquée de Dan, j'accepte cette charge sans comprendre tout à fait ce qu'elle implique. Maria m'embrasse avec fougue, les joues roses de plaisir, écrasant une larme en souvenir de son frère décédé.

Ce tableau charmant ne masque pas nos problèmes de ravitaillement. Les provisions s'épuisent et les champignons comestibles ainsi que les asperges sauvages découverts dans la grotte ne suffiront pas à subvenir à nos besoins. La bonne nouvelle, c'est que nous ne manquerons pas d'eau. La température agréable de l'endroit incite la troupe à établir un campement et à profiter d'un peu de repos.

J'abonde dans ce sens, bien que le manque de nourriture se fasse rapidement sentir.

C'est Dan qui nous apporte la solution. Ayant décidé de prendre un bain pour ôter la poussière qui colle à sa peau, il aperçoit soudain, flottant à la surface, des nageoires. Malgré la température glacée de l'eau, il plonge plusieurs fois muni d'un bâton à la pointe aiguisée et réussit à harponner une variété de poisson inconnue. Un ancien pêcheur dans le groupe suppose qu'il ressemble à la loche franche. Pour nous convaincre que cette espèce est comestible, nous nous mettons en quête de branchages pour faire du feu. Encore une fois, le lac abrite des variétés de roseaux endémiques qui, une fois séchés, produisent la flambée nécessaire à la cuisson. La chair du poisson cavernicole s'avère acceptable. Plusieurs nageurs vigoureux rejoignent Dan pour ce qui s'apparente à une pêche miraculeuse.

En fin de journée – du moins, nous le présumons, car le soleil et son activité diurne nous sont désormais inconnus dans la pénombre salvatrice de la caverne –, un festin réunit autour du foyer la communauté rassérénée. Les plaisanteries fusent et des camarades entonnent des chansons grivoises qui achèvent de détendre l'atmosphère. Voilà longtemps que la plupart n'ont pas eu le loisir d'un tel moment de bonheur. Mis à part moi, ces résistants n'ont jamais connu la paix et la douceur de vivre. J'ai un peu honte de ma situation privilégiée, mais je me console en pensant que c'est grâce à mon intuition que nous nous relaxons.

— J'pourrais rester toute ma vie dans ce foutu coin ! Si y'avait d'la lumière, on s'croirait au paradis, s'esclaffe Bosco.

Plusieurs convives approuvent ses propos par des signes de tête. Je ne veux pas gâcher la fête en leur avouant que cet endroit ne constitue qu'une halte provisoire, mais Maria se dresse en se tenant le ventre, les yeux révulsés :

— Mon enfant naîtra à la surface, loin des entrailles de la Terre. Un pays de cocagne nous attend où il régnera dès sa majorité.

Les paroles prophétiques font taire immédiatement les clameurs de joie. Celle qui les prononce est manifestement dans un état de transe.

— Cette cité, respectueuse de l'environnement et des citoyens qui ont élu domicile dans son ventre protecteur, nous accueillera. Le soleil sera son allié et l'air respiré embaumera le renouveau printanier. En son sein, les terriens s'enorgueilliront d'habitats soucieux de respecter la Nature, de profiter de ses ressources sans l'exploiter outre mesure. Une nouvelle civilisation bâtira l'avenir, loin des pilleurs actuels !

Après ces derniers mots, prononcés d'un ton fiévreux, Maria s'affaisse lentement, semblable à une fleur fanée. Je la rattrape avant qu'elle n'entre en contact avec le sol. La pâleur de son teint m'alarme.

Tandis que j'abandonne mon bien le plus précieux, inquiet, plusieurs femmes s'affairent à son chevet. La joie qui s'est invitée à notre soirée déserte à présent les visages. Des guerriers se rassemblent autour de Bosco. Une démonstration de testostérone ne masque pas les angoisses.

Je ressens un profond désarroi après les déclarations de Maria. L'accalmie n'aura duré qu'un court instant, la lassitude se lit sur les mines défaites de chacun. Je comprends que la possibilité de s'établir au bord de ce lac a effleuré l'esprit de plusieurs personnes. La tranquillité apparente, qui contraste avec le chaos régnant sur terre, est un atout indéniable. Toutefois, les êtres humains ont besoin de lumière et d'un ciel pour vivre harmonieusement. En serions-nous réduits à nous comporter pareillement aux hommes des cavernes durant la préhistoire ? Notre civilisation est-elle tombée si bas que seuls les tréfonds de la planète s'avèrent suffisants pour nous héberger ? Bien que je n'aie pas compris toutes les allusions de Maria, la perspective d'une ville où il fait bon vivre s'avère tentante.

— Quelles solutions s'offrent à nous ? m'interrompt dans mes réflexions Dan d'une voix morose. Poursuivre des chimères ou s'installer dans ce lieu, loin de la fureur des hommes ? Ma conviction est faite : remonter à la surface ne nous apportera que destruction et mort. Des tueurs sont à nos trousses, attirés par celui que vous avez choisi comme chef !

Le tumulte répond à son accusation, des hommes me pointent du doigt. Versatile nature humaine ! Ceux qui me stigmatisent oublient que je leur ai sauvé la vie.

— Cessez ce chahut ! Je ne tolérerai pas une telle attitude.

Pour renforcer ma mise en garde, Bosco avance en compagnie de plusieurs soldats armés.

— C'est ça ! ironise Dan, utilise la force pour museler les récalcitrants. Quel bel exemple de démocratie.

Quelques-uns de ses partisans vocifèrent en guise d'approbation. L'ambiance s'est brutalement tendue. Je ne veux pas affronter Dan et je retiens Bosco d'une poigne insoupçonnable. J'hallucine que la situation ait dégénéré pour quelques peccadilles, mais je sais ce que je dois faire.

— Écoutez-moi ! Je vais tout vous raconter. Je suis un fugitif recherché par un tueur sans pitié et par la police aussi.

Mes aveux calment les belligérants. Les regards qui me dévisagent sont interrogatifs.

— Par erreur, un mail m'a été transmis et le fichier joint crypté dont je garde une copie doit contenir des informations hautement confidentielles. Certaines personnes ne reculeront devant rien pour les récupérer.

— Qui sont ces gens ? demande Dan d'une voix grave.

— Je n'en sais rien. Pour eux, je suis devenu un paria, un témoin à abattre. J'ai besoin de votre aide pour survivre et découvrir quel secret se dissimule dans le message dont j'ai hérité par hasard.

À nouveau, un silence de cathédrale répond à mon intervention. L'air honteux, plusieurs manifestants se rassoient auprès du feu. Bientôt, tous font cercle autour de moi et mon épouse en se tenant par la main. Ils entonnent un hymne poignant, dont le sens des paroles m'échappe. Ému, je m'accroupis avec Maria qui a passé son bras autour de ma taille pour communier avec les chanteurs. Le clair-obscur qui baigne dans les eaux irréelles du lac imprègne la grotte d'une aura mystérieuse. En cet instant, je ressens un peu d'estime au fond de moi et une infime lueur d'espoir dans le cœur des hommes et des femmes qui m'entourent, qui ont placé leur destin et celui de leur famille entre mes mains. Il ne faut pas que je cède aux angoisses que la fatigue, l'incompréhension, les douleurs multiples, les interrogations et la tristesse de cette quête, dont j'ignore le sens véritable, induisent sournoisement dans mon esprit. La suite du voyage ne sera pas une partie de plaisir, je serai maintes fois tenté d'abandonner... Pourtant, j'ai à présent l'intime conviction que rien ne nous empêchera d'atteindre notre but.

La séance insolite de thérapie terminée, tous les membres du groupe s'installent pour dormir. De nouveaux couples se forment, d'autres, plus anciens, s'enlacent tendrement. Les sentiments qui me traversent sont variés, peu habitué que je suis à partager des démonstrations d'amour et d'amitié. Maria a bien compris mon trouble et m'attire vers elle, afin que je cale ma tête contre son ventre arrondi. Aussitôt, une explosion de douceur m'envahit, un déferlement de sensations agréables. Une partie de mon enfance défile comme si un écran de cinéma se dressait en face de moi. Je revois les moments heureux passés avec mes parents, je ris et je pleure à chaque fois qu'un épisode enfoui dans ma mémoire resurgit. Le contact avec l'enveloppe qui abrite le petit être en devenir a fait resurgir des souvenirs oubliés, des fragments d'affection, des élans d'amour que mes parents m'ont prodigués avant leur disparition.

Des larmes, prisonnières depuis trop longtemps, s'écoulent de mes paupières et inondent mes joues. Maria me caresse doucement les cheveux tandis que les sanglots qui m'agitent emportent mes dernières réticences. Je ne dois pas renier mes sentiments, je ne dois pas avoir peur d'exprimer mes faiblesses. Ma vie ne prendra son essor que lorsque je serai capable s'assumer mon passé.

— Pleure, mon amour, toutes les effusions sont des élixirs pour construire ton cheminement intérieur.

— Mes parents me manquent tellement, bredouillé-je. Je pensais avoir fait mon deuil, mais il n'en est rien !

Ces confidences murmurées me brûlent la gorge, tant il me semble incroyable de les avoir prononcées. Elles sont libératrices, car un poids énorme s'envole tout à coup. Envisager la mort de ceux qui ont compté plus que tout à mes yeux devient possible.

— Mon chéri, susurre Maria, tu sors grandi de cette épreuve où tu as affronté l'image de tes proches...

Elle marque une pause avant de continuer. J'entends mon cœur battre à tue-tête.

— ... Mais il faut que tu saches, même si cela va te paraître incroyable, il faut que tu saches que tes parents sont vivants !

Mon rythme cardiaque s'arrête-t-il ou bien la douleur que je ressens dans la poitrine a-t-elle une autre origine ?

19.

La tempête de sable qui s'abat sur le détachement était annoncée. Malgré cela, la violence des rafales de vent et l'étouffement ressenti prennent au dépourvu les vétérans des forces spéciales. Bien que les tentes conçues spécialement pour ce genre de caprices météorologiques aient été déployées, les hommes confinés à l'intérieur scrutent anxieusement les mouvements des toiles dressées çà et là au cœur de la plaine aride.

Plus que la trentaine de Cleaners silencieux qui l'accompagne, le lieutenant Cooper serre les dents. Sa première mission en terrain hostile n'est pas de tout repos. Certes, il ne s'attendait pas à une partie de plaisir lorsque son supérieur direct lui a ordonné de partir à la recherche de Samuel Hartley. Avant qu'il ne songe à s'offusquer de cette demande inhabituelle, le commissaire divisionnaire l'a informé qu'elle venait directement de la plus haute instance. Comprendre qu'il ne pouvait refuser l'injonction de sa hiérarchie ne lui a pris qu'une fraction de seconde.

Les vents hurlants chargés de sable brûlant s'acharnent sur le tissu renforcé de leurs abris. L'existence lui paraît bien plus précaire que lorsqu'il exerce sa charge au cœur de la métropole de New-Rop. La criminalité citadine a du bon : elle devient, au fil du temps, prévisible. On finit toujours par trouver le moyen de s'en accommoder... Tout le contraire de cette nature sauvage qui se déchaîne, libérée grâce à l'effet du détraquement climatique de la planète.

— Z'avez des enfants, lieutenant ? Moi, j'ai un fils de quatre ans. Je ne l'ai vu que dix jours cette année...

Le soldat qui s'adresse au policier sur un ton condescendant est plutôt petit de taille, bien qu'il ne faille pas se fier aux apparences. Son corps sec et musclé, ses gestes nerveux confirment le combattant aguerri qu'il est en réalité. Les agents de la police municipale sont méprisés par la plupart des sections d'élite. On les trouve nonchalants, voire inefficaces. Les préjugés ayant la dent dure, le lieutenant Cooper n'a même pas essayé de convaincre les gars du bataillon. Il sait que sa présence au sein des Cleaners n'est tolérée que parce qu'elle leur a été imposée.

— Non, Travis. Je n'ai pas d'enfant. Ma femme a foutu le camp un soir d'été avec un politicard avant que je l'aie mise en cloque. Depuis, je me consacre exclusivement à mon job et j'accepte toutes les missions, même les plus tordues.

— Pour sûr, lieutenant, celle-ci pue la mort. S'infiltrer en territoire ennemi, loin de notre base, ça sent pas bon.

Il ne renchérit pas sur le pessimiste, préférant garder pour lui ses mauvaises ondes. Les milliers de grains de sable qui s'entrechoquent à l'extérieur de la tente engendrent une stridence insupportable. Les mains collées sur les oreilles, les quatre occupants tentent de se soustraire aux agressions sonores. Cooper maudit tous les membres du gouvernement municipal qui l'ont forcé à accepter cette mission empoisonnée. Évidemment, le petit DRH en fuite a des comptes à rendre. Il est un témoin, voire davantage, dans l'assassinat de cette pauvre femme, mais aussi, sans doute, dans celui des policiers chargés de la surveillance du domicile de la défunte.

L'officier se roule en boule pour tenter de trouver le sommeil malgré le vacarme assourdissant. La fatigue des premiers jours de voyage, dans des conditions plus que spartiates, aura raison de sa résistance. Les camions militaires ont essuyé bon nombre d'avaries dues aux routes défoncées par les différences de température entre le jour et la nuit, aux chaleurs torrides provoquant la fonte des restes de bitume, aux caprices climatiques qui se traduisent par des tempêtes aussi soudaines que brutales...

D'habitude, à cause du climat qui se dégrade, les transports de troupes s'effectuent seulement sur de courtes distances, par exemple, de la cité vers la centrale nucléaire la plus proche. Ce groupe ambitionne de prendre en chasse des dissidents, coutumiers de l'environnement hostile dans lequel ils s'enfoncent. Ces séparatistes n'ont-ils pas fréquenté les bas-fonds des *Infernus* ?

Une rafale plus puissante manque d'arracher la tente. Les trois soldats qui partagent le même abri s'arc-boutent pour l'empêcher de s'envoler. Maugréant, le lieutenant joint ses efforts aux leurs, priant pour que ce cauchemar cesse rapidement. À bien y réfléchir, l'arrestation de Sam Hartley n'est pas acquise. Le signal GPS qui permet de le localiser a brusquement disparu. Un des anciens satellites aurait-il rendu l'âme ? Ou bien les variations climatiques perturbent-elles le déplacement du pôle Nord magnétique dont parlent les médias ? Les connaissances scientifiques d'un gradé de la police sont hélas insuffisantes pour répondre à de telles questions.

Le vent redouble d'intensité, comme s'il livrait un baroud d'honneur. Cooper soupire en songeant que leur destination avant l'arrêt du signal émetteur indiquait le nord. Personne ne se risque plus dans cette région désertique. Les rares observations satellitaires montrent des paysages ravagés, dépourvus de végétation et de présence animale. La fonte des banquises a accéléré la disparition des espèces endémiques. Un désastre écologique de plus sous le regard impuissant des nations des autres pays, trop occupées par leurs propres problèmes socioéconomiques. L'agonie de l'hémisphère nord n'a trouvé aucun écho parmi les populations du monde entier. Toutes cherchaient d'abord à sauver leur peau !

Qu'est-ce qu'un policier ordinaire pourrait changer à cette tragédie ? Le morcellement des territoires en mégapoles autonomes et indépendantes a contribué à accélérer la fragmentation des états. Comme un retour au Moyen-Âge, la féodalité reprend ses droits, accordant les pleins pouvoirs à des potentats locaux. Le lieutenant Cooper n'est pas inculte, il a dévoré tous les bouquins d'Histoire qui restaient à la bibliothèque municipale, établissant le parallèle entre leur époque et celle, lointaine, des châteaux forts. La comparaison entre les tours, les donjons des anciennes forteresses et les gratte-ciels de l'époque post-moderne ne manque pas d'intérêt. De tout temps, l'humanité a eu la prétention d'ériger des bâtiments de plus en plus hauts, convaincue de dominer le monde. Aujourd'hui, la plupart tombent en ruine ou ont disparu à jamais, englouties dans les profondeurs abyssales de l'obsolescence programmée de ce monde.

— Lieutenant, marmonne Travis, vous dormez ?

Interrompu dans ses réflexions, l'intéressé bâille à s'en décrocher la mâchoire.

— Difficile avec ce boucan d'enfer, murmure-t-il. À quoi pensez-vous, soldat ?

La réponse qui tarde à venir ne le surprend pas :

— Je rêve de serrer ma femme dans mes bras, ainsi que mon gosse. J'aimerais tellement être avec eux !

L'officier de police n'a pas le temps de répondre qu'un craquement sinistre retentit, suivi d'une sirène.

— Merde ! hurle Travis sans égard pour ses collègues à moitié assoupis. Y'a au moins un camion qui a morflé !

L'alarme déclenchée chasse du lit tous les Cleaners ébahis. Les rafales de vent se font plus rares, mais l'air saturé de sable reste irrespirable. Pourtant, des vétérans s'agitent, un masque sur leur visage, désignant l'horizon où un soleil fade se lève. Cooper se force à regarder dans la direction indiquée, malgré ses yeux qui pleurent. Il discerne péniblement un mouvement incompréhensible du sol et des collines environnantes. Soudain, l'évidence fait jour : un phénomène sismique est à l'œuvre et se rapproche inexorablement. Les ordres hurlés par le chef de section ne sont pas entendus ; les véhicules motorisés démarrent trop tard pour éviter le tremblement de terre d'une magnitude élevée.

Le lieutenant s'enfuit dans la direction opposée à la secousse tellurique qui détruit tout sur son passage. La peur lui donne des ailes et il court à perdre haleine, malgré les cris des hommes piégés par la fracture de la croûte terrestre. Plus rien n'a d'importance, excepté s'éloigner de la zone dangereuse. Bien qu'il ne se fasse aucune illusion sur ses chances de survie, le policier des villes tente d'accélérer l'allure. Alors que sa détermination faiblit, le klaxon d'un camion qui se porte à sa hauteur résonne.

— Grimpez, Cooper. Vite !

Travis ralentit l'engin juste ce qu'il faut pour que le fuyard monte à bord. Une douzaine de soldats a déjà trouvé refuge à l'intérieur de la caisse arrière, le regard apeuré. Le chauffeur appuie sur l'accélérateur et une brusque embardée projette le lieutenant au sol. Le contact violent avec le fond métallique le ramène à la réalité. Une onde destructrice s'est lancée à leur poursuite. Travis enclenche la vitesse supérieure pour essayer de tirer la traction maximale du camion hors d'âge. Les grondements s'éloignent tandis que le régime moteur de leur véhicule est à son comble. Personne ne prononce une parole. Tous sont conscients d'échapper au pire.

Après avoir roulé pendant une durée qui semble infinie, des à-coups annoncent la fin du voyage motorisé. Quelques minutes plus tard, une pétarade confirme aux passagers que le camion vient de rendre l'âme. Mettant pied à terre, certains sont pris de vomissements.

— D'la bleusaille, ceux-là ! se moque Travis.

— Ce n'est pas le moment de plaisanter. Savez-vous s'il y a d'autres survivants ?

Le lieutenant constate qu'il est le seul gradé parmi les rescapés de la catastrophe. Travis le toise sans complaisance, peu impressionné par son autorité. La chaleur plombe l'ambiance, aussi le soldat des forces spéciales ne s'attarde pas. Il remonte dans la cabine de pilotage et attrape un portable de secours. Après plusieurs essais, ses appels restent vains. Le petit groupe qui s'est rassemblé à l'ombre de la carcasse métallique l'observe en silence. Cooper comprend qu'ils sont livrés à eux-mêmes. Spontanément, il ordonne aux soldats de rassembler toutes les affaires utiles et de se les répartir en paquetages. La suite de leur voyage se fera à pied, sur un sol brûlant. Il ne donne pas cher de leur peau.

— S'cusez, Lieutenant, mais vous z'êtes pas mon supérieur.

Travis saute de la cabine avec assurance, prenant à témoin ses coéquipiers.

— Perso, je ne reçois d'ordre que des gradés membres des Cleaners. D'un policier lécheur de ciel, certainement pas !

Les ricanements qui font écho à ses propos mettent le lieutenant hors de lui. Avant que le frondeur n'ait le temps de réagir, il lui colle sa droite dans la figure et, pour faire bonne mesure, un coup de pied dans le bas-ventre. Celui-ci tombe à genoux en gémissant, les mains agrippées à ses parties génitales.

— S'il y en a d'autres que mon autorité dérange, qu'ils le fassent savoir immédiatement ou se taisent et obéissent !

Les gars encore valides baissent la tête sans oser la ramener. Cooper fixe chacun d'eux, dans l'attente d'une réaction. La fatigue ou la lassitude les rend prudents.

Une heure environ après la panne, treize survivants s'éloignent du camion en file indienne. Le soleil au zénith s'en donne à cœur joie. L'officier de police occupe la tête de la colonne, tandis que Travis ferme la marche, l'entrejambe toujours douloureux.

20.

J'avance dans un long tunnel sans fin à la manière d'un automate. Depuis la révélation que m'a faite Maria, je nage dans un océan d'incertitudes, submergé par des vagues contradictoires. L'édifice vulnérable de mes convictions s'est écroulé comme un château de cartes à l'annonce de la possible résurrection de mes parents. Tel un antique oracle, ma femme n'a pas voulu expliquer davantage sa prophétie ou peut-être n'en est-elle pas capable... Je n'arrive pas à sortir de ma tête l'image de mes parents vivants.

— Sam, on va dans quelle direction maintenant ?

La voix rugueuse de Bosco m'arrache momentanément à mes souvenirs nostalgiques. Après avoir séjourné environ une semaine au bord du lac souterrain, le groupe s'est remis en marche, malgré les réticences persistantes de certains. Je suis leur guide, c'est à moi qu'incombe la tâche ardue de les conduire vivants à destination. Des provisions de poissons salés, d'eau et de protéines végétales permettront de nous alimenter et de nous hydrater pendant plusieurs jours.

— À droite, il faut toujours tourner à droite ! répond Maria avec fermeté.

Sans connaître l'itinéraire au préalable, je sais que ce choix nous ramènera à la surface. La troupe hétéroclite progresse lentement dans le boyau obscur. Des lichens phosphorescents découverts dans la grotte où nous nous sommes réfugiés ont permis de confectionner, en les enroulant autour de bâtons, des torches pour éclairer la voie. J'ouvre la marche en suivant celle qui m'a révélé une nouvelle à laquelle je n'étais pas préparé, sans prendre le temps de me donner plus de détails. Depuis ce moment, nos rapports se sont tendus et Maria semble m'éviter. Peut-être s'est-elle rendu compte de l'énormité de son affirmation ?

— Sommes-nous encore loin de la surface ?

Sans que je m'en aperçoive, Dan s'est porté à ma hauteur. M'arrachant à mon état cauteleux, je note son air soucieux. Avant que je ne réponde à sa question, il nous double et s'oppose à notre passage.

— Aucun de vous ne sortira vivant de cet enfer souterrain !

Le fusil qu'il brandit dans ma direction stupéfie tout le monde. Bosco fait mine de se placer entre moi et la menace, mais d'un geste de la main, je le lui interdis.

— Dan, c'est quoi le problème ? Tu m'en veux d'occuper la fonction de chef qui te revient ? Si cela peut t'apaiser, je suis prêt à te céder la place.

J'avance d'un pas en direction de l'ancien patrouilleur qui se crispe en position de tir, l'arme braquée sur ma poitrine.

— Que personne ne bouge ! Mettez-vous tous à genoux.

Pour ne pas envenimer la situation, je m'exécute, suivi à contrecœur par les membres du groupe. En d'autres circonstances, la situation pourrait sembler cocasse. Se retrouver sous terre, dans la pénombre, en pareille position, avec Dan de plus en plus nerveux ! Les tremblements incontrôlés qui agitent ses membres font craindre le pire. Si le coup part accidentellement, des victimes innocentes paieront le prix fort.

— J'vais lui sauter dessus avant qu'il ne soit trop tard, maugrée Bosco pour faire écho à mes interrogations.

Avant que je ne puisse intervenir, il bondit tel un buffle vers sa cible, malgré le cri de Maria. Le regard halluciné, Dan presse sans hésiter sur la détente en visant le téméraire qui ose braver l'interdit... Mais rien ne se passe avant qu'il ne soit percuté de plein fouet ! Aussitôt, je me redresse et cours vers les deux hommes dont l'un des deux gît inanimé sur le sol.

— Que s'est-il passé ? Tu n'es pas blessé ?

Bosco ramasse l'arme qu'a lâchée Dan. Il tente de l'activer en visant dans la direction opposée à ses camarades. À nouveau, rien ne se produit.

— Cette arme est désactivée. Elle a besoin d'énergie solaire pour se recharger.

Bosco frotte son menton dégoulinant de sueur, conscient d'avoir échappé au pire. Je m'accroupis au chevet de Dan pour tâter son pouls. Ma première impression est sa rapidité. M'imitant, Maria presse son oreille contre la poitrine du corps évanoui.

— Le rythme des battements cardiaques est irrégulier.

Pour affiner son diagnostic, elle pose sa main sur le front luisant.

— Il est brûlant de fièvre... Il a dû subir un empoisonnement !

Dans ma tête, un déclic fait écho à ce mot : les champignons ! Dan a certainement réagi après consommation de ceux ramassés au bord du lac. Peut-être est-il allergique à certaines substances contenues dans cette variété. Pour éviter d'autres intoxications, j'ordonne à la communauté de les rassembler dans un même sac. Nous aviserons plus tard de la décision à prendre.

Pendant ce temps, Maria prépare une potion à base de plantes médicinales dont elle a conservé certains échantillons pour faire chuter la fièvre. Bosco, pas rancunier envers Dan qui a tenté de lui infliger une blessure invalidante à défaut d'être mortelle, le hisse sur ses épaules. Après avoir frisé la catastrophe et malgré la charge émotionnelle, nous poursuivons notre trajet sous terre. Je revois Maria, désespérée, qui m'avait menacé dans mon bureau, au sommet d'une des tours de New-Rop. Cette période de ma vie paraît à des années-lumière de la situation actuelle, m'incitant à minimiser la réapparition éventuelle de mes parents.

Les bouleversements occasionnés par les changements climatiques occupent notre quotidien, mais au fond, notre conscience aspire à d'autres expériences, des rencontres où les sentiments aiguisent nos sens, attisent l'espoir d'une vie meilleure.

La suite de notre remontée se déroule sans incident particulier, hormis la fatigue croissante qui ralentit notre avancée. Les représentants masculins se relaient auprès de Bosco pour porter Dan, dont l'état s'améliore, bien qu'il n'ait aucun souvenir du délire dans lequel la substance hallucinogène l'a plongé. Par précaution, tous les champignons ont été jetés afin d'éviter d'autres intoxications.

Après plusieurs jours d'une marche harassante, un fragile clair-obscur s'immisce dans notre sombre quotidien, tandis que la température de l'air augmente sensiblement. Arrivés près de la surface, nous décidons d'attendre la nuit tombée pour émerger à l'air libre, lorsque les rayons redoutés du soleil faibliront. L'éternel dilemme se pose à nouveau : voyager de nuit ou risquer l'insolation et la déshydratation le jour.

Nous profitons encore quelques heures d'une chaleur supportable. À la surprise générale, je propose à tous les membres une délibération face aux choix difficiles qui s'annoncent. Même Dan, qui se sent mieux, participe. Je préfère jouer cartes sur table avant d'affronter les éléments :

— La suite de notre voyage sur la terre ferme s'annonce périlleuse. N'oubliez pas que je suis recherché et repérable. À cela, ajoutez des conditions climatiques détestables et vous m'accorderez que le danger sera présent partout. Ne pas demeurer parmi vous serait la solution la plus raisonnable afin de ne pas attirer de tueurs à nos trousses. Dan ou Maria sont capables de prendre en charge la destinée de la communauté.

À mon étonnement, des voix s'élèvent pour refuser cette solution et celle de Maria s'impose :

— Sam, nous avons besoin de toi, autant que mon fils a besoin d'un père. Toi et moi sommes désormais indissociables. Seule la mort peut nous séparer. Si tu quittes le groupe, je pars avec toi.

Bosco, puis Dan, renchérissent sur ses propos. Ils rappellent leur attachement envers la sœur de Mad Marpel, père et chef vénéré. Ils confirment vouloir suivre un guide qui, à leurs yeux, a prouvé sa valeur par la pertinence de ses choix. Si nous étions dans un salon mondain de la métropole, je rougirais presque. Je remercie tous ces hommes et ces femmes de leur confiance. Pour autant, les alternatives qui s'offrent à nous sont limitées.

— Nous sommes des fugitifs, rallier un lieu aperçu seulement dans les visions de Maria augure d'une prise de risque insensée, confirme Dan. Pour autant, quel autre choix avons-nous ? Revenir sur nos pas serait un suicide. Je propose que nous votions. Ceux qui sont pour continuer en direction du nord lèvent la main.

Je devrais être flatté du nombre de mains levées. Néanmoins, cette décision unanime démontre la confiance excessive que placent en ma personne ces hommes et ces femmes auxquels il ne reste plus rien, sinon l'espoir d'un futur meilleur, d'une terre d'asile épargnée par la déchéance régnant en ces lieux autrefois accueillants, devenus aujourd'hui inhospitaliers... J'aimerais tellement éviter de les décevoir !

La nuit venue, nous émergeons enfin de l'environnement cavernicole où se cacher indéfiniment n'apporterait pas une solution d'avenir. Sous l'œil de verre de la lune, l'endroit apparaît comme une steppe désertique, entourée par quelques montagnes à la crête pelée. La tranquillité n'est qu'apparente, car rapidement, plusieurs d'entre nous rencontrent des difficultés respiratoires. Des nuages rougeâtres obscurcissent l'horizon et les rafales de vent qui redoublent saturent l'air de particules. Des vols d'oiseaux criards s'enfuient en volant au-dessus de nos têtes.

— Je crains qu'un feu démesuré n'approche, annonce Dan, dépité.

Le réchauffement climatique a démultiplié les risques d'incendie dévastateurs. Face à ces fléaux, les embryons de sociétés humaines sont impuissants. Bientôt, les flammes dévoreront tout sur leur passage et il sera trop tard pour échapper à leur emprise brûlante. La Nature révoltée ne ménage aucun répit aux êtres humains qui l'ont trop souvent offensée. Je dois prendre une décision rapidement.

— Sam, s'alarme Maria, je vois un brasier dont la dimension est sans précédent. Il faut quitter cet endroit.

Parmi mes compagnons affolés, certaines femmes s'arrachent les cheveux en maudissant les malheurs qui nous frappent, tandis que Bosco, fataliste, pose un genou à terre en signe de soumission. La jeune mère de Crépuscule serre le nourrisson contre sa poitrine, ses yeux implorant mon aide. J'aimerais hurler de désespoir face aux calamités qui s'enchaînent, mais cela ne résoudrait en rien nos problèmes. Dan encourage les uns et les autres à rester dignes face à l'adversité. À perte de vue, l'immense plaine n'offre aucune échappatoire à un incendie. Bien sûr, nous pourrions retourner dans les entrailles de la Terre, mais l'oxygène ne risque-t-il pas de nous faire défaut à cause des fumées ? Scrutant l'horizon qui s'embrase peu à peu, une seule solution me vient à l'esprit :

— Suivez-moi, mes amis ! Nous allons escalader la montagne la plus proche. Le chaos d'éboulis à son sommet devrait nous préserver des flammes.

— Nous risquons d'être pris au piège et de mourir asphyxiés ! s'inquiète Dan, à nouveau sensé.

— Je ne vois pas d'autre alternative. Nous devons quitter le plus vite possible cet espace vierge et sans plan d'eau, ou à défaut, nous constituerons une proie facile pour la fournaise qui se rue à notre portée.

Sans plus attendre de commentaires, j'ouvre la marche en direction d'un des monts pelés en souhaitant ne pas condamner la communauté. Des bourrasques violentes ralentissent la troupe en file indienne. La lune a revêtu sa robe couleur de sang. Lorsque les hurlements d'une meute de loups retentissent, nous accélérons tous le pas, malgré le vent qui redouble d'efforts.

21.

Les rugissements d'ogre que pousse Svorax Svergenson font fuir tous ses courtisans. Elena, sa favorite, tremble de peur, mais n'ose pas quitter les genoux de son maître sans son consentement. Depuis l'échec de l'assaut face à ce minable temple et la perte d'une dizaine de combattants aguerris, le patron des *Infernus* ne décolère pas. De quel droit ce crétin de tueur a-t-il risqué la vie de ses hommes sans succès ? Où se cache ce salopard après un tel gâchis ? La promesse de récupérer le secret de son invisibilité a excité sa curiosité. Son avidité n'ayant pas de limite, tout nouveau moyen de dominer la racaille qui sévit dans les bas-fonds l'intéresse au plus haut point.

— Quelqu'un a des nouvelles de cet assassin aux lunettes noires ? J'offre une récompense énorme à celui ou celle qui me fournira des indices.

Les rares personnes qui n'ont pas quitté la salle d'audience ne bronchent pas, persuadées d'être exécutées si elles se manifestent. Les lourdes tentures abritent les visages défaits de certains ex-rivaux, alors que d'autres mercenaires, plus téméraires, cherchent à gagner la sortie.

— Je crois, Saint Patron de la pègre, que cet opportuniste est retourné se terrer dans l'une des tours de New-Rop.

Brin-de-fer est un de ses trois lieutenants. C'est une ordure, mais une ordure fidèle. Svorax Svergenson lui fait signe d'approcher.

— Que sais-tu exactement ? Connais-tu le moyen de mettre la main sur ce dangereux psychopathe ?

L'assistance retient son souffle, à tel point qu'on pourrait presque entendre une mouche voler... à condition que l'espèce ait survécu ! Seul le système de climatisation empêche le silence de régner en maître dans la grande salle.

— Oui, je peux te l'amener quand tu veux !

Des murmures d'admiration, mêlés à de la stupeur, traversent l'assistance. Certains courtisans, jaloux de la popularité de Brin-de-fer auprès du maître, trouvent son affirmation prétentieuse. Pour les membres des *Infernus*, pénétrer dans les gratte-ciels hautement sécurisés relève du défi. Les forces armées municipales n'auront aucune pitié s'ils identifient les hommes de main. Au mieux, elles appelleront en renfort les troupes de Cleaners.

Le roi de la pègre affiche un sourire condescendant, lui aussi peu convaincu par la forfanterie de son bras droit. Il tend sa main pour que Brin-de-fer la saisisse, mais à la place, une poigne de fer lui tord le bras. La silhouette du tueur aux lunettes de soleil apparaît peu à peu, sa main libre pressant un couteau sur la nuque du lieutenant qu'il a manipulé à sa guise telle une marionnette.

— Je suis là, fanfaronne-t-il. Que voulais-tu me dire ?

Il pousse brutalement Brin-de-fer loin d'eux, qui s'affale lamentablement les quatre fers en l'air. Accentuant la pression sur le bras de Svorax Svergenson, qui ne peut retenir un gémissement, il saisit sans peine Elena, visiblement motivée à s'enfuir, la forçant à stopper net sa course maladroite.

— Tu oses douter de mes capacités ? éructe-t-il, tremblant de haine. Tu crois pouvoir te mesurer à moi, pauvre fou ? Je vais te donner une leçon !

Avant que quiconque ne puisse intervenir dans la salle, il tranche d'un coup sec et précis la gorge de la femme innocente. Le sang qui gicle éclabousse l'amant d'Elena, tandis qu'elle tombe, inanimée, à ses pieds.

— As-tu enfin compris à qui tu as affaire ? hurle-t-il dans l'oreille de son otage. Si tu essaies encore de me trahir, la prochaine victime sera ta propre fille, comme je te l'ai déjà promis !

Les yeux de Svorax Svergenson, agenouillé, lancent des éclairs. S'il n'était pas à sa merci, il ordonnerait à ses sbires de le faire souffrir en le tuant avec raffinement... Patience, le moment viendra !

— Qu'est-ce qui me vaut le plaisir de ta visite ? crache-t-il. As-tu des informations utiles sur l'homme que tu recherches ?

Avec une certaine jubilation, son allié abhorré profite de sa position dominante, au point de lui tordre davantage son membre. Certains hommes de main hésitent à intervenir, mais le souvenir d'un précédent décès les retient.

— Si tu veux hériter du secret de l'invisibilité, il va falloir te mouiller, Svorax Svergenson. Tu vas prendre la tête de tes mercenaires et te rendre à l'endroit que je vais t'indiquer. De cette façon, si l'attaque échoue, tu ne pourras t'en prendre qu'à toi-même.

— Et toi, que feras-tu pendant que tu nous abandonnes tout le sale boulot ?

Appuyant volontairement plus fort, le tueur impitoyable répond d'un ton martial :

— Une autre tâche m'attend... Il est préférable que tu ne saches pas laquelle !

Aussitôt, sa silhouette s'estompe et, malgré la vigilance des gardes à l'entrée, l'assassin s'échappe.

— Je le tuerai de mes propres mains, jure Svorax Svergenson en se frottant son bras douloureux. Je le tuerai dès que la mission sera accomplie.

Personne ne prononce le moindre mot, bien que certains courtisans notent que leur seigneur et maître a été contraint de s'agenouiller deux fois aux pieds d'un tueur insaisissable. L'atmosphère de fin de règne incite plusieurs opportunistes à sortir discrètement de la salle pour aller informer les autres parrains des *Infernus* : il n'est jamais trop tard pour tourner casaque !

Maintenant, la silhouette imposante de Svorax Svergenson se dresse sur l'estrade. Ses vêtements sont souillés par le sang d'Elena, sa dernière conquête. Les yeux révulsés par la fureur, il hurle ses ordres aux mercenaires présents et, afin que tous ne doutent pas de sa détermination, il ajoute une prime exceptionnelle de cent kilos de drogue de synthèse à ceux qui se porteront volontaires. Retrouver Sam Hartley devient une affaire personnelle. Dans la main ensanglantée de sa favorite, il découvre un émetteur muni d'une balise qui le mènera vers la cible recherchée. S'il lui faut employer les grands moyens pour arriver à ses fins, il ne s'en privera pas.

Les rescapés du tremblement de terre marchent sans faiblir la nuit. Dès le lever du jour, les Cleaners se calfeutrent dans des tentes à la toile réfléchissante. Ce matériau ultrasophistiqué, dont le lieutenant Cooper ne connaissait même pas l'existence, permet aux dormeurs de ne pas succomber à la chaleur torride des journées. L'autre atout technologique indispensable est leur combinaison thermorégulée qui maintient la température corporelle à un niveau supportable.

Sans ces artifices, le commando n'aurait pas progressé de manière aussi rapide en direction du nord. Depuis l'abandon du camion et l'affrontement avec Travis, les hommes ont fait preuve de professionnalisme et d'obéissance. Après tout, ce sont des membres d'une unité spéciale, entraînés à faire face à des situations extrêmes.

Le lieutenant Cooper est presque le plus à plaindre, car bien que sa condition physique n'égale pas celle de ses subordonnés, il serre les dents pour ne pas se laisser distancer. À la tête de la colonne, la plupart du temps, il doit donner l'exemple s'il veut conserver son autorité. Il persiste à penser que ce raid en terre hostile qui l'éloigne de la cité de New-Rop n'est que pure folie.

Les conditions météorologiques se dégradent chaque jour davantage, avec des alternances de tempêtes sahariennes suivies d'orages violents durant lesquels des trombes d'eau charriées par des vents puissants balaient un sol morcelé, ravagé par l'instabilité destructrice du climat. La planète exsude par tous ses pores son état calamiteux. Les informations diffusées dans les grandes tours minimisent les maux dont elle souffre. Les dirigeants, agrippés à leurs prérogatives, repoussent les échéances. Si un policier survit à cette mission suicidaire, son témoignage pourrait avoir du crédit auprès des médias et, qui sait, peser sur les décisions du conseil municipal.

Mais le lieutenant Cooper ne se fait pas trop d'illusions : encore faudrait-il qu'il revienne vivant de ce périple...

— Mon lieutenant, l'interpelle Travis. Vous apercevez ces colonnes gigantesques de fumée, là-bas ?

Il lui tend sa paire de jumelles infrarouges. Dans l'obscurité, la couleur rouge associée à la fournaise ressort davantage.

— Un incendie, un incendie sans précédent se propage vers le nord. Sergent Travis, vérifiez que nos équipements ignifugés sont opérationnels. Assurez-vous aussi que nos réserves d'eau sont suffisantes.

Tous les Cleaners, sous l'impulsion de Travis, procèdent à un check-up méticuleux de leur matériel de pointe. Une demi-heure plus tard, la troupe reprend son cheminement nocturne.

— Mon lieutenant, s'informe Travis, quelle direction doit-on suivre exactement pour notre mission ?

Le policier municipal hésite à confirmer ce que le sous-officier des forces spéciales a déjà compris :

— L'objectif se trouve en plein cœur du foyer incendiaire. Cela vous pose un problème, sergent ?

Travis se retient de dire ce qu'il pense. Après tout, lorsqu'il s'est engagé dans l'unité des Cleaners, il savait à quoi s'attendre. Néanmoins, il ne peut s'empêcher de songer à sa femme et à ses enfants. La perspective de les revoir un jour s'amenuise.

— Non, mon lieutenant. Tout est clair. Cap sur ce foutu brasier.

22.

L'ascension de la montagne pelée s'avère plus difficile que prévu. Une fois traversée la maigre végétation dont la base est recouverte, une forte déclivité parsemée de pierres brunes en équilibre précaire nous attend. Le champ d'éboulis offre une surface instable, sur laquelle les membres du groupe les plus fragiles manquent de tomber à chaque pas. Les plus robustes, aux pieds aguerris, aident les autres à escalader le versant ingrat. La vision du feu progressant à grande vitesse dans notre direction incite tout le monde à se dépasser. L'horizon se charge de nuages menaçants, prélude à une tempête de feu.

Autant que possible, j'essaie de soutenir Maria qui porte notre enfant. Peu habitué à ce genre de pratique sportive, je compense mes lacunes techniques par une condition physique irréprochable. Bénies soient mes longues et pénibles séances de musculation durant mon séjour dans la grande tour de New-Rop ! Pour d'autres femmes enceintes, gravir le relief montagneux devient un véritable casse-tête. Heureusement, Dan et Bosco leur viennent en aide, leur apportant un soutien indispensable.

Attisées par des vents de plus en plus violents, les flammes encerclent dangereusement la montagne sur laquelle nous avons tenté de nous réfugier. J'exhorte mes compagnons à accélérer, malgré les difficultés croissantes de l'ascension. Le sol, friable et instable, prend un malin plaisir à se dérober sous nos pas, s'évertuant à nous aspirer, tels des sables mouvants. Malgré l'air respiré chargé de particules, nous progressons vers le point culminant, en proie à des bourrasques fréquentes.

Enfin, après plus d'une heure d'âpre montée, nous atteignons tous sains et saufs le sommet surplombant la plaine ravagée par les incendies. La journée, pourtant bien avancée, affiche de pâles lueurs grignotées par l'ombre des fumées. Bien que des courants d'air violents nous fouettent, la température reste insupportable. Les flammes déchaînées encerclent la montagne solitaire, léchant avidement ses contreforts. La fournaise vorace n'a fait qu'une bouchée de la végétation rachitique.

— C'était une folie, Sam, de grimper sur ce mont calciné ! hurle pour se faire entendre Dan. À présent, nous voilà faits comme des rats !

Tandis que le groupe affrontait péniblement le dénivelé, plusieurs d'entre nous ont observé les animaux qui cherchaient à fuir la catastrophe. Par chance, les centaines de rats ont évité la montagne sur laquelle nous tentions de nous réfugier. Bosco a crié lorsqu'une horde de loups s'est approchée de notre position. Ses hurlements, conjugués à ceux d'autres membres de la communauté, ont suffi à chasser les prédateurs affolés. Plus que du feu, le loup a une peur ancestrale de l'homme.

Un tremblement insolite me ramène à l'instant présent. Les flancs de la montagne tremblent comme un cheval qui s'ébroue.

— Merde ! s'exclame Bosco. Merde, merde, merde !

Malgré la chaleur intense, Maria calme notre ami... en engageant la conversation ! Face à l'urgence de la situation, je me demande à quoi ils jouent, quand un grondement, qui n'est pas dû au brasier environnant, remonte du tréfonds de la montagne. À nouveau, le sol bouge, affolant mes compagnons.

— Tu n'as pas compris, hurle Maria, les bras levés au ciel. C'est la volonté divine qui se manifeste.

— Arrête de raconter n'importe quoi, rétorque Bosco, l'air maussade. On n'est pas en sécurité ici.

Je viens enfin de comprendre. Le lieu que j'ai choisi pour échapper à l'appétit des flammes, cette montagne pelée, dôme luisant aux couleurs cendrées...

— Merde ! répète Bosco. On est perché sur un putain de volcan encore en activité !

Les cris de désespoir qui se perdent dans les tourbillons de fumée n'empêchent pas la communauté de me désigner coupable. J'ai délibérément entraîné le groupe d'hommes et de femmes dans un piège. Non seulement la chaleur augmente et les difficultés respiratoires risquent de nous asphyxier peu à peu, mais en plus, la montagne est sur le point d'exploser !

— Au contraire, persiste Maria. C'est une chance. Dieu nous envoie un signe de sa toute-puissance.

Certaines personnes au seuil de la mort sombrent dans l'extase mystique. Je découvre avec consternation que la femme que j'ai épousée est de celles-là.

— Ma chérie, reprends-toi ! Plutôt que de s'en remettre à l'aide divine, il faut sauver notre peau.

Sans réfléchir, je la gifle brutalement, croyant naïvement lui remettre les idées en place. Plusieurs gaillards prennent sa défense en faisant rempart de leurs corps. Autour de nous, le monde est en décomposition, nous nous terrons sur un brasero qui risque à tout moment d'éclater et pourtant, certains ne pensent qu'à protéger Maria. L'absurdité de la situation discrédite mon geste de colère. Je lève les mains en signe de paix et les défenseurs spontanés s'écartent. Sans lui demander pardon, je serre celle que j'ai prise comme compagne dans mes bras, au risque de l'étouffer.

— Sans vouloir minimiser vos effusions qui nous font chaud au cœur, je rappelle que l'air sera bientôt irrespirable, juste avant que l'éruption volcanique ne se déclenche.

Dan a toujours le chic pour gâcher les moments de bonheur ! Avec difficulté, je me détache de Maria et contemple le désastre à nos pieds. Des tornades de feu virevoltent autour de la montagne comme des danseuses diaboliques. L'atmosphère est saturée de cendres, à tel point que plusieurs d'entre nous toussent et pleurent, incapables de respirer normalement. Des morceaux de tissu improvisés en guise de masques atténuent temporairement la gêne. Nous allons mourir, écrasés par l'air chaud de la fournaise qui escalade notre refuge, les poumons encrassés de particules.

Peu encline à se morfondre, Maria se place au centre du groupe et me toise.

— Tu ne m'as pas crue lorsque j'ai évoqué une manne supérieure, tu as douté du bien-fondé de ses capacités par-delà notre pauvre mortalité. Alors, assoyez-vous, tous ! Formez un cercle et vous assisterez à sa manifestation concrète. Assis !

Tous mes compagnons masqués s'exécutent sans comprendre. Moi-même, je prends la main tendue de celle dont je me suis moquée. Les secousses s'intensifient et l'air dilaté par la chaleur devient de plus en plus oppressant. Pourtant, l'anneau vu du ciel que nous formons offre un tableau paisible contrastant avec le paysage apocalyptique.

Le temps suspendu se dilate, le voile sombre qui recouvre la terre se désagrège. Progressivement, l'air semble plus doux, chargé de senteurs printanières antérieures au grand bouleversement climatique. Si je ferme les yeux en ignorant le danger qui nous environne et que je me concentre, j'arrive à projeter mon esprit loin de ce charnier fumant, bien au-delà des cités de béton fissuré et de fer rouillé.

Avec Maria, nous marchons d'un pas léger sur une immense prairie recouverte de verts pâturages. Le soleil au zénith caresse nos corps dénudés et nos visages reconnaissants apprécient la tiédeur sur notre peau. La nature était paradisiaque avant que l'Homme ne la domestique à coup de révolutions technologiques. Pourtant, je suis le produit des entrailles de cette modernité, incapable de vivre sans ses avancées électroniques et ses gadgets sophistiqués.

Le chant des oiseaux qui interprètent une symphonie naturelle ne me surprend pas. Bien que n'ayant jamais écouté la musique de la nature, je vibre à l'unisson de mon âme qui résonne. Il a fallu que j'approche de la fin de toute chose, que ma vie s'échappe par tous les pores, pour entendre enfin la véritable beauté de notre planète. L'espace-temps ne signifie plus rien. Tel un battement de cils, une génération humaine s'envole sous le souffle de l'existence. J'abandonnerais volontiers mon enveloppe terrestre si le temps était déjà venu, mais par une curieuse inspiration, je respire une bouffée nauséabonde. Tandis qu'une ombre s'agrandit, un vent tourbillonnaire balaie le lien solidaire de notre communauté. Des voix indistinctes s'élèvent, une myriade de sons discordants. À regret, j'ouvre les yeux et découvre mes compagnons en état cataleptique. Par pur réflexe, je lève la tête et une vision inattendue m'apparaît...

Masse énorme qui jure après un songe limpide, l'engin qui vrombit au-dessus de nos têtes ressemble à un drone futuriste. Des silhouettes en treillis agitent leurs bras et crient sans que leurs paroles trouvent un sens. Un treuil métallique descend par à-coups vers le centre de l'assemblée que nous formons. Une nouvelle secousse du volcan se fait plus pressante. Je regrette déjà d'avoir rompu le charme de mon voyage inachevé. Le type baraqué sur la nacelle m'ordonne de prendre place à ses côtés. Je suis tenté de refuser... La menace à peine dissimulée n'est pas la seule raison qui me pousse à lâcher la main de Maria, brisant le lien qui nous unit. Fasse que leur réveil soit moins pénible que le mien ! Hébété, j'embarque dans l'aéronef télécommandé, flirtant avec la mort qu'une tempête de feu annonce.

Le visage stupidement écrasé contre la vitre de la soute, je regarde sans y croire la montagne s'éloigner, tandis qu'elle s'embrase au milieu d'un orage de feu plein de gerbes monstrueuses. Douloureusement, je me rappelle Maria, apaisée, et les autres qui comptaient sur moi. Je sais que je suis prisonnier dans le ventre d'un appareil volant, que des hommes surprenants m'ont arraché aux miens. J'aurais dû garder les yeux fermés, prolonger mon voyage au pays des rêves. Au lieu de cela, le cauchemar de l'existence impose sa réalité pitoyable.

Je voudrais pleurer, mais la sécheresse de la plaine a évaporé toutes mes larmes. Ou bien est-ce moi qui n'en suis plus capable ? Avec l'envie de dormir pour toujours, je peine à garder la conscience éveillée et à percevoir les rires moqueurs de mes ravisseurs. Leurs manières ne sont pas agressives, mais leur intervention exclut l'empathie. Même si je me refuse à l'admettre, je ne ressens pas d'aura néfaste émanant de leurs personnes. Pourtant, je sais qu'il faudra que j'échappe à leur contrôle, que je n'ai cédé aux injonctions que sous l'emprise de la stupéfaction.

Autour du drone, les fumerolles encerclent l'appareil comme des toiles d'araignée mouvantes. Je ne veux pas penser à la destinée de ceux que j'ai délibérément abandonnés. Je n'ose imaginer l'amour de ma vie qui se consume dans les flammes du remords. Les silhouettes fantomatiques de Dan et Bosco tendent leurs bras chargés d'espoir dans ma direction. Je tiens à peine les yeux ouverts, ce qui amuse mes geôliers, armés de fusils inconnus.

Une dernière fois, je tente de justifier mon acte de lâcheté, de trouver des raisons à ce renoncement. Lorsque l'abrutissement l'emporte, je glisse avec délectation dans un gouffre d'oubli d'où je ne suis pas sûr de vouloir sortir un jour.

23.

Il a préféré attendre la nuit, lorsque seules quelques veilleuses projettent un faible éclat de lumière dans les couloirs déserts. De toute manière, les locataires du gratte-ciel restent pour la plupart terrés dans leur appartement, peu enclins à savoir ce qui se trame chez les voisins. Néanmoins, pour ne négliger aucune précaution, il a revêtu sa combinaison d'invisibilité. Présenté comme ça, on dirait qu'il fait la pub pour un nouveau produit à la mode, une marque que les clients s'arracheraient.

Au contraire, l'invention secrète n'aurait jamais dû sortir des laboratoires militaires. Initialement prévue pour les combattants des forces spéciales, elle n'était en aucun cas destinée à assouvir les sombres desseins d'un criminel. Le tueur aux lunettes noires savoure son incognito, se mouvant avec aisance dans l'obscurité. Les quelques caméras encore opérationnelles à cet étage ne le filmeront pas : un futur casse-tête pour les policiers, qui lui procure d'avance du plaisir.

Enfin, la plaque recherchée indique le nom de Hartley. Ce patronyme lui aura donné du fil à retordre, au point que son statut d'assassin est menacé. Désormais, il est attaqué sur deux fronts : ses employeurs qui président au destin de la cité de New-Rop, bien à l'abri sur les hauteurs, et les parrains qui administrent d'une main de fer les bas-fonds des *Infernus*.

Le verrouillage électronique à l'entrée ne résiste pas longtemps à son décodeur sophistiqué : encore un cadeau d'un chercheur obligeant. Il revoit le sourire triste de celui à qui il a transpercé la gorge après l'avoir délesté de son invention. Le jeune homme n'avait pas vingt ans ; il est mort dans la fleur de l'âge. Une chance pour celui qui n'agonisera pas dans des souffrances atroces.

Le battant de la porte pivote silencieusement, preuve que les occupants ont eu tort d'huiler les gonds. L'entrée est déserte, ce à quoi il s'attendait. L'occupante se couche tôt depuis l'absence de son mari, recherché à la fois par la police et une partie de la pègre. Margaret, un prénom qui lui plaît. La jeune femme ne s'est pas encore remise de la disparition subite de celui qu'elle prenait pour un caniche fidèle, un époux qui jouait son rôle à ses côtés. Il revoit la scène où Samuel Hartley, bras dessus, bras dessous avec cette prostituée, pénètre dans une chambre pour laisser libre cours à ses désirs sexuels. Il note mentalement de ne pas oublier d'aller régler son compte à cette salope dès le terme de son contrat.

Un gémissement dans le noir attise son plaisir de chasseur. Celle qu'il cherche dort paisiblement dans sa chambre, incapable d'imaginer ce qui l'attend. Sans presser le pas, il se laisse guider par l'odeur subtile de parfum féminin, disséminé le long de l'étroit couloir. Il conçoit les plus vifs regrets à la perspective qu'aucune traque n'ait lieu. À la place, une victime sans défense s'offre. Avant de pénétrer dans la pièce intime, il énumère dans sa tête les raisons de sa présence. La captive servira de monnaie d'échange ou, à défaut, de moyen de pression, tant sur le père que sur le mari. D'autre part, se venger de celui qui l'a mis en échec n'est pas pour lui déplaire.

Ce Samuel Hartley est loin d'être un modèle. Il a épluché minutieusement son dossier comme pour chacun des contrats dont il a la charge. S'il n'avait hérité à ses dépens d'un secret ultraconfidentiel, ce type ne présenterait aucun intérêt, hormis ses tendances à faire souffrir les femmes. Que d'énergie dépensée pour un minable qui a plus sa place dans le lupanar de Valkyrie Vassily, plutôt qu'en fuite avec un groupe de rebelles ! Normalement, sa capture ne devrait plus trop tarder, après la pression qu'il a mise sur les épaules de Svorax Svergenson.

Une nouvelle manifestation de la belle endormie l'incite à franchir le seuil de sa chambre où il découvre son corps allongé dans une posture lascive. Les lunettes infrarouges n'offrent pas la qualité de la vision humaine, mais peuvent sans difficulté repérer les formes suggestives. Les seins de Margaret s'échappant de la nuisette qu'elle a enfilée enflamment son imagination. Caresser la poitrine offerte, laisser glisser sa main le long de la courbe gracieuse du dos jusqu'à la croupe, saisir les fesses charnues avant de passer à l'acte...

Non ! Il ne doit pas céder à la tentation d'user de ce corps à des fins personnelles. Margaret Hartley symbolise un otage, un butin qu'il gardera en réserve à la manière d'un as dans sa manche.

Peut-être avertie par un sixième sens, la jeune femme se dresse sur son séant, sa chevelure ruisselant dans ses mains humides.

— Il y a quelqu'un ? Sam, c'est toi ? marmonne-t-elle en se frottant les yeux dans la pièce plongée dans le noir.

Avant qu'elle n'allume la lumière pour dissiper ses craintes, une main gantée saisit ses poignets. Malgré sa stupéfaction, elle n'oppose pas de résistance au coton imbibé plaqué sur son nez et perd connaissance rapidement. Son agresseur la trouve encore plus désirable évanouie. Il se contente de l'envelopper dans un drap dont l'étoffe a les mêmes propriétés optiques que sa tenue. Le tueur aux muscles d'acier n'aura aucune peine à circuler d'étage en étage en transportant son butin.

Quel beau prénom, Margaret ! Dommage. Il sait que, dans un avenir proche, il devra mettre fin à ses jours. Maigre consolation d'imaginer les affres dans lesquelles l'époux sombrera en apprenant la sentence de mort. Quoique, considérant le peu de cas que Samuel Hartley semblait faire de leur union pendant leur vie commune...

La beauté endormie par ses soins mériterait qu'on prenne soin d'elle, mais ses manières lui déplairaient certainement. Il descend les marches avec précaution, impatient de gagner son abri, sa planque où personne ne les trouvera. Il jubile en pensant à la tête que fera le paternel, Archibald Saint-Jones. Perdre sa fille unique sera sa plus grande punition et il aura le plaisir de voir l'assurance du vieil homme se lézarder, lorsqu'il lui annoncera détenir l'avenir de sa progéniture à la pointe de son couteau. Si besoin, une preuve matérielle achèvera de convaincre ce prétentieux. Il savoure à l'avance l'instant de devoir prélever une partie de Margaret.

Comme si la jeune femme percevait les pensées de son ravisseur, le fardeau sur ses épaules s'agite sporadiquement. Quelques réflexes du système nerveux ? Le dosage du produit anesthésique dont il a usé pour l'endormir était-il insuffisant ? Heureusement, leur périple se termine et l'accès à son repère n'est plus qu'une question de minutes. Pourtant, alors qu'ils atteignent l'étage requis, deux veilleurs en service sortent d'un ascenseur. Les promeneurs n'ont rien à craindre, leur apparence étant masquée par le matériau extraordinaire.

— Nick, c'est quoi ces taches sur le sol ?

Le plus grand des deux vigiles, un balaise à la peau cuivrée, sort immédiatement son arme de l'étui. D'un geste précis, il indique à son partenaire de le couvrir.

— Je sais que vous nous entendez. Peut-être même que vous nous voyez. Montrez-vous ou nous ouvrons le feu !

Le silence fait écho aux injonctions.

— Nick, t'es sûr qu'il y a quelqu'un ?

— Ta gueule, Marley, concentre-toi ! Ces gars-là sont certainement des professionnels.

L'avertissement arrive trop tard. Avant qu'il ne puisse appuyer sur la détente, la lame d'un couteau se plante dans sa gorge.

— Merde, Nick, t'avais raison !

Son ami agonise sur le sol, une flaque rouge s'élargissant autour de sa tête. Marley braque nerveusement son arme dans toutes les directions. Le couloir demeure désespérément vide, à l'exception du cadavre encore chaud de son coéquipier.

— Putain, vous êtes où ? C'est quoi, le deal ?

La panique s'installe en un rien de temps. Sans Nick, avec lequel il a fait équipe pendant près de dix ans, il se sent vulnérable. Le salopard qui a planté son ami sans hésitation ne lui laissera aucune chance. Saisissant le macchabée par le col du veston, Marley recule en gardant son pistolet pointé dans la direction présumée de l'assassin. N'avait-il pas entendu parler d'une matière qui rend invisible ? Un de ses potes, dont le frère travaille dans un laboratoire de l'armée, avait lâché le morceau. Pris de panique, il vide son chargeur vers l'agresseur insaisissable, avec la volonté de venger la mort de Nick.

À peine la dernière balle tirée, et avant qu'il ne recharge, une étreinte puissante lui broie la gorge, interdisant l'air de circuler dans sa trachée. Malgré des tentatives désespérées pour se dégager, un voile sombre recouvre peu à peu sa vision. Il s'affale sans vie après que son bourreau a désactivé l'option « dissimulation » de sa combinaison. Les lunettes noires observent sans bouger les deux dépouilles. Fâcheux contretemps ! Tous les appartements sur le même palier que les victimes seront fouillés scrupuleusement et les domiciliés interrogés. Adieu l'anonymat ! Il sait les conséquences que cela entraînera après avoir fait disparaître les traces de leur exécution.

« Après tout, un peu d'entraînement n'est jamais une mauvaise chose », songe-t-il tout en traînant le plus lourd des deux vers l'ascenseur. Il a vérifié que l'unique caméra présente à l'angle du mur est toujours en panne. Le second vigile n'est qu'un tas d'os. Il le jette à côté de son coéquipier sans aucun scrupule. Effacer les traces de sang et subtiliser les indices matériels compromettants ne lui prend que quelques minutes. Les gestes répétés cent fois sont précis et efficaces. Quand il a tout mis dans la cabine de l'ascenseur, son premier réflexe est de détruire le boîtier électronique de commande. Plutôt qu'un geste qui ne supprime pas toutes ses traces, il choisit de placer une bombe à retardement miniaturisée, puis d'envoyer l'engin vers les étages les plus bas.

Lorsque l'explosion ébranle l'édifice ancien, il est loin et a repris son cheminement dans le dédale de couloirs, au milieu desquels certains occupants sortent encore endormis, les yeux gonflés par une nuit de sommeil raccourcie. Sous la protection de la couche qui garantit l'invisibilité, sa plus grande crainte est de percuter un des habitants inconscients du danger. Bientôt, ils atteindront sa planque numéro 2. Dans le métier qu'il pratique depuis une dizaine d'années, un plan B est systématiquement de rigueur. On ne reste pas le meilleur dans son domaine sans une organisation minutieuse. En matière d'élimination commanditée, chaque détail a son importance.

Au premier mouvement suspect de Margaret, il lui collera un bon coup sur la tête, afin de ne pas avoir à subir la même mésaventure. Cette petite garce, qui cache bien son jeu, s'est griffée jusqu'au sang en sachant que les traces du liquide rouge seraient probablement visibles. Il faudra qu'il soit très vigilant, car la salope est moins naïve qu'elle en a l'air. Quelques expériences de son invention, pratiquées à bon escient, devraient rapidement annihiler toutes les velléités de sa prisonnière. Il sourit en pensant que Margaret lui a donné une raison supplémentaire de faire durer le plaisir durant sa captivité.

Les autres femmes n'ont pas résisté plus de quelques jours, pour les plus courageuses d'entre elles. Un mince sourire aux lèvres, il se demande quelle note finale il attribuera à son nouvel otage.

24.

L'air embaume d'un parfum inconnu, tandis que des reflets ondulants caressent ma peau sans l'agresser. Allongé sur un lit au design avant-gardiste, je tourne la tête vers les baies vitrées qui réfléchissent l'énergie du soleil. Pour une fois, je suis surpris de ne pas redouter le rayonnement de l'étoile de notre système solaire. Un instant, je me demande si je n'ai pas rejoint ma dernière demeure, tant cet endroit respire la plénitude.

Je m'assois sur le matelas, la bouche légèrement pâteuse. Un grand verre d'eau est posé sur un guéridon à côté de la tête de lit. La pièce dans laquelle je me suis réveillé semble vaste, meublée avec goût et baignée de lumière. Suis-je encore en train de rêver ou halluciné-je ? Je me suis moqué des visions bibliques de Maria, mais là, je crois me trouver au paradis. J'étanche ma soif qui dépasse celle du besoin en liquide vital de mon organisme. Comment relier les événements passés à ce lieu hors du temps ? La vie sur terre se réduit à la survie en environnement hostile, alors quel crédit accorder à la beauté irréelle de cette chambre ?

Je me lève d'un pas hésitant, et me dirige spontanément vers une immense porte-fenêtre aux montants en bois. Une forêt s'étend à perte de vue, peuplée d'innombrables arbres dont la plupart des essences ont disparu. Décontenancé, je cherche machinalement un interrupteur qui actionne l'ouverture, mais finis par comprendre, après une recherche infructueuse, qu'il suffit de faire coulisser le battant à la force des bras.

J'accède à une terrasse rustique surplombant un jardin luxuriant. Je découvre que l'habitat où j'ai repris connaissance est construit au sommet d'un arbre. De nombreuses maisons perchées voisinent harmonieusement, entourées par une multitude d'oiseaux dont les chants bercent l'oreille. En me pinçant pour vérifier que je suis bien éveillé, je constate que mon poignet droit est bandé. Immédiatement, je me souviens de la micropuce implantée : les données personnelles qu'elle contient intéressaient mes ravisseurs ! Le but de leur intervention n'était pas tant de me sauver la vie, mais surtout de récupérer le fichier d'Angie que j'avais sauvegardé.

Progressivement, le cadre idyllique environnant se teinte de nuages sombres. La plénitude ressentie pour la première fois de mon existence m'a fait oublier le lâche abandon dont je me suis rendu coupable et surtout les tueurs sans pitié à ma poursuite. Comment ai-je pu être naïf au point de croire qu'il existait un endroit sur cette terre où vivre serait agréable ?

Étonnamment, je n'aperçois aucune présence humaine sur les autres terrasses, ni même dans l'Éden à mes pieds. Serais-je le seul homme, tel Adam, à jouir de ce privilège ? Décidé à percer ce mystère, je fais demi-tour et explore la chambre qui m'héberge. Hormis une vasque en pierre polie remplie d'eau, sans doute pour faire sa toilette, un placard où des vêtements de toile sont accrochés et une table basse avec des bancs, seule la porte d'entrée située à l'opposé de la terrasse attire mon attention. Je tourne la poignée en métal sans réussir à ouvrir. Je suis enfermé à clé dans cette pièce. L'hypothèse de la captivité refait surface... Pourquoi, alors, m'avoir traité avec respect ? Une cellule malodorante aurait été plus appropriée pour m'emprisonner.

Je reviens sur mes pas, cherchant un moyen de fuir par la terrasse. Malheureusement, la hauteur à laquelle se situe le bungalow exclut toute tentative d'évasion improvisée. Je réfléchis au moyen de nouer mes draps de lit pour confectionner une corde, lorsque le bruit de la clé dans la serrure retentit. Je saisis le premier objet à ma portée pour me défendre : c'est une canne !

— Sam, tu n'as rien à craindre de moi...

L'homme qui a pénétré dans la pièce a les cheveux blanchis et la couleur de ses yeux bleus est délavée, mais sa silhouette familière impose le respect. Instinctivement, je sais pouvoir lui faire confiance. Hésitant, il avance, les yeux mouillés de larmes. Bien que je sache pourquoi, sa présence me transporte de joie. Je voudrais courir dans sa direction comme jadis enfant. Au lieu de cela, je tombe à genoux, incapable de contenir davantage l'émotion qui m'étreint. La vue brouillée par les sanglots, je distingue vaguement une main qui se tend. Sans hésiter, je la saisis et une vague de bonheur inonde aussitôt mon esprit.

— Redresse-toi, Sam, que je te presse contre mon cœur. J'attends depuis tant d'années ces retrouvailles avec mon fils.

Père ! Mon père. Maria disait vrai ! Mes parents ne sont pas morts, ils sont bien vivants. Je manque de défaillir après une telle explosion de joie, mes jambes se dérobent sous mon propre poids.

— Assieds-toi sur le lit, mon fils. Je comprends quel choc émotionnel tu subis. Je n'ai aucun mérite : je me suis préparé à notre rencontre.

Je retrouve peu à peu mes esprits. Voilà plus de vingt ans que mon père n'a pas donné signe de vie. J'ai tellement de questions à lui poser que je n'ai pas entendu la femme entrer. Elle a de longs cheveux couleur argent et des yeux rieurs en forme d'amande. Un sourire bienveillant illumine son visage. Elle est restée très belle, malgré les années qui ont passé. Je ne peux croire à cette nouvelle apparition tant j'ai peur de me réveiller. Pourtant, ma mère adorée est bien là et me tend ses bras fins. Sans savoir comment, je l'enlace, pendant que mon père nous étreint tous les deux. Ce trio d'accolades pourrait durer une éternité que je ne bougerais pas d'un pouce...

Lorsqu'enfin nous retrouvons la raison, mon père a déniché une bouteille de whisky dans le ventre d'un petit meuble que je n'avais pas remarqué. Il nous offre une rasade à chacun, afin de trinquer à notre famille à nouveau réunie. Étrangement dégrisé par l'alcool, les questions pleuvent :

— Pourquoi avez-vous disparu ? Pourquoi m'avoir abandonné ? Où sommes-nous ?

Mes parents, assis sur un banc face à la petite table, se tiennent la main, ne sachant lequel parlera en premier.

— Mon chéri, nous avons été contraints de fuir pour sauver notre peau. Pour ta sécurité, à l'époque, il était préférable que tu ne nous accompagnes pas.

Ma mère s'exprime d'une voix douce, aux accents mélancoliques. Mon père hoche la tête sans trouver de mots pour formuler ses pensées.

— Les autorités ont prétendu que vous étiez morts, que vos corps n'avaient pas été retrouvés...

Prisonniers du passé, les mots s'extraient difficilement. Le traumatisme de mon enfance est encore très vif. La souffrance et le manque des deux êtres les plus aimés au monde ne s'effaceront jamais vraiment. Je serre les poings rageusement pour ne pas crier mon désespoir.

— Sam, mon fils..., poursuit mon père. Nous savons combien cela a été difficile pour toi. Pourtant, nous n'avions d'autre choix que de te laisser. J'ai demandé à mon plus proche collègue de travail, Archie Saint-Jones, de veiller sur toi. J'espère qu'il a tenu parole.

Cet enfoiré m'a collé sa fille en mariage et a profité de l'argent que mes parents m'avaient laissé.

— Quelle raison pourrait justifier de sacrifier son enfant ?

Ma mère, rattrapée par l'émotion, cache son chagrin au creux de ses mains, tandis que son époux tente de l'apaiser. Son regard las parcourt la pièce, puis, d'un geste de la main, il désigne l'extérieur.

— Nous ne supportions plus ces sociétés pourries, qui entraînaient inexorablement la planète à sa perte. Le monde est déviant, tu t'en es rendu compte, Sam. Pourtant, tu ne connais pas tous les sombres desseins de nos dirigeants. Des projets scientifiques, basés sur la recherche médicale, ont pour but d'asservir l'espèce humaine. Helen et moi avons pris la seule décision raisonnable : ne pas participer à la création de mutants, qui tôt ou tard accéléreraient l'extinction de la race humaine.

— Je ne comprends pas ! De quel projet génétique autre que celui enfanté par votre imagination parlez-vous ? Le dérèglement climatique est la cause principale de notre déchéance.

Tous deux me fixent sans parler, leurs yeux exprimant plus de compassion que de vaines paroles. Sans rien dire, Dylan, mon père, se lève en s'aidant de la canne que j'ai confondue avec une arme juste avant son entrée. Il boite légèrement, ce que je n'avais pas remarqué. Du petit secrétaire qui renfermait le whisky, il extirpe une tablette et connecte dessus une clé USB. Un écran mural s'allume lorsqu'il appuie sur la télécommande.

— Dès que le commando chargé de te secourir, guidé par la balise dans ton corps, est revenu de sa mission, des chirurgiens ont procédé à l'ablation de ta micropuce. Le sédatif que les soldats t'ont administré pendant le voyage en drone a fait son effet. Il fallait agir vite, car le géolocalisateur représentait un danger pour notre communauté. Les oligarques des mégapoles auraient eu tôt fait de nous repérer et de détruire ce que nous avons bâti avec tant de patience. Regarde ce que nous avons trouvé en décryptant le fichier en ta possession.

Le titre du document, « EM-V2 », toujours aussi énigmatique, me rappelle qu'Angie est morte pour me l'avoir transmis. Je n'ai pas le temps de m'apitoyer sur son sort qu'une première phrase attire immédiatement mon attention : « ... une opération à la naissance qui permettra de supprimer la zone dans le cerveau qui pilote l'*empathie*... ». Ainsi, « EM » était l'abréviation d'empathie.

— Tu réalises, mon enfant, s'enflamme ma mère, le monstrueux projet de ces politiciens ! En supprimant l'empathie de notre patrimoine génétique, ils créeront des armées de soldats impitoyables, inaccessibles à la pitié, exacerbant les pires instincts humains.

Je reste sans voix, estomaqué par l'énormité de la révélation.

— Tu imagines, renchérit mon père, les troubles de la personnalité que l'absence d'empathie provoquerait : narcissisme, psychopathie, instabilités émotionnelles... Quel maniaque voudrait mettre en œuvre une telle solution ?

La gorge nouée, je revois l'instant où j'ai abandonné Maria. Son ventre arrondi qui me culpabilise, l'enfant de mon sang qu'elle porte qui ne grandira jamais. D'après ses dires, son garçon serait l'avenir de l'humanité, celui qui apporterait la sérénité et sauverait les hommes de leur destruction. Jadis, la Bible racontait l'histoire de Jésus, soi-disant fils de Dieu pour les chrétiens, prophète éclairé pour d'autres religions. Un lien existe-t-il entre cette naissance annoncée, la froide détermination du projet « EM-V2 » et ma pauvre personne ?

— Je pense que celui ou celle qui s'acharne dans l'ombre à notre perte a une profonde aversion pour ses semblables. Il veut éliminer le plus grand nombre d'entre nous, en asservissant grâce à l'absence d'empathie des hordes d'assassins, puis en les conditionnant à massacrer ceux qu'il désignera comme ses ennemis. Notre salut aurait pu venir de ma femme et de mon fils, mais je les ai livrés à une mort certaine, au sommet d'un volcan en éruption, au milieu des flammes déchaînées.

Mes parents écarquillent les yeux d'horreur ou de surprise à entendre la nouvelle de ma paternité et de mon acte indigne. Ils doivent penser que le commando aurait mieux fait de sauver les autres plutôt que moi. De nouveau, l'horreur de mon geste me remplit de honte et je baisse la tête en signe de soumission.

25.

Les forces telluriques sur lesquelles le groupe a trouvé refuge dégagent une puissance inégalable. Les secousses rapprochées du volcan accroissent la détermination de Maria. Plongée dans un état semi-comateux, elle puise dans le chaudron en ébullition les réserves nécessaires pour maintenir l'anneau de chair et de sang hors d'atteinte de la fournaise. Le lien communautaire n'a jamais été aussi important, tandis que des vagues brûlantes montent furieusement à l'assaut de la montagne, qui risque à tout moment d'entrer en éruption.

La bulle d'énergie protectrice qui les environne relève plus de la magie que d'un argumentaire rationnel. Dans son ventre, Maria sait que l'enfant qu'elle héberge est le véritable artisan de ce pare-feu improbable. Depuis la désertion de Sam, elle a été tentée d'abandonner, de ne plus lutter pour leur survie. Elle a ressenti les motivations profondes de celui qu'elle a choisi comme époux. Une rencontre décisive se joue pour le père de ce fils qu'elle désire plus que tout au monde.

Assis en tailleur sur une poudrière, ses compagnons n'ont pas lâché la main voisine, sacrifiant leur destin pour maintenir la ligne de vie qui circule entre eux. Prisonniers d'une longue transe dont ils ne sortiront pas forcément indemnes, Maria devine les visages émaciés de Dan et Bosco. Progressivement, ils se vident du fluide vital qui forme un tout. Bientôt, leur cœur lâchera et le combat contre les monstres de feu et de lave sera perdu.

Une déflagration soudaine brise l'union des corps et des âmes. S'extirpant d'un long cauchemar, les survivants ont le regard vide, incapables de réagir. Les mouvements du magma sous leur séant les ramènent à la réalité. La panique s'empare des hommes et des femmes démunis face au géant aux sautes d'humeur imprévisibles. Maria se redresse péniblement pour inspecter du regard les environs et découvrir que l'incendie a été soufflé par l'explosion. Certains versants du volcan ont été totalement calcinés par la chaleur.

— Bordel ! Levez votre cul si vous voulez sauver votre peau, réagit Bosco en premier. On s'tire de ce volcan avant qu'il nous explose aux fesses !

Dan et Maria s'exécutent et montrent l'exemple, arrachant les femmes enceintes à leur hébétude. Un grondement inquiétant achève de motiver les derniers traînards. La petite troupe entame la descente par le passage le moins pentu. Des fumerolles encore actives émettent une odeur pestilentielle qui évoque l'enfer, même pour Bosco. En scrutant les points cardinaux, le groupe dévalant un coteau épargné par le feu constate que les flammes s'éloignent. Une force indépendante de leur volonté a repoussé le brasier déchaîné.

Maria ne se souvient pas que ses efforts pour protéger le groupe aient produit un tel résultat. Malgré sa concentration extrême pour capter l'énergie en provenance du cœur de la Terre, jamais elle n'aurait été en mesure de stopper la progression du foyer gigantesque. Un pouvoir qui n'est pas de son ressort s'est dressé face au front brûlant. La fatigue d'une lutte inégale contre les éléments, conjuguée à la descente interminable, a raison de sa résistance. Épuisée, elle s'évanouit à l'approche du but, rattrapée *in extremis* par Dan, toujours aussi vigilant.

Les tremblements à la surface du volcan s'intensifiant, Bosco aboie sur ses compagnons pour les obliger à s'éloigner le plus possible de l'irascible montagne. À la limite de leurs capacités d'endurance, certains tombent à genoux sur le sol, tentés par la tiédeur du repos. Dan confie Maria à Bosco et force à se relever ceux qui n'en peuvent plus. Leurs yeux, vidés de toute émotion, et leurs lèvres, couleur de cendre, démentent l'espoir d'un sursaut d'orgueil. Obsédés par la décision qu'ils allaient devoir prendre, Dan et Bosco ne s'attendaient pas à l'attaque des Cleaners. Le contingent lourdement armé les encercle sans opposition. Les fusils d'assaut braqués dans leur direction interdisent aux fugitifs toute résistance. Un des assaillants, qui ressemble à un chef, ordonne d'une voix sèche à plusieurs de ses hommes d'aider les plus moribonds à poursuivre.

— Mettons le plus de distance avec le danger imminent ! hurle-t-il en guise d'explication.

Déconcertés, les membres de la communauté, plus morts que vifs, n'ont d'autre choix que l'obéissance. L'éloignement du volcan se poursuit lentement pour les fidèles de Maria. Pour l'instant, les types des forces spéciales n'ont pas manifesté d'agressivité à leur encontre. Ce n'est pas un hasard s'ils les ont retrouvés sur cette plaine ingrate. Sam était muni d'une balise incrustée dans sa chair permettant la géolocalisation.

Lorsque l'étrange équipage atteint un emplacement suffisamment distant du volcan, le lieutenant Cooper ordonne l'installation du campement. Rapidement, des tentes champignonnent comme par magie sur le sol nu. Les prisonniers éreintés sont entassés dans deux d'entre elles. Le jour qui décline ménage une pause à la fournaise ambiante. Étonnamment, les Cleaners partagent les réserves d'eau avec leurs détenus. Maria, qui recouvre peu à peu ses esprits, se demande quel sort leur est réservé... Il est de notoriété publique que ces troupes d'élite n'épargnent pas leurs ennemis et ont la réputation de ne pas faire de prisonniers. Néanmoins, ayant présumé de ses forces, elle s'oblige à avaler les portions militaires offertes. L'officier qui commande cette unité approche de sa tente.

— Je pensais trouver parmi vous un homme du nom de Samuel Hartley. Le connaissez-vous ?

Les prisonniers interrogés ne réagissent pas, adoptant un masque impénétrable en guise de réponse. Seule la jeune femme à la chevelure sombre et aux yeux brillant d'éclats intenses évoque un visage familier. Sa mémoire de flic conclut que sa photo doit figurer quelque part dans un fichier de suspects. Tout à coup, il se rappelle son nom aux consonances slaves :

— Shakirova. Mais oui, Maria Shakirova ! Vous étiez la maîtresse du suspect en fuite, avant qu'il ne vous licencie à cause de votre grossesse.

— Si vous osez la toucher, je vous brise en mille morceaux !

Bosco s'est dressé devant Maria, prêt à sacrifier sa vie pour protéger la femme de son chef. Bien que la désertion de Sam soit incompréhensible, il n'a pas l'intention de laisser ces salopards s'en prendre à Maria. Un des soldats vise la tête du costaud rétif avec son fusil, mais son supérieur lui ordonne de baisser immédiatement son arme :

— Travis, laissez-moi régler cette affaire ! Je préfère penser que nos prisonniers n'ont pas compris à qui ils avaient affaire. Je me présente : lieutenant Cooper, police municipale de New-Rop. J'enquête sur la disparition de Samuel Hartley après les meurtres de sa secrétaire, Angie Temple, et des policiers en service dans l'appartement de la victime.

Les empreintes décelées concordent avec celles de Hartley.

Il est déplaisant à Maria d'apprendre de la bouche d'un policier les charges qui pèsent sur son mari. Elle se doutait que Sam cachait une partie de l'histoire de sa fuite, mais de là à dissimuler des assassinats, certainement pas ! Elle décide de jouer franc-jeu avec le lieutenant :

— Nous nous sommes mariés depuis son évasion de la grande tour. Il est le père de l'enfant conçu pendant une relation adultère.

Le lieutenant Cooper ne masque pas sa satisfaction. À défaut d'avoir perdu la trace du suspect, son épouse servira d'otage. Il fait passer la consigne de traiter avec respect les captifs, et plus particulièrement Maria. Plusieurs femmes enceintes bénéficieront d'un régime de faveur, malgré les ordres de ses supérieurs, stipulant d'éliminer comme de la vermine les procréatrices des groupes résistants. Les Cleaners eux-mêmes semblent attendris par la perspective de naissances. Cooper convoque Travis dans sa tente.

— Sergent, soyez vigilant avec vos hommes. Interdiction de pactiser avec les prisonniers, d'autant plus avec les éléments féminins. Bien compris ?

Le sous-officier opine du chef sans enthousiasme, puis exécute un demi-tour impeccable. Son supérieur le suit du regard tandis qu'il se dirige vers la tente du cuistot. Il se doute que ces soldats, en mission pendant des mois sans présence féminine, puisque le statut des forces spéciales n'autorise que l'engagement de recrues masculines, seront attirés par le moindre jupon. Lui-même, divorcé, cherche toujours l'âme sœur, la perle rare qui aurait la patience de l'aimer malgré sa dévotion au métier de flic.

— Mon lieutenant, s'excuse un jeune Cleaner, la dénommée Maria Shakirova souhaite s'entretenir avec vous.

— J'arrive, soupire Cooper, qui espérait se reposer.

— C'est que, mon lieutenant, elle a exigé de vous parler en privé. Secret d'État, qu'elle a invoqué.

Intrigué par la requête, le policier accepte. Tandis que le soldat repart chercher la prisonnière, Cooper se verse une rasade de whisky qu'il a subtilisé dans les réserves du camion. Le liquide âpre lui brûle la gorge, puis enflamme son ventre. Putain ! Ça fait du bien de se sentir vivant, après ces kilomètres à bouffer de la poussière, assommé par une chaleur insupportable. Cette mission est la pire de celles qu'il s'est vu confier au cours de sa carrière. Il n'a aucune assurance de revenir vivant, pas plus que sa bande de Cleaners.

L'alcool l'aide à supporter l'âpreté de la vie à l'extérieur, loin des locaux climatisés des gratte-ciels. Au moins, s'il revient malgré tout entier, il compte bien obtenir une promotion. « Capitaine », voilà un titre qui sonnerait bien et qui, à coup sûr, impressionnerait plus d'une femme en mal d'amour.

— Lieutenant, j'ai amené la dame qui veut vous voir en tête à tête.

Le sourire narquois qui flotte sur le visage subalterne irrite l'intéressé. Maria s'avance, les mains attachées derrière le dos, victime offerte que dément un regard hautain.

— Enlevez-lui ces liens inutiles, s'irrite l'officier. Croyez-vous qu'elle pourrait aller loin si elle s'enfuyait ?

L'escorte hausse les épaules, défait les entraves et s'éclipse en marmonnant, non sans se fendre du salut réglementaire.

— Asseyez-vous, madame Shakirova.

Maria prend place sur la chaise pliante que lui indique le lieutenant. Galamment, il lui propose un verre de whisky qu'elle décline. La fatigue et la grossesse ne font pas bon ménage avec l'alcool.

— Quelles sont ces informations tellement confidentielles qui nécessitent une entrevue à huis clos ?

Il ne peut s'empêcher d'admirer le fier port de tête de son invitée, une femme belle aux formes généreuses que la grossesse rend plus avantageuses encore, au regard hypnotique, et qu'un air mutin, presque rebelle, vient parfaire en dessinant le tableau ensorcelant d'une Ève inaccessible. En d'autres circonstances, peut-être en serait-il tombé fou amoureux... Mais dans la situation actuelle, à proximité d'un volcan actif, perdu dans une nature hostile, il ne peut laisser libre cours à ses sentiments. Maria est désirable et, au souvenir de l'échec de son mariage, Cooper voit son désir inassouvi de paternité refaire surface.

— Lieutenant, débute-t-elle d'une voix suave, vous et moi avons le même objectif : retrouver Sam. Je vous propose une alliance entre vos soldats et ma communauté. Nous nous engageons à ne pas tenter de nous échapper et, surtout, à collaborer avec vos hommes pour rejoindre mon mari.

La proposition de cette femme est tentante. Elle jouit d'une position particulière au sein de ces fugitifs, et par conséquent, conclure un accord lui assurerait l'obéissance des prisonniers.

— Avez-vous des informations permettant de localiser le suspect ?

Maria respire longuement avant de répondre. Elle n'a pas consulté ses compagnons avant de décider de jouer cette carte à double tranchant.

— Le lien qui unit Sam à mon enfant est la meilleure des garanties de nous mener à lui !

Le lieutenant Cooper réfléchit en silence, pesant les avantages et les inconvénients d'un engagement vis-à-vis des rebelles. Il décide de faire confiance à cette femme qui n'a plus rien à perdre. Au moment où il s'apprête à donner son accord, le volcan entre en éruption. Les cris et les rumeurs qui résonnent dans le campement l'informent de l'urgence de sa présence. Dépité, il pose son verre à moitié plein et s'équipe pour affronter la situation chaotique.

— Considérez que nous sommes alliés tant que votre conjoint ne sera pas capturé.

Sans ajouter d'autres explications, il sort précipitamment de la tente, laissant Maria, les yeux luisants comme si elle avait obtenu une victoire. Elle respire la puissance dégagée par l'une des plus anciennes créatures de la Terre, présente depuis des millions d'années. Le magma en fusion qui s'en échappe l'excite, car rien ni personne n'est capable de le ralentir. Dans son esprit enfiévré, elle assimile cette force vitale à celle de l'enfant qui enfle dans son ventre. Elle prie pour que Sam et son fils partagent cette même qualité.

26.

Chaque jour, je m'aventure plus loin dans ce monde paradisiaque. Mes parents, une poignée de chercheurs et leur progéniture ont bâti cet immense dôme qui abrite un fragile écosystème. Ces pionniers se sont enfuis en subtilisant des projets d'inventions révolutionnaires, dont celui d'un nouveau matériau qui, en fonction du réfléchissement de la lumière, permet d'obtenir l'invisibilité aux yeux des hommes et de leurs détecteurs thermiques. Grâce à leur génie, ces hommes et ces femmes l'ont perfectionné pour qu'il ne transmette que le pourcentage d'énergie lumineuse nécessaire à des conditions de vie idéales. Ainsi, la température reste tempérée, malgré les changements climatiques et les fortes variations diurnes environnantes.

La filtration de l'air a été aussi un des enjeux majeurs de cette matière, rapidement secondée par des plantes grimpantes au pouvoir de photosynthèse démultiplié par les mutations génétiques et capables de fixer les particules fines. Les domaines forestiers qui recouvrent les sols ont bénéficié d'une croissance accélérée et contribuent eux aussi à l'oxygénation de l'air que respirent les habitants.

Je ne me lasse pas de découvrir le résultat de plusieurs d'années de labeur acharné, durant lesquelles ils ont produit chacun des panneaux pour assembler la serre futuriste. Des machines spécifiques ont été construites pour fabriquer les pièces de l'ambitieux puzzle une fois l'alliage élaboré.

En choisissant volontairement de s'exiler dans les régions les plus septentrionales, ce groupe de doux rêveurs a échappé à ses détracteurs qui se tiennent à distance des pôles. Le projet a pris forme peu à peu, malgré une vie rude et aléatoire en territoire hostile. Les éléments naturels ont tenté de contrarier ces étrangers qui s'octroyaient une portion de la planète. Le dôme a été conçu pour résister aux tempêtes les plus violentes et aux intempéries exécrables dont la Terre s'est chargée depuis environ un siècle.

Un des critères déterminants de l'implantation a été la stabilité du sol. Leurs études sismiques avancées ont montré que le lieu d'érection de la superstructure n'était pas sujet aux tremblements de terre. La tectonique des plaques n'a plus de secret pour les plus érudits de ces scientifiques. J'ai demandé à mon père pourquoi, si la solution paraissait aussi évidente, aucun gouvernement ni État ne l'avait mise en application.

— Mon fils, trop d'intérêts contradictoires s'opposent entre les dirigeants corrompus, essentiellement préoccupés par leur maintien au pouvoir et non par la survie de leurs compatriotes. Bien que l'humanité parte à la dérive sur la mer démontée de vagues d'incertitudes, le capitaine du navire, inconscient, fonce sans ralentir vers l'iceberg de l'extinction de la race humaine.

Sa réponse imagée doit beaucoup à l'histoire du naufrage du Titanic ! Mais il n'a pas tort quand il avance que la multitude des instances à travers la planète a engendré une paralysie coupable. Ma mère, qui m'a longuement sermonné sur l'abandon de la femme qui porte mon enfant, est devenue une botaniste réputée dans sa nouvelle communauté. Ses sélections et croisements originaux ont produit des plantes et des fruits d'une qualité nutritive remarquable.

Comme je ne supportais plus ses leçons de morale, je lui ai rétorqué que ce fantastique laboratoire constitue un immense espoir pour l'humanité tout entière. Par conséquent, qu'attendaient-ils pour partager leurs découvertes avec le reste du monde ?

Cette femme, que j'ai follement aimée étant enfant, m'a toujours impressionné par son calme et sa raison, que j'ai pu confondre parfois avec de la froideur. Après un long moment de réflexion, elle a pris mes mains dans les siennes et, son regard posé sur mon front, s'est justifiée :

— Que feraient des politiciens arrivistes et peu scrupuleux de notre chef-d'œuvre ? Quelles applications destructives engendreraient-ils pour dominer leurs semblables ? Crois-tu qu'Albert Einstein envisageait que ses découvertes produiraient un monstre tel que la bombe atomique ? Tu as été le témoin involontaire du projet génétique visant à supprimer l'empathie chez les humains du futur. Quelles autres idées germeront dans les cerveaux maniaques de ces potentats ? Chaque année, nous mettons au vote de l'Assemblée la proposition d'envoyer des émissaires vers les mégapoles pour divulguer nos secrets. Jusqu'à présent, à chaque fois, une majorité de représentants s'est exprimée contre.

Bien que fondés, ses arguments ne m'ont pas totalement convaincu. Cette vision réductrice n'est-elle pas en opposition avec les liens de solidarité qui ont permis l'éclosion des civilisations ? Assurément, les guerres ont gangrené les ambitions utopiques, mais chaque fois que l'homme a construit quelque chose de grand et de pérenne, cette qualité a joué un rôle déterminant.

Je repense à cette conversation alors que j'arpente les étendues cultivées. En l'absence d'engrais chimique et de machines géantes, la production est raisonnée, mais avec des rendements permettant des récoltes à fort impact nutritif, tant pour les produits céréaliers que maraîchers. Sous le dôme, quelques centaines de privilégiés peuplent un domaine dont la superficie est proche de celle de l'île de Manhattan, laquelle comptait, avant les catastrophes climatiques, plusieurs millions d'habitants. Je persiste à croire que la vie autarcique initiée par une poignée d'aventuriers s'est rapidement muée en volonté farouche d'indépendance, quitte à laisser péricliter le reste de l'humanité. Cette vision réductrice ne me satisfait pas et je crois que mes parents l'ont compris.

Les autres familles vénèrent Dylan et Helen Hartley en despotes éclairés. À l'initiative de ce projet titanesque, leur parole est respectée. J'ai pu le constater de mes propres yeux lorsqu'enfin j'ai été présenté à l'Assemblée. Toute la population s'est réunie pour m'accueillir dans l'amphithéâtre majestueux construit en bois noble. En présence de mes parents, un des conseillers a longuement raconté à l'assistance stupéfaite comment j'ai été arraché à une mort certaine, puis rapatrié parmi eux. Les critiques ont fusé dans les rangées, arguant que ma venue mettait en danger la sécurité du site, que j'étais certainement porteur de virus potentiellement contagieux, que je pouvais être un espion envoyé par les maires de ces cités qu'eux-mêmes avaient fuies...

À toutes ces interrogations légitimes, le Conseil a donné des réponses franches, insistant sur ma filiation, n'oubliant pas de mentionner l'opération chirurgicale qui a ôté de mon corps la micropuce décelable. Mon père a rappelé que les dernières innovations ont abouti à l'installation d'un champ magnétique protecteur, capable de brouiller la plupart des signaux. Le brouhaha qui s'en est suivi dans l'hémicycle ne m'a pas rassuré quant à mon acceptation par ce peuple fondateur d'une nouvelle société. Finalement, ma mère s'est levée et a demandé la parole. Dans un silence quasi religieux, elle a apostrophé la foule :

— Amis, nous sommes tous des enfants de la grande catastrophe écologique. Par chance et par pugnacité, nous avons réussi un pari fou : redonner à une parcelle de la Terre un attrait viable. Nous ne souhaitons pas retourner vers nos semblables, mais est-ce une raison pour ne pas les laisser venir à nous ? Le sauvetage *in extremis* de mon fils, au péril du secret de notre existence, je l'assume ainsi que tous les membres de l'Assemblée. Car c'est une occasion unique pour un « extérieur » de se confronter avec notre modèle sociétal, nos choix environnementaux, juridiques... Son regard neuf sur notre expérience de vie constituera une source inespérée d'enseignements. Sa présence permettra de confronter l'utopie de notre monde avec la réalité de celui dont il vient. D'une certaine manière, Sam a emprunté une voie similaire à la nôtre : il désirait plus que tout échapper au diktat des mégapoles et à leurs combats mortifères.

Longtemps après son intervention, l'assistance est restée sans voix. Puis des applaudissements chaleureux ont éclaté, confirmant mon admission dans l'enceinte protectrice. Depuis, une question me taraude en permanence : combien de temps résisterai-je au besoin de savoir si Maria et mon fils sont encore vivants ? Cette pensée m'obsède à chaque instant, maintenant que j'ai pris conscience de l'horreur de mon geste. La séparation brutale avec celle qui m'a confié son âme a eu des conséquences désastreuses. Certes, j'ai retrouvé mes parents, confirmant en cela la prédiction de ma femme, mais à quel prix ? Ceux que je croyais disparus à jamais me reprochent ma désertion. Rien ne me permet actuellement d'espérer retourner près du volcan où j'ai failli. Le risque assumé pour me rapatrier auprès des miens ne sera pas accepté une deuxième fois par les êtres demeurant dans cette bulle protectrice.

Lorsque je me concentre, j'arrive à visualiser des images fugitives de Maria, des éclats familiers, des odeurs enivrantes. Toutes ces manifestations sont-elles le fruit de réminiscences ou bien de messages d'espoir ? Les révélations faites par mes parents ont bousculé ma vision des choses. La paisible existence sous le dôme protecteur est tellement éloignée de celle aux pieds des gratte-ciels que parfois, j'ai peur de ne pas en être digne. Je n'oublie pas non plus qu'un tueur sans pitié me traque et qu'il ne renoncera pas. Cette perspective met en danger tous les résidents qui n'ont vécu, pour certains, que dans un environnement préservé depuis toujours. Je n'ai pas choisi de résider sous une immense cloche à l'abri des turbulences du monde, mais j'ai oublié que l'amour a toujours un attrait supérieur à tous les autres sentiments.

Combien de temps me faudra-t-il pour ressentir l'appel du néant, l'attraction fatale des civilisations en décrépitude, au sein desquelles Maria n'est peut-être pas encore morte ? Je tente de me changer les idées en observant les bovins broutant de l'herbe naturellement grasse. Des biologistes ont opéré des sélections drastiques sur les races pour parvenir à une telle qualité. Si le moindre petit grain de sable vient s'immiscer dans cette société parfaite, cet univers sans défaut se grippera et tous ses habitants réclameront vengeance à mon égard.

J'anticipe, mais le propre de l'Homme n'est-il pas de le faire ?

— Maman, papa, je vous ai convoqués tous les deux dans la chambre que vous m'avez généreusement offerte. Je serais un ingrat si je n'appréciais pas vos efforts pour m'avoir soustrait à une mort probable... Pourtant, je suis déchiré entre le bonheur de votre compagnie et la honte d'avoir sacrifié la femme de ma vie.

Mon père opine du chef spontanément, tandis que sa compagne soupire tristement. Je ne veux pas leur mentir, ni laisser le doute planer. Vivre le reste de mon existence à l'abri du déclin de la planète, en sachant qu'une chance persiste de retrouver vivants Maria et l'enfant qu'elle porte, serait une torture insupportable.

— Vous avez compris que je dois retourner chercher mes amis. Je les ai abandonnés dans un moment d'égarement, pendant lequel mon esprit embrouillé a confondu avec des agresseurs potentiels ceux qui étaient missionnés pour mon sauvetage. Si je reste là, sans rien faire, je ne me pardonnerai jamais de ne pas essayer de les retrouver !

Ma mère se lève brusquement et court vers la terrasse pour cacher ses pleurs. Je viens à peine de les retrouver et voilà que je leur cause déjà des ennuis. Le mentor de cette communauté, Dylan, me dévisage comme s'il découvrait un nouveau fils. Depuis toutes ces années, j'ai grandi loin de leur ombre protectrice. À présent qu'elle m'est offerte, je la refuse.

— Sam, organiser une autre mission pour récupérer d'éventuels survivants n'est pas raisonnable. Tu le sais. Si tu me jures de ne pas tenter de t'évader, tu resteras libre de tes mouvements. Sinon, nous serons dans l'obligation de t'emprisonner, malgré le chagrin que cela nous cause. Ai-je ta parole d'honneur que tu ne tenteras pas l'impossible ?

La main droite tremblante, plus d'émotion que de colère, les yeux au bord des larmes, j'acquiesce d'un signe de tête et, d'un souffle à peine audible, je prononce un serment qui me brise le cœur.

27.

Avant l'aube annonciatrice de chaleurs insupportables, l'attaque du campement a surpris la troupe de Cleaners. Ces soldats surentraînés qui se vantent de prévoir les situations les plus catastrophiques, habitués à réagir aux pires scénarios, se sont pourtant fait piéger par des agresseurs apparemment sans vergogne. Le lieutenant Cooper, la bouche encore pâteuse et pris d'un mal de crâne carabiné après avoir vidé une bouteille de whisky, hurle ses ordres aux combattants surpris. Par chance, Travis a le réflexe de positionner à des points stratégiques des tireurs d'élite pour refouler les assiégeants. Selon lui, ces pouilleux qui osent les défier n'insisteront pas s'ils sont confrontés à une opposition sérieuse.

— Votre avis, sergent ? À qui avons-nous affaire ?

— Des pillards, mon lieutenant. Ce sont des vauriens qui cherchent à dérober tout ce qui est à leur portée en agissant rapidement... Vont bientôt déchanter, ces salopards !

Maria, confinée dans la tente avec Dan et Bosco transformés en gardes du corps, a peur pour le bébé qui s'agite dans son utérus. Des flashs dans son esprit montrent des combattants désinhibés, probablement sous l'emprise d'une drogue. Elle comprend qu'ils n'ont pas affaire à de simples voleurs issus de populations nomades, mais plutôt à une organisation criminelle, passée maître dans l'art des embuscades. Les hommes de main des *Infernus* ! S'ils se sont éloignés autant des bas-fonds de New-Rop, c'est pour une unique raison : des parrains ont passé un contrat sur la tête de Sam. Quelle ironie de les savoir ici, alors que son mari s'est volatilisé !

— Soldat, laissez-moi parler au lieutenant Cooper. C'est très important !

La jeune recrue hésite à quitter son poste, mais le ton alarmant de la prisonnière et l'attaque subie achèvent de la convaincre.

— Suivez-moi ! J'ai votre parole que les autres ne s'enfuiront pas ?

Maria acquiesce sans même consulter Dan et Bosco. Visiblement mécontents, ses deux amis la regardent s'éloigner. Des échanges de tirs nourris avec les assaillants les obligent à se coucher au sol. Son escorte semble découvrir pour la première fois la dure réalité d'un champ de bataille. Un novice ! Maria espère ne pas prendre une balle perdue à cause de son inexpérience. Heureusement, les détonations s'espacent et ils peuvent reprendre leur progression en restant vigilants. Enfin, elle aperçoit le lieutenant Cooper.

— Vous êtes fous ! s'écrie-t-il. Soldat Byrne, qui vous a permis de relâcher votre surveillance ? Retournez près de la tente avant qu'il n'arrive quelque chose à vos prisonniers. À défaut, vous le paierez très cher !

Le ton furieux de l'officier n'incite pas à s'attarder. Pourtant, Maria sait que son intuition revêt un caractère stratégique.

— Lieutenant, ceux qui nous encerclent ne sont pas de simples détrousseurs. Ils ont été recrutés parmi les pires canailles des *Infernus*. Quelqu'un leur a promis une forte récompense pour capturer Sam. Ces bandits croient que mon mari se trouve encore parmi nous.

Cooper comprend aussitôt l'importance d'une telle analyse. Ses hommes n'ont pas à affaire à d'anodins brigands, mais plus certainement à des professionnels de la guérilla. Comme pour confirmer les dires de Maria, une voix gutturale crache des avertissements dans un haut-parleur :

— Mon nom est Svorax Svergenson. Je suis le maître des *Infernus* et mes moyens sont illimités. J'ai trois fois plus de combattants que vous, équipés d'un armement ultramoderne. Vous n'imaginez pas le plaisir que j'éprouverai à supprimer une dizaine de Cleaners. Depuis des années, vos commandos s'acharnent à tenter de m'éliminer... Sans succès ! Maintenant, c'est à mon tour de prendre ma revanche. Je possède tous les atouts dans ma manche. Si le dénommé Samuel Hartley ne se livre pas avant le lever du soleil, nous vous exterminerons tous avec jubilation. Je suis disposé à vous épargner seulement si la personne que je recherche se livre.

Svorax Svergenson ! Une légende parmi les Cleaners. Depuis sa nomination au grade de lieutenant, de nombreuses unités d'élite ont été envoyées dans les *Infernus* pour le supprimer. Le mafieux règne depuis une dizaine d'années sur la plupart des trafics gangrenant les bas-fonds de New-Rop. Soit l'individu est très chanceux, soit il bénéficie d'une protection hors normes. Le lieutenant croyait que le personnage n'était qu'une invention, fabriquée de toutes pièces pour impressionner les malchanceux qui échouent dans les bouges de la cité.

— Lieutenant, on va pas céder à cette pourriture ? s'excite Travis. Il fait rien que bluffer. Je suis sûr qu'ils sont qu'une poignée de miteux, armés d'antiques kalachnikovs !

En tant que responsable de la vie de ces hommes, il aimerait bien partager l'optimisme du sergent. Malheureusement, la réputation de Svorax Svergenson n'est pas usurpée.

— Laissez-moi lui parler, implore Maria. Il m'écoutera lorsque je lui avouerai qui je suis.

— Êtes-vous complètement folle ? Pas question de risquer votre vie ! On a passé un marché tous les deux. Vous avez oublié ? Soldat Byrne, ramenez-là à sa tente ! C'est un ordre.

Au moment où le jeune Cleaner, effrayé, saisit le bras de la prisonnière, une explosion retentit près de leur position en guise d'avertissement. Tous les combattants présents se jettent au sol pour se protéger. Au contraire, Maria s'arrache à la poigne juvénile et court en direction des assaillants, malgré les cris du lieutenant et le fardeau de sa grossesse. Des détonations retentissent autour d'elle, des cratères de bombes se creusent... Indifférente aux dangers mortels, l'inconsciente poursuit droit devant elle.

— Arrêtez les tirs, ordonne Svorax Svergenson. Ou bien cette femme est complètement tarée, ou bien c'est une sorte de martyre.

Épuisée, ses bras soutenant son ventre de plus en plus lourd, Maria arrive en titubant à la limite du campement. Elle tombe à genoux en face des tueurs médusés qui baissent spontanément leurs armes au vu de son état. Deux balèzes la soulèvent et la transportent aux pieds de leur maître. Le regard triomphant, le parrain tout-puissant des *Infernus* ne cache pas sa satisfaction de cette prise.

— Chiens de Cleaners ! vocifère-t-il dans le haut-parleur, le torse fièrement bombé. Je détiens la femelle qui a montré plus de courage que vous tous. Elle est venue à moi de son plein gré. Pour l'instant, aucun mal ne lui sera fait. Mais si vous ne me livrez pas Samuel Hartley, je la tuerai à petit feu et son agonie vous hantera jusque dans l'au-delà...

Atterrés, Dan et Bosco ont rejoint le lieutenant au centre du dispositif de défense.

— Putain, merde ! Où est cette lavette en faction, que je lui règle son compte ?!

Bosco cherche du regard le gamin en charge d'escorter Maria. Dan s'est emparé d'une paire de jumelles pour se faire une idée plus précise de la situation. Lorsqu'il les enlève de devant ses yeux, il arbore une expression inhabituelle de lassitude.

— Il ne bluffe pas. Elle est leur otage, maintenant. Pour des soi-disant troupes d'élite, vous n'avez même pas été capables de retenir une femme enceinte qui se déplace péniblement ! Je vous conseille de négocier une reddition honorable, lieutenant. Si ces malfrats touchent ne serait-ce qu'un cheveu de Maria, je jure qu'ils le paieront au centuple !

Plusieurs Cleaners, dont Travis, braquent leur fusil sur le fugitif à l'attitude défiante. Face à l'absurdité d'une telle situation, l'officier supérieur appelle au calme. Il voudrait se concentrer, trouver la bonne décision à prendre. S'il ordonne de rendre les armes, leurs adversaires les abattront sans hésiter. À l'inverse, poursuivre le combat condamne irrémédiablement l'épouse de Samuel Hartley. Bien qu'elle se soit jetée volontairement dans la gueule du loup, comme n'arrête pas de lui faire remarquer le sergent Travis, elle demeure le seul lien avec le suspect recherché. Il ne comprend pas pourquoi elle s'est sacrifiée, alors qu'elle accueille la vie dans son organisme. Dès l'instant où elle s'est rendue à ces assassins, elle a signé leur arrêt de mort à tous.

Les premiers rayons du soleil annoncent le désastre de l'aube. Si la troupe ne réagit pas, tous les hommes seront massacrés et Maria sera livrée au bon plaisir des vainqueurs. Non sans regret, le lieutenant Cooper demande à ses soldats de déposer leurs armes. Travis refuse, mais avant qu'il n'esquisse le moindre geste, Bosco l'assomme d'un coup de poing. Déconcertés, les autres Cleaners font mine de venger leur camarade, mais Cooper réitère son ordre et montre l'exemple en jetant son fusil par terre. Bientôt imités sans enthousiasme par l'ensemble des soldats d'élite, les assiégés, humiliés, se dirigent vers les sbires des *Infernus*, les bras levés en signe de soumission.

Le soleil implacable chauffe lentement le cuir des hommes agenouillés sur le sol, les mains attachées derrière le dos. À l'abri du rayonnement assassin, sous des grandes toiles tendues par les serviteurs de Svorax Svergenson, les sans-grades victorieux savourent leur revanche en dégustant des boissons rafraîchissantes. Le lieutenant Cooper tente de garder la tête haute, progressivement persuadé que son crâne explosera à cause de la dilatation thermique.

Depuis un moment déjà, certains de ses hommes se sont évanouis sous les effets conjugués de la déshydratation et de l'épuisement. Ce cerbère des *Infernus* a choisi de les laisser mourir à petit feu, en jouissant du spectacle de leur lente agonie. Les lèvres sèches, fissurées comme une terre craquelée sans eau, le policier regrette amèrement sa décision de s'être rendu à la pire canaille de cette planète.

Maigre consolation : Maria et les autres femmes enceintes sont détenues sous la tente du puissant parrain. Hélas, le sort qu'il réserve à ses captives ne fait aucun doute. Elles termineront pathétiquement leur existence dans les bordels des bas-fonds de New-Rop.

— À boire, implore le soldat Byrne, divaguant. Donnez-moi à boire, par pitié !

Des éclats de rire répondent à ses supplications, suivis de jurons et de plaisanteries douteuses. Cooper sait qu'il ne peut attendre la moindre empathie de la part de ces hommes, dont le comportement est pire que celui de certains animaux. Parfois, des hallucinations s'emparent de son esprit, au point d'imaginer qu'il baigne dans une étendue d'eau vivifiante, à la surface de laquelle un vent léger caresse sa peau. Il est tenté de s'abandonner à ces chimères, de s'oublier dans ce monde parfait, quitte à se laisser mourir sans résister. Mais dans sa tête, une voix aux accents inconnus l'exhorte à ne pas capituler, à tenir bon coûte que coûte. Son éducation à coups de trique sur une planète agonisante fait le reste.

— Amenez-moi la stupide femelle qui s'est offerte à moi. Je vais lui faire passer le goût du sacrifice.

Le lieutenant s'extirpe de son long cauchemar, inquiet des projets de ce gros porc. Maria se laisse conduire à son bourreau, comme si elle savait l'inutilité de se défendre. À son passage, son ventre arrondi fait reculer instinctivement tous ces hommes sans foi ni loi qui se souviennent avoir une mère. Tous les regards se tournent vers le chef, dont le visage arbore une mine jubilatoire. Forcée à s'agenouiller aux pieds de l'omnipotent parrain, Maria oppose sa beauté méprisante.

— Tu oses me défier, salope ! Tu vas apprendre rapidement qui est ton maître. Tu vas payer pour l'absence de celui que je suis venu chercher : Samuel Hartley.

Sans prévenir, il la gifle d'un revers brutal de la main. Maria s'affale sur le côté sans émettre la moindre plainte. Un filet de sang s'écoule le long de son menton alors qu'elle se redresse péniblement, ses bras soupesant d'un geste protecteur l'endroit où son fils grandit.

— Maintenant, garce prétentieuse, tu vas danser nue en plein soleil pour mon seul plaisir.

Des murmures de désapprobation s'élèvent parmi ses hommes, impressionnés par l'obstination de la captive. Pourtant, aucun n'a le courage de critiquer ouvertement la sentence. Cooper cherche les ressources aux tréfonds de son organisme pour hurler sa colère, mais nul son ne s'exile de sa gorge asséchée. Impuissant, il assiste au lent déshabillage de la jeune femme, dévisageant les voyeurs sans baisser les yeux. Honteux, quelques-uns tournent la tête, tandis que d'autres sont gênés par la protubérance de son ventre. Des toussotements nerveux accueillent la fin de son dépouillement, signe de la confusion qui règne. De plus en plus énervé par leurs réactions, Svorax Svergenson se lève et expulse Maria de l'ombre protectrice de l'auvent.

— Montre-nous si tu es capable de continuer à me défier sous le soleil brûlant, femme pathétique !

Il éclate d'un rire dément, imité sans entrain par ses plus fidèles complices. Maria subit de plein fouet la gifle torride de l'atmosphère qui agresse son enveloppe terrestre. Au cœur de son intimité, un petit être s'agite, cherchant des réponses aux angoisses de sa mère. La température corporelle de celle-ci augmente dangereusement. À défaut d'une insolation, la mort par évaporation les guette.

— Danse, ou j'ordonne à mes hommes de jouer du fouet !

Dans un suprême effort, le lieutenant se tortille dans la direction de la silhouette féminine dépourvue de vêtements, puis s'écroule, inanimé. Alors, Maria s'élance, interprétant une valse lascive, comme jadis sa mère et les femmes de sa famille. Elle oublie les rayons mortels qui conspirent à sa perte, elle se noie dans le chagrin de ne plus jamais revoir Sam enfui sans un mot. Malgré le poids du bébé proche de son terme, elle dévoile une chorégraphie envoûtante sertie d'arabesques gracieuses. Les pires canailles, et même le patron des *Infernus,* sont subjugués par ce moment de grâce qui semble durer une éternité.

Pourtant, incapable de poursuivre davantage sa gestuelle, elle s'accroupit, la peau rougie par les ultraviolets.

— Malgré ton état prégnant, tu sais y faire, petite traînée, admet Svorax Svergenson. Je t'honorerai cette nuit de mes ardeurs, avant de t'abandonner à mes subordonnés.

— Tu ne feras rien de tout cela, articule à voix haute et intelligible Maria, pourtant au bord de la nausée. Tu n'auras d'autre choix que de subir la colère des éléments, semblable en cela à tous les êtres humains qui osent défier les lois naturelles et morales.

Comme pour confirmer sa menace, un grondement d'une intensité bien supérieure à celle de l'éruption volcanique se produit à l'arrière de l'assemblée criminelle. Paniqués, ses membres quittent l'abri de la toile pour découvrir un gigantesque mur de sable qui avance dans leur direction. La fuite éperdue ne les sauvera pas de l'ensevelissement sous la déferlante monstrueuse.

28.

La pièce sombre est dépourvue de mobilier, excepté un lit de camp et un pot de chambre. Repliée sur elle-même contre le mur humide, Margaret reste tapie dans l'angle le plus éloigné de l'entrée. Les faibles rayons de lumière n'empêchent pas la température de grimper dans la cellule où ce monstre l'a enfermée. Sa peau est constamment moite et sa transpiration exhale une odeur insupportable. Au début de sa captivité, elle hurlait en espérant que quelqu'un entende ses appels à l'aide et puisse la délivrer. Puis, au fur et à mesure que le temps a passé, sa colère s'est transformée en supplique pathétique, alternance de sanglots et de prières incohérentes.

Lorsque son ravisseur approche de la porte de sa prison, Margaret se recroqueville instinctivement sur ce qui lui sert de lit, avec le secret espoir d'attendrir son geôlier. Elle n'a jamais pu voir ses yeux, car l'homme trapu les dissimule derrière des lunettes de soleil. Son obsession au début de sa captivité était d'être violée par le visiteur. Mais l'attitude glaciale qu'il adopte à son égard ne lui laisse aucun doute : le but de ce maniaque n'est pas de satisfaire ses pulsions sexuelles. Pourtant, elle est persuadée de l'intéresser au plus haut point, mais pour quel sombre dessein ?

Son souhait le plus cher serait de se doucher, de changer ses vêtements crasseux qui collent à l'épiderme. L'hygiène dans cet espace clos est déplorable, mais c'est un moindre mal en comparaison des pires sévices que pourrait lui faire subir son geôlier...

Margaret pense souvent à son père et parfois aussi à son mari. Elle sait que le premier remue ciel et terre pour retrouver sa fille unique. Il faut une sacrée dose d'inconscience au malade mental qui la séquestre. Lorsque Parchie, comme elle le surnomme, a appris sa disparition, elle est certaine qu'il s'est lancé dans une croisade pour sa délivrance. En bon patriarche Saint-Jones, son père ne ménagera pas ses efforts pour la tirer des griffes de ce prédateur, auquel il fera passer un sale quart d'heure quand il le trouvera... Et il le trouvera !

Le silence et la solitude restent les poisons les plus redoutables qui sapent le moral. Dans son coquet appartement, la musique résonnait tout le temps. Sam s'imaginait, quand il partait au travail, que les journées de sa brave femme étaient remplies de vide, qu'elle endossait le rôle de la ménagère de moins de quarante ans, de la potiche institutionnalisée. Faux ! Totalement faux ! Elle recevait très souvent des amis, de préférence des mâles célibataires à la recherche d'aventures passagères. Les délices orgiaques auxquels ils se livraient sans retenue horrifieraient son époux infidèle. Jamais elle n'a atteint plus d'orgasmes qu'au milieu de l'enchevêtrement de corps dénudés des deux sexes ! Elle a d'ailleurs ressenti une pointe de regret lorsque l'homme aux lunettes noires s'est désintéressé de sa plastique féminine. Après tout, tant qu'à incarner un otage sans défense, autant y trouver du plaisir !

Margaret est pleinement consciente que ce genre de propos choquerait son mari. Cet homme volage a toujours fait passer ses propres désirs avant ceux des autres. Ils n'ont décidément pas grand-chose en commun, mis à part une alliance à l'annulaire. Comme quoi, un contrat de mariage rend aveugle !

Voilà trop longtemps que son hôte malveillant ne lui a pas rendu visite. La crainte de dépérir à petit feu, toute seule, dans cette pièce maussade qui n'a jamais vu le jour, ne contribue pas à améliorer son moral.

Depuis sa plus tendre enfance, son existence est réglée comme du papier à musique, avec un avenir doré tout tracé, sans grands risques de bouleversements, autres que climatiques. Elle fait l'effort de regarder le côté positif de cet enlèvement éloigné des clichés romanesques : à la place de journées monotones, rythmées par des parties fines, l'angoisse lui tord les entrailles, avec la certitude que plus les jours passent, plus la chance de servir de victime expiatoire à un sadique impuissant augmente.

« Margaret, reprends-toi ! Ce type a besoin d'une proie vivante, sans doute pour exercer quelque chantage sur tes proches. »

Comment réagira l'aîné des Saint-Jones ? Elle n'en a aucune idée, car ce père vénéré fera toujours passer les intérêts supérieurs avant toute autre considération. Elle se force à méditer afin de chasser les pensées néfastes. À l'extérieur des tours géantes, les restes de l'humanité s'affrontent en des duels morbides. Le taux de mortalité parmi les populations des *Infernus* atteint soixante-dix pour cent et cette valeur est encore plus élevée chez les enfants. Elle aurait été incapable de tomber enceinte. De toute manière, quel avenir offrira la civilisation aux générations futures ? Vivre au sommet des gratte-ciels ne durera qu'un temps, elle en est certaine. À plus ou moins longue échéance, les édifices s'écrouleront et il ne subsistera que les squelettes en ruine.

Rien à faire, la réalité reprend à chaque fois le dessus.

« Margaret, le sang des Saint-Jones coule dans tes veines. Se laisser aller n'est pas dans les habitudes familiales. »

Si seulement elle pouvait parler avec quelqu'un... Se répandre jusqu'à la nausée en bavardages inutiles, ne plus réfléchir. Mettre son esprit en mode « veille » et s'étourdir des propos flatteurs d'amants cupides. Ces instants futiles lui manquent. Maintenant qu'elle croupit dans un appartement insalubre, le regret de sa vie antérieure la surprend. La nostalgie ne doit pas l'empêcher d'agir...

Enfin, des bruits de pas pesants résonnent : celui qui approche croit qu'il dispose de tout son temps. Cette perspective l'agace, tant sa nature profonde ne peut se résoudre à baisser les bras. Son père l'a éduquée à la dure, alternant la trique et les marques d'affection appuyées. La clé tourne dans la serrure grippée, alors qu'étrangement, elle garde son calme. Bien décidée à mettre un terme à cette séquestration, Margaret se tient campée sur ses deux jambes, face à l'entrée, prête à défier son ravisseur.

— Reculez ou vous le regretterez ! ordonne la voix inflexible. Je vous jure que je peux infliger des douleurs qui ne laissent aucune trace.

Elle ne bouge pas, décidée à maintenir sa position coûte que coûte. Déconcerté, le visiteur hésite une fraction de seconde. Margaret en profite et, comme un ultime défi, se déshabille, jetant à ses pieds ses vêtements honnis. Une expression de fureur secoue son hôte qui exhibe un poignard étincelant.

— Je vais te saigner, sale truie, si tu n'obéis pas. J'enverrai des morceaux ensanglantés à ton vieux.

Il fait un autre pas dans sa direction. Marre de la brave fille bien lisse qui ne montre à cette société pourrie qu'une image sans faille ! Une main crispée sur le manche de son arme blanche et l'autre, le poing serré, l'attitude de frustration du chasseur sanguinaire ne laisse planer aucun doute quant à ses intentions meurtrières.

— Approche, réglons ça une bonne fois pour toutes !

La lame froide se plaque contre son pubis, tel un pénis de substitution. Elle ne tremble pas, comme si, depuis toujours, cet instant devait arriver. Le coup porté n'atteint pas sa cible. Margaret a saisi à pleine main le manche offert et enfonce la lame tranchante dans le ventre de son bourreau. Stupéfait, l'homme au visage sombre recule instinctivement, ultime réflexe de survie. Labourant le champ des organes de sa victime de bas en haut, elle exécute un geste maintes fois répété à l'entraînement. Le blessé s'écroule sans expectorer la moindre parole, achevant l'œuvre de mort en s'empalant sur sa propre arme blanche.

Les mains tachées de sang, Margaret s'efforce de refréner les battements de son cœur. Après un moment qui s'éternise, elle s'essuie consciencieusement sur le drap de lit. L'instigateur de son enlèvement ne gît pas à ses pieds. Dommage ! Dès les bruits de pas, elle a su avoir affaire à un homme de seconde main, envoyé par l'homme aux lunettes noires. Elle n'a même pas envie de connaître l'identité de sa victime. Pourquoi son ravisseur n'est-il pas venu ? Avait-il deviné que la fille de Saint-Jones serait en embuscade ? Le secret de sa véritable personnalité a pourtant été bien gardé. Quelle meilleure couverture que celle de l'épouse niaise ? Sam est tombé dans le panneau depuis le début, sans se douter un instant du rôle qu'elle jouait.

Après avoir enfilé les vêtements du mort, Margaret se sert du poignard pour couper ses longs cheveux à la garçonne. La bande de tissu déchirée dans la partie du drap épargnée par le sang, et dont elle se sert pour comprimer ses seins, masquera sa poitrine. Ainsi, elle sortira de ce traquenard en endossant l'identité d'un éphèbe, un rôle de composition qui lui sied à merveille. Avant de retrouver son père, elle a un compte à régler avec celui qui a cherché à lui nuire. Ce dangereux psychopathe n'ayant pas été attiré par ses formes féminines, elle en déduit qu'il aimera l'incarnation d'un jeune homme androgyne. À présent, c'est à son tour de dresser une embuscade et de faire en sorte que le tueur succombe à ses charmes. Supprimer une légende parmi les exécuteurs lui vaudrait une gloire éternelle. Quelle autre meilleure récompense attendre ?

Elle aperçoit à nouveau le jour qui se lève d'un soleil trop brillant. Très prochainement, la race humaine s'éteindra sous les feux brûlants d'une des étoiles de la galaxie. Pourtant, le prénom de Margaret restera dans les annales, éternellement lié à celle qui aura tué le loup solitaire, le meurtrier sanguinaire. Elle sourit en imaginant son adversaire lorsqu'il découvrira sa véritable identité. Malheureusement pour lui, il sera déjà trop tard à ce moment-là.

Un carrefour de plusieurs couloirs serait susceptible d'être un lieu idéal de rencontre. Plus la fin d'une époque approche, plus les mœurs se libèrent, comme jadis durant l'Antiquité, lorsque la civilisation romaine s'engageait inexorablement vers le déclin. Tout en marchant d'un pas mal assuré, encore épuisée par son séjour captif, Margaret songe à Sam qui n'a jamais rien compris. Ce naïf n'est pas au bout de ses surprises, et il regrettera bientôt de l'avoir sous-estimée, comme tant d'autres.

29.

L'amour filial n'est pas toujours fiable. J'en ai pris conscience lorsqu'un choix s'est imposé : oublier Maria et notre enfant, ou trahir la parole donnée à mes parents. Même si la chance de retrouver vivante la femme de ma vie est infime, je dois tenter le coup. Vivre sous une coupole protectrice, en sachant que partout ailleurs sur la planète les êtres humains agonisent, n'est pas compatible avec mon ADN. Au fond de moi, la vérité a fait jour...

Depuis, je prépare mon évasion, donnant le change durant la journée, apprenant à découvrir les habitants du dôme, sympathisant avec les plus amicaux, me fondant dans cette civilisation issue du naufrage de la précédente. Ma présence étrangère incite mes hôtes à la confidence, parfois jusqu'à la vantardise. « Vanité des vanités, tout est vanité. » Ces pionniers ont soif de reconnaissance. Ils trouvent en moi, venu d'ailleurs, un public idéal pour raconter leurs trouvailles, éventer tous leurs secrets. Ainsi, je me suis lié d'amitié avec Max, un génie de la physique, jeune et brillant, mais complètement asocial. Cet illuminé affirme savoir neutraliser le champ magnétique qui protège la « volière », comme il l'appelle, à partir d'un simple portable. Puis, poussé dans ses retranchements par mes soins, il a confirmé être en mesure de sortir sans difficulté de notre prison dorée. Quand je lui ai proposé de m'accompagner pour découvrir le vaste monde, son regard terrorisé a illustré le malaise de cette génération.

Néanmoins, je n'ai pas eu de difficulté à lui extorquer le logiciel et les codes nécessaires pour mener à bien mon projet. Autant cette société brillante innove et invente en permanence, autant ses membres sont déconnectés de la réalité. Séjourner en permanence dans un cocon dépourvu de danger, à l'abri de tous les maux, a créé un peuple faible, impropre à la vie réelle sur Terre. La faculté d'adaptation humaine a joué contre cette espèce, en modifiant leur évolution. Bien que leur force créatrice impose le respect, d'autres qualités principales leur font défaut. Je l'ai compris assez rapidement à mes dépens, lorsque, abordant avec eux la possibilité de retourner vers leur civilisation d'origine, tous m'ont ri au nez et traité de fou.

Voilà pourquoi ce soir, quand cette communauté dormira paisiblement, je quitterai le confort et la quiétude d'un endroit préfabriqué pour me confronter à nouveau avec la réalité de l'existence terrestre. Je sais que mon choix passera pour une folie aux yeux des miens, qu'ils penseront m'avoir retrouvé pour mieux me perdre. Leur amour sincère ne suffit pas à me retenir prisonnier dans cette geôle paradisiaque.

La nuit sans étoile se fait complice. L'économie de lumière favorise l'obscurité qui règne sous le dôme. Je me glisse hors de mon appartement, puis emprunte l'escalier en bois en suivant ses courbes silencieusement. Dans ma ville natale, l'aube approche. Ici, les gens vont au lit dès le coucher du soleil, adoptant le rythme naturel des saisons. J'entends parfois le ronflement d'un locataire en passant près d'une maison perchée. Je me sens honteux de trahir l'accueil qui m'a été réservé. J'ai profité de la grande confiance de ces pionniers, de leur naïveté primitive. Des décennies sans guerre ni famine, à jouir de la paix, ont affaibli mes hôtes, qui n'éprouvent pas le besoin de surveiller leurs arrières.

En effet, aucune détecteur de mouvement, ni caméra, trop consommateurs d'énergie électrique, n'ont été disposé dans les lieux de rassemblement, encore moins dans les parcs, les champs cultivés ou les forêts. Ma promenade nocturne se déroule sans contrôle et en toute liberté. Les lois de cette société sont peu coercitives, répondant à la demande des arrivants qui ont connu une répression féroce dans les mégapoles. J'approche d'une des limites de la base circulaire, matérialisée par la paroi senso-énergétique et dissimulatrice.

Le détecteur, « emprunté » à Max, indique le chemin à suivre pour atteindre une des sorties de la prison hémisphérique. Elle jouxte le hangar à drones où l'engin dont se sont servis mes hôtes pour me capturer au sommet du volcan repose. J'ai appris par une autre personne qu'un objet volant de taille plus modeste se trouve au même endroit. Les migrants ont peu investi dans la construction de machines de transport, étant déterminés à demeurer cloîtrés dans un monde à l'abri des autres humains. La mission pour me récupérer, en se servant de la balise GPS intégrée à la micropuce dans mon poignet, avait un caractère exceptionnel. J'éprouve un pincement au cœur en songeant que mes parents ont risqué gros dans cette affaire.

L'appareil ressemble à un de ces anciens ULM, mis à part qu'il est mû par la force solaire. Depuis le réchauffement climatique, l'intensité du rayonnement fournit une quantité plus que nécessaire d'énergie pour animer un objet volant. J'installe derrière le siège les maigres réserves d'eau que j'ai prévu d'emporter, ainsi que quelques provisions. Il n'est pas question que le chargement alourdisse l'engin volant au point de réduire son autonomie. J'ai aussi confectionné à l'aide de draps une cape censée me protéger, entre autres, des radiations ultraviolettes. Je suis conscient de l'amateurisme de mon expédition, mais je ne peux attendre plus longtemps si je persiste à vouloir fuir.

— Est-ce ainsi que tu remercies tes parents de t'avoir sauvé la vie ? La seule manifestation de ta gratitude se résume-t-elle à la trahison ?

Je sursaute au son de la voix de mon père et me retourne lentement. Il est seul, le visage profondément marqué par la tristesse.

— J'ai préféré ne pas mettre ta mère au courant de ta démarche. Depuis ta déclaration, elle est restée prostrée dans sa chambre.

Je ne trouve pas les mots pour répondre, car ils seraient vains. J'ai délibérément menti à ceux qui m'ont ramené à la vie une seconde fois. De la même manière, j'ai abusé tous les habitants de ce havre futuriste.

— Père, je vous ai dit que Maria compte plus que tout au monde. L'instant de faiblesse pendant lequel j'ai cédé à votre invitation ne reflétait pas mes sentiments réels. J'ai cru que l'amour filial l'emporterait sur celui que je porte à ma femme et notre enfant. Il n'en était rien et je m'en excuse.

Le visage de Dylan se crispe, révélateur du combat qui se joue en lui. D'un côté, il se doit de suivre les règles qu'il a en grande partie inspirées ; de l'autre, celui qui bafoue les lois s'avère être sa progéniture. Le choix d'un père entre l'amour et la justice est forcément douloureux.

— Malgré l'affection et, d'une certaine manière, la fierté que j'éprouve envers ton attachement à Maria, il est de mon devoir de t'interdire de risquer la vie de toute notre communauté. Quand un espace s'ouvre à la base du dôme, nous devenons vulnérables. Les satellites rescapés d'époques technologiquement avancées peuvent détecter notre position et transmettre ces données aux cités dirigées par des politiciens avides de pouvoir. L'anonymat reste notre meilleur atout. Sans lui, nous sommes vulnérables, car aucun système défensif n'a été prévu. Notre société se revendique profondément non violente, même si le monde avec lequel nous tentons de cohabiter pacifiquement a érigé en modèle les rapports de force.

Je suis troublé par les confidences de cet homme que je croyais disparu à jamais. Le rêve d'une société parfaite, loin du chaos de l'univers, des intrigues humaines, semble séduisant, bien qu'utopique. Pourtant, notre espèce ne s'est-elle pas nourrie, au cours des siècles, d'illusions, lesquelles ont permis des avancées scientifiques révolutionnaires ? Malheureusement, simultanément aux découvertes technologiques, l'insatiable soif de domination des terriens a poussé des dirigeants mégalomanes à fomenter des guerres aux quatre coins du globe.

— Père, ne me forcez pas à la violence si je n'ai pas d'autre choix.

La menace à peine voilée n'impressionne pas celui qui a assisté à ma naissance, m'a accompagné durant l'enfance... Avant de m'abandonner ! Un sentiment de rage monte à la surface de mon être, un manque cruel engendré par l'absence de mes parents. Les poings serrés, je m'apprête à commettre l'irréparable, lorsqu'une explosion retentit, puis se propage le long de la courbure qui nous dissimule aux regards extérieurs. Hagard, l'objet de mon courroux ne réagit pas immédiatement, choqué par ce qu'il vient d'entendre. Ma colère s'est consumée, remplacée par une angoisse profonde.

— Nous sommes attaqués ! hurlons-nous en même temps.

— La civilisation du monde qui nous entoure a localisé le dôme, s'exclame avec effroi mon père.

Une autre déflagration, plus forte, engendre des vibrations le long de la structure hémisphérique. Je peux discerner en certains points des fissures qui apparaissent. La lumière traverse sans plus être filtrée par la couche protectrice.

— Papa, laisse-moi défendre ce havre de paix. Actionne l'ouverture pour que je sorte.

Des cris répondent aux bombes qui éclatent au-dessus de la population terrorisée. Un vacarme indescriptible, où se mêlent voix humaines et animales, brise définitivement le paisible silence qui régnait dans le sanctuaire. Je m'installe sur le siège de l'ULM, décidé à m'opposer aux assaillants, malgré le moyen dérisoire dont je dispose. Mon père comprend enfin qu'il lui faut agir et déclenche le système d'évacuation à l'aide d'un boîtier. Deux panneaux coulissent, dévoilant une ouverture, tandis que les sirènes d'alarme qui retentissent couvrent partiellement le tumulte environnant. Je n'ai pas le temps de m'excuser, de rappeler combien j'aime maman, que déjà le planeur ultraléger décolle, propulsé par ses batteries solaires. À cet instant, je ne sais pas si je reverrai mes parents.

Le choc thermique engendré par mon accession à l'air libre aurait dû m'assommer, mais l'urgence de la situation me force à rester conscient. Pourtant, la vision qui s'offre à moi frise l'apocalypse. Une demi-douzaine de drones de combat, en formation type vol stationnaire, larguent des bombes en continu sur la coque gigantesque de moins en moins invisible.

Commandés à distance, les redoutables engins volants pilonnent le dôme dans le but de causer sa ruine. Bien que je sache la cause perdue, je lance à pleine vitesse mon aéronef en direction d'un des intrus. Heureusement, l'engin n'est pas équipé d'armes défensives. Avant que son pilote à distance ou son ordinateur de bord ne réagissent, je le percute avec l'ULM. Le choc violent déséquilibre l'adversaire dont la structure en matériaux composites est légère.

Sans réfléchir, je frappe à coups de pied l'avant de son fuselage pour qu'il perde de l'altitude. Tandis que la machine de guerre finit sa course contre la surface supérieure du dôme, je dirige mon aéronef vers un second bombardier radiocommandé.

Confinée à l'intérieur, la communauté impuissante assiste à l'offensive dévastatrice. Helen et Dylan Hartley tentent de mobiliser des équipes de secours pour soigner les blessés. Alertée par les bombardements, la courageuse femme a émergé de son état de prostration pour rejoindre son mari. Des pans entiers de la charpente révolutionnaire s'écroulent sur les habitations, créant des brèches béantes par lesquelles chaleur et pollution s'engouffrent. Déjà, certains enfants en bas âge toussent, incommodés par la composition de l'atmosphère terrestre. Un des conseillers aux joues cramoisies s'approche des coupables désignés.

— C'est votre faute ! Si vous n'aviez pas décidé de récupérer votre fils, jamais aucun satellite-espion n'aurait détecté l'origine de l'engin volant.

D'autres habitants professent des insultes et tiennent des propos menaçants, prêts à joindre le geste à la parole. La tension monte autour du couple dos à dos pour faire face à l'animosité grandissante.

— Assez ! ordonne le président de l'Assemblée, un vieillard au teint rougi par les rayons du soleil que son épiderme a expérimenté. Il sera temps de chercher les responsables ultérieurement. Pour le moment, il nous faut sauver ce qui peut l'être. Occupez-vous d'aider les plus nécessiteux.

Les manifestants hésitent avant de recouvrer la raison, réalisant difficilement la folie de leur comportement. Enfin, l'air honteux, ils se dispersent pour prêter main-forte à ceux qui en ont le plus besoin.

Prenant conscience de la précarité de leur situation, les parents de Sam s'éloignent de la foule en scrutant anxieusement le ciel par les trous causés par les explosions. Leur constat est sans appel : une escadrille de drones lâche sans répit des bombes meurtrières. Leur rêve d'un monde parfait se brise sur les attaques impitoyables d'un ennemi inconnu. Ensemble, ils ont affronté toutes les épreuves de la vie. Ensemble, ils ont donné jour à un écosystème unique au monde. Ensemble, ils mourront si tel est l'aboutissement de leur aventure. L'unique regret d'Helen est de ne pas pouvoir serrer dans ses bras une dernière fois le fils qu'elle a abandonné au profit d'un projet ambitieux.

Soudain, elle distingue un engin qui percute violemment un des drones, lequel perd de l'altitude, puis s'écrase à la surface du dôme. Dylan crie le prénom de Sam, fier du duel gagné par son fils. Helen se demande comment un fragile ULM pourra changer le cours de la bataille. Elle déplore la violence utilisée par le fruit de ses entrailles. Son long séjour dans ce paradis artificiel l'a convaincue de l'inutilité de l'usage de la force. À regret, elle admet que seul son fils s'oppose aux envahisseurs. Ne ménageant pas son monoplace, celui-ci attaque par le flanc un troisième drone de combat qui tente d'esquiver, mais qui part en vrille après le choc fatal, pour terminer sa course au sol. Serrés l'un contre l'autre, ils assistent avec fascination au ballet morbide.

Les drones intacts s'unissent pour contre-attaquer sous l'impulsion de leurs pilotes distants qui ont fini par comprendre la menace. Encerclant l'intrus, ils foncent agressivement, tels des bourdons voraces, vers l'engin de Sam. Helen ne peut s'empêcher de pousser un cri d'effroi, persuadé que son fils va succomber. En effet, son ULM en vol stationnaire ne cherche pas à éviter les attaques, adoptant une attitude résignée.

— Il se sacrifie ! déplore Dylan, entourant d'un geste réconfortant son épouse en pleurs.

Les drones se rapprochent à toute vitesse. Son cœur bat comme une ancienne horloge, au risque d'éclater. Sam transpire à grosses gouttes, la main crispée sur la manette de l'accélérateur. Attendre le dernier moment... Laisser les robots volants s'approcher le plus possible... Maintenant ! Il appuie brutalement sur la manette, au point que l'ULM effectue une ascension fulgurante de plusieurs mètres. Emportés par leur élan, les engins volants se percutent violemment, incapables de s'éviter. L'explosion projette de nombreux morceaux dans le ciel, tandis que les carcasses en feu chutent lourdement vers le sol.

Sam respire un peu mieux avant de se rendre compte qu'il ne contrôle plus son aéronef. Un débris a certainement endommagé son système de propulsion ! Malgré ses efforts, il perd de l'altitude et se rapproche dangereusement de la terre ferme. Avant qu'il ne soit trop tard, il actionne son parachute de secours qu'il a eu la présence d'esprit d'enfiler avant le décollage.

Alors qu'il flotte au-dessus du dôme dont la forme est entièrement visible, une pensée lui vient pour ses parents, qu'il espère sains et saufs. S'il réussit à se poser sans se briser les os, son avenir sera compromis, car les mégapoles connaissent maintenant l'existence de cet Éden. Leurs dirigeants n'auront qu'un seul et unique but : s'accaparer les secrets de l'utopique projet qu'il a condamné par la faute de son inconscience.

30.

La tempête de sable balaie tout sur son passage avec une fureur méthodique. Propulsée par des vents à plus de deux cents kilomètre-heure, la vague déferlante, d'une hauteur impressionnante, engloutit les obstacles comme des fétus de paille. Les tourbillons qui précèdent l'avancée du front pulvérisent minéraux et végétaux, laissant le paysage exsangue. Tel un rouleau compresseur, la force brute écrase toute opposition.

Depuis les profondes modifications subies par la planète, ces épisodes dramatiques se répètent inlassablement. En n'importe quel endroit du globe, les perturbations apocalyptiques apparaissent et enfantent des monstres incontrôlables. L'espoir d'échapper à de tels dévoreurs d'espace est infime.

Les uns après les autres, les sbires de Svorax Svergenson succombent à son irrésistible attraction. Certains tentent de s'accrocher à des arbres comme à autant de planches de salut, mais les troncs sont fracassés par les coups de boutoir. Seul le parrain des *Infernus* résiste, agrippé de toutes ses forces à un rocher en proférant des malédictions à l'encontre de la Terre entière, sa silhouette colossale réduite à un vulgaire brin de paille.

Menue et agenouillée sur le sable, Maria a anticipé le danger. Puisant dans les ressources du locataire hébergé dans son ventre, elle a généré un champ de force singulier qui s'est matérialisé sous la forme d'un dôme énergétique, semblable à celui produit au sommet du volcan. Ce voile hémisphérique s'oppose aux assauts brutaux du gigantesque mur de poussière.

Les hurlements des victimes des *Infernus* contrastent avec la stupéfaction régnant sous la chape protectrice. Épargnées par les vents violents, les femmes enceintes, entourées de survivants incrédules, assistent au sauvetage improbable.

Maria, nue et recroquevillée tel un papillon dans sa chrysalide, affronte les turbulences. Sous l'effet de la pression, la paroi magnétique du bouclier se déforme, sans pour autant céder. Le lieutenant Cooper reprend connaissance à cet instant et découvre, abasourdi, le défi colossal auquel la jeune femme est confrontée.

Tous ceux qui bénéficient de l'abri inespéré voudraient l'aider, mais personne ne sait comment. Pourtant, mues par une intuition immémoriale, les femmes s'agglutinent autour de la lutteuse pour former un maillage capable de résister aux éléments déchaînés. Chacune communique un peu de sa force afin d'accroître la résistance de celle qui refuse d'abdiquer. Bientôt, les hommes les imitent et l'amas charnel augmente sous l'effet de la volonté commune. Du noyau de chair coagulée, une lueur intense se propage, se réfléchissant sur la paroi transparente pour percuter le front tourmenté de bourrasques.

Tout à coup, Maria pousse un cri inhumain qui déchire les tympans et disloque l'enchevêtrement de corps. Dans le même temps, la muraille s'effondre, anéantie par un pouvoir supérieur, puis se réduit à une houle insignifiante. Celle qui a dompté la tempête se tord de douleur, du sang entre les cuisses.

— Elle va enfanter, réagit en premier la mère de Crépuscule. Vous autres, venez m'aider !

Toutes les femmes s'empressent de répondre à son appel pour prodiguer des soins à Maria. Un cercle attentionné se forme autour de la parturiente, tandis que les hommes s'entraident pour se relever. Le sergent Travis offre sa main au soldat Byrne, pendant que le policier s'efforce de se remettre debout tout seul. Soudain, parmi les mâles rescapés, la tête d'un géant émerge.

— Putain ! hurle Travis. Svorax Svergenson a réussi à se glisser parmi nous. Tuez ce salopard avant qu'il ne nous élimine !

L'instinct de survie en guise d'étendard, le parrain de la mafia renverse deux soldats à peine remis sur pied, puis fonce vers l'officier le plus proche. Plusieurs combattants s'interposent, dont Bosco et Dan, qui freinent difficilement la course du maître des *Infernus*. Après quelques minutes d'une lutte acharnée, ils parviennent à l'immobiliser au sol, offrant à Byrne l'occasion de le ligoter.

— Ne l'achevez pas ! ordonne Cooper. Vivant, il nous servira d'otage.

Peut-être leur livrera-t-il le nom du commanditaire de l'attaque ? Le lieutenant n'est pas dupe des informations détenues par cette canaille. Dans son milieu, le culte du secret est un prérequis pour garantir sa survie. Observant scrupuleusement autour d'eux, il constate l'entendue des dégâts causés par le mur de sable hypertrophié. Le fléau a semé la désolation dans un rayon de plusieurs dizaines de kilomètres à la ronde. Rien n'explique l'exploit de Maria qui leur a épargné une mort certaine.

Un vagissement tonitruant interrompt ses réflexions : l'enfant est venu au monde !

— C'est un garçon ! annonce triomphalement une des apprenties sages-femmes.

Les rudes combattants s'approchent avec précaution afin de découvrir le nouveau-né dont les pouvoirs ont brisé la tempête. À regret, les femmes s'écartent, dévoilant une mère épuisée. Sur sa poitrine généreuse repose un nourrisson à la peau diaphane qui tète goulûment le sein maternel. Un pare-soleil de fortune a été confectionné avec des restes de la tempête pour les protéger des rayons crépusculaires. Attendris, les membres du groupe se recueillent dans l'attente d'un nouveau signe marquant.

— Comment... Comment l'appelleras-tu ? demande le lieutenant Cooper, visiblement ému.

Maria caresse doucement la petite tête recouverte d'un fin duvet couleur anthracite. Puis, aidée par deux futures mères, elle s'assoit et tend à bout de bras vers le soleil déclinant le petit être qui manifeste son mécontentement, loin du sein protecteur.

— Fruit d'une terre ingrate, fils des tempêtes et des vents contraires, tu prendras le nom d'Éolias.

La plupart s'inclinent à l'énoncé du prénom inspiré d'un des dieux de la mythologie grecque. Ce moment restera gravé dans leurs mémoires et tous voudraient qu'il s'éternise. Mais la nuit approche et il leur faut profiter d'une température plus clémente pour poursuivre leur cheminement vers le nord.

D'un même élan solidaire, les rescapés s'activent aux préparatifs du départ. Un palanquin rudimentaire est confectionné par deux Cleaners pour transporter Maria, assoupie après les douloureux efforts nécessaires à l'accouchement. Le lieutenant Cooper souhaiterait qu'un de ses soldats ayant des notions de médecine ausculte la jeune mère, mais l'enfant qui reste soudé à elle empêche toute tentative d'approche. Certaines femmes sont déçues, car elles auraient voulu bercer le nourrisson dans leurs bras.

Enfin, lorsque tout le groupe est prêt, l'ordre est donné de se mettre en marche. Vers l'horizon voilé d'indicibles menaces, la colonne s'ébranle lentement. Dan veut croire que Sam n'est pas mort et veille sur eux. Son fils l'attend et ce lien du sang demeure indéfectible. Bientôt, les mornes plaines des régions australes défileront. Il regarde Bosco qui surveille les porteurs, s'assurant que leur précieux chargement ne risque rien. Une étoile filante traverse l'écran noir de la nuit : Dan fait un vœu, même s'il ne croit plus aux contes de fées depuis longtemps.

Marcher sous un ciel constellé en compagnie d'un prestigieux nouveau-né, n'est-ce pas là un privilège rare en ce monde pourrissant ? Et même si la voûte céleste demeure partiellement recouverte de nuages jaunis, même si l'air que l'on respire est empoisonné par la pollution atmosphérique, Dan ne céderait en rien sa place, pas même pour tout l'or du monde. Il est persuadé, comme nombre de ses compagnons, d'avoir assisté à un miracle, à la naissance d'un futur guide de l'humanité.

— Vous pensez à la même chose que moi ? interroge le lieutenant Cooper qui s'est porté à la hauteur du rebelle. Je devine à votre regard vers quelle conclusion s'égarent vos réflexions. De quelles certitudes disposons-nous ? D'un bébé et de sa mère, d'un déluge qui s'est estompé à l'approche de notre groupe. Ces éléments sont-ils suffisants pour en conclure que la destinée d'Éolias sera exceptionnelle ? Combien d'enfants hors norme ont fini aux oubliettes de l'Histoire ?

Dan agite les mains sans pouvoir exprimer ses certitudes. Cet officier se raccroche à l'analyse cartésienne et à une certaine logique pour juger les faits. De son point de vue, les événements passés n'ont aucun lien avec des actions issues de la réalité.

— Votre raisonnement, qui s'appuie sur des enchaînements rationnels, est dicté par un apprentissage erroné, une éducation unilatérale. Notre monde meurt de ces artifices, alors que sa sauvegarde dépend de décisions paradoxales, d'actions incohérentes. Des êtres exceptionnels bouleverseront les idées reçues, transgresseront les règles édictées par des potentats aveugles aux souffrances de la Terre et de ses peuples.

L'officier écoute sans comprendre, il sent que quelque chose lui échappe. Sa foi dans l'autorité des gouvernements établis, des conseils municipaux souverains, est heurtée par l'assurance de ce combattant libre. Il préfère accélérer le pas plutôt que de poursuivre une conversation qui ébranlera ses certitudes. Une question reste toutefois sans réponse : comment un nourrisson à peine arrivé peut-il semer le doute et faire germer dans l'esprit des témoins de sa naissance l'espoir ? Voilà des décennies qu'aucune lueur positive n'a balayé les populations de cette planète malade, qu'aucun héraut n'a enflammé l'imagination, autorisant les humains à envisager un avenir plus radieux.

Cooper hausse les épaules tout en marchant sans se retourner. Les contrées inhospitalières du Nord ne leur feront pas de cadeaux. Des dangers insoupçonnés guettent cette troupe hétéroclite.

Bientôt, des épreuves encore plus terribles renverseront leurs pauvres espérances, museleront définitivement les accents de révolte. Il sera temps pour ces hommes et ces femmes de mourir.

Un frisson de dégoût secoue le corps du policier, celui-ci espérant sincèrement se tromper. « Je ne suis qu'un incorrigible pessimiste ! », songe-t-il en tentant de chasser ces sombres présages. Discrètement, il jette un coup d'œil en direction du palanquin, comme pour se rassurer. La jeune mère et son fils dorment du sommeil des justes, innocentes victimes de la folie de certains politiciens corrompus. Le temps de la justice viendra enfin et la loi s'appliquera pour tous, riches et pauvres, sans distinction.

31.

Lorsque je m'efforce de lever les paupières, une croûte de poussière m'empêche d'abord d'ouvrir les yeux. Mon corps doit être en miettes, tant les échos de la douleur se propagent tout le long de ma carcasse endolorie. Mon atterrissage en parachute a été plus brutal que prévu. Du moins, pendant le choc, car après, c'est le trou noir. Je réussis enfin à laisser la lumière pénétrer mon œil, aussitôt suivie par l'équivalent d'un coup de couteau dans ma cornée. Le soleil au zénith m'agresse et si je ne m'étais pas entortillé dans la toile du parachute, je serais grillé comme une saucisse.

— Fiston, tu m'entends ?

La voix me paraît très lointaine, souvenir d'un songe brumeux. J'essaie de me tourner dans sa direction, mais certains de mes muscles refusent d'obéir à mon cerveau. Avec ma chance légendaire, je vais finir paralysé à vie... Une bien vilaine récompense après mon héroïque combat aérien. Je ferme les yeux pour me soustraire à l'influence des rayons nocifs.

— Samuel, mon garçon, c'est ton père qui te parle. Réponds !

En plissant les yeux, j'entrevois une silhouette qui me semble familière. Une deuxième forme, plus fluette, s'agenouille à mon chevet.

— On va te soigner, mon chéri. Tu t'es comporté en héros. Sans ton intervention, tous les habitants auraient succombé sous les bombes de ces sales drones.

Deux personnes que je ne connais pas me soulèvent avec précaution, puis m'installent sur une sorte de brancard. Malgré leurs gestes professionnels, je souffre le martyre. Ma mère – j'ai fini par la reconnaître – me force à ingurgiter une décoction à base de plantes. Je crache la moitié du liquide imbuvable et vomis le reste. Les simples tressautements du déplacement de mon lit improvisé sont insoutenables. J'ai peur de n'être qu'une plaie, les os brisés et la chair dévastée. Je n'ai pas mérité de m'éteindre si jeune. Comme s'il devinait mes angoisses, mon père me saisit la main.

— Les guérisseurs de notre communauté font des miracles, à l'aide de remèdes naturels. Tu retrouveras l'usage de tes membres, je te le promets.

Bizarrement, sa déclaration rassurante sonne faux. Nous sommes tous les deux incapables de mentir. Je serre les dents malgré la souffrance. Paradoxalement, mon esprit est lucide, tellement lucide que j'ai peur de poser la question qui me brûle les lèvres :

— Père, articulé-je péniblement, dites-moi la vraie raison de votre fuite de la mégapole New-Rop. Pourquoi m'avoir abandonné enfant ?

Au fond de moi, je sais bien que l'instant est mal choisi. La cité invisible ne l'est plus, et dans peu de temps, d'autres envahisseurs viendront achever leur sale besogne. Déjà, j'aperçois les plantes grimpantes qui se fanent, terrassées par la chaleur. Les feuilles des arbres commencent à jaunir. Ce paradis fragile s'étiole, dévoilant à ses occupants la férocité du monde réel.

— Tu me demandes d'avouer un acte ignoble, que ta mère et moi avons banni de notre mémoire depuis des années. Si j'accède à ta requête, plus jamais tu ne voudras nous regarder en face.

Son épouse vient se lover contre sa poitrine, semblable à une chatte effrayée. Dans son regard implorant, je devine la désapprobation.

— Quel secret honteux m'avez-vous caché ? J'ai le droit de savoir. J'ai payé un prix suffisamment élevé pour partager la confidence.

Notre groupe atteint l'épicentre du monde parfait que ces pionniers ont forgé. Les survivants du raid meurtrier pleurent ou errent comme des âmes en peine. Bon nombre n'ont connu que le bonheur d'une existence épargnée par les affres de la vie.

— C'est la faute de votre famille si nous sommes en danger de mort ! Votre inconséquence a attiré les corbeaux de malheur. La fin est proche, mais vous partirez les premiers !

Le président de l'Assemblée se rue sur nous, brandissant une tige métallique en guise d'arme. Les deux porteurs me lâchent sans ménagement sur le sol pour s'interposer entre le vieillard agressif et nous. D'autres membres de la communauté déchue se rassemblent pour former un cercle compact. Au centre de l'arène, ma famille ne pèse pas lourd face aux manifestations de haine. Les brancardiers jugent préférable de rejoindre les émeutiers qui cherchent des coupables à leur déchéance. Les injures et les cris de haine me déchirent alors que ma chair souffre mille maux. Mes parents font face à la vindicte populaire courageusement, dévisageant leurs détracteurs sans baisser le regard :

— Bande de poltrons. Lâches qui rejetez la faute sur les autres plutôt que de chercher des solutions. Vous ne méritez pas les années que nous avons consacrées à votre bonheur.

Ma mère leur crache à la face sa rancœur et sa déception. Elle a voué la plus grande partie de son existence à la réussite d'un projet qui s'écroule tel un château de cartes. Son mari essaie de la calmer, conscient du danger de provoquer une foule en colère. Plusieurs membres de l'Assemblée sortent des rangs en vociférant, réclamant un tribunal populaire.

— Nous, garants de la loi et des traditions, décrétons que ces traîtres ont semé la désolation dans la communauté, au point de réduire en cendres notre modèle de civilisation. En conséquence, la sentence qui s'applique dans pareille situation est le châtiment suprême.

Impuissant, je ne peux répondre à de telles accusations. Saisis d'effroi, mes parents restent sans voix face à cette sentence inique. Si j'avais été en pleine possession de mes moyens, j'aurais tenté quelque chose.

— Considérant les actes de bravoure de leur fils pour défendre notre havre invisible, les juges déclarent que sa vie sera épargnée, mais qu'il sera réduit en esclavage.

Avant que l'un de nous trois ne puisse s'exprimer, les excités se précipitent sur le couple enlacé une dernière fois. Je crie, mais personne ne prête attention à mes appels désespérés. Impuissant, j'assiste au supplice des êtres qui me sont les plus chers. Ivres de haine, les plus virulents leur arrachent les vêtements et les rouent de coups. Ma mère hurle de terreur, elle qui, toute sa vie durant, n'a désiré que la paix. Mon père tente de protéger celle qu'il aura aimée plus que lui-même. Méconnaissables, les deux corps sont traînés au pied d'un arbre encore intact et j'assiste, sans pouvoir intervenir, à leur pendaison sous les vivats de ceux à qui ils ont dédié leurs œuvres de bienveillance.

Secoué par des sanglots qui transpercent mon corps meurtri, j'enrage de ne pas partager leur sort. Mon cerveau en ébullition crie vengeance et je jure de faire payer à ces ingrats leurs actes ignobles. Des bourdonnements envahissent mes oreilles, au point de m'inquiéter pour ma santé mentale.

Pourtant, j'entrevois, par les trous béants à la surface de la coupole, des escadrilles de drones qui s'apprêtent à attaquer. Je me surprends à espérer qu'ils massacrent tous les occupants de cette cité, sans faire aucun prisonnier. « *Tuez-les tous, Dieu reconnaîtra les siens !* » Je n'ai même pas honte d'employer cette sentence prononcée jadis par le représentant du pape à l'encontre des hérétiques cathares.

Une panique incontrôlable saisit les bourreaux de mes parents qui s'enfuient dans toutes les directions, tels des lapins. Des tirs d'arme à feu résonnent, ainsi que des sommations. Des hurlements répondent aux détonations et des corps s'affaissent. Je reconnais celui du vieillard débile qui présidait l'Assemblée. Peu à peu, tous les fuyards s'agenouillent, mains sur la tête en signe de reddition. Je regrette presque que les forces armées des cités ne soient pas intervenues plus tôt. Au moins, peut-être, les membres de ma famille seraient morts debout, les armes à la main, et non pas lynchés comme de vulgaires criminels.

Les forces spéciales investissent méthodiquement le dôme, arrêtant ses habitants impuissants. Immobilisé au sol, plongé dans mon chagrin, je ne prête pas attention à la silhouette qui s'approche. Après tout, qu'on en finisse ! Les Cleaners, qui ne s'embarrassent pas de préjugés, vont m'achever. Ainsi, je rejoindrai mes parents dans l'autre monde.

— Monsieur Hartley, je vous avais pourtant prévenu.

La voix ne m'est pas inconnue. Au prix d'un effort surhumain, je tourne la tête dans la direction de son propriétaire. Le visage aussi me dit quelque chose... Soudain, je le reconnais. Tom Bavers ! Le conseiller du gouverneur Farwell. Le type qui avait demandé à me rencontrer après l'assassinat d'Angie, ma secrétaire.

— Je vous avais bien dit de ne pas conserver une copie de ce fichier sur votre micropuce personnelle. Elle nous a menés directement chez ces utopistes. Depuis le temps que le conseil municipal tente de localiser ces traîtres !

J'essaie de hurler ma colère, de faire ravaler ses paroles à ce fonctionnaire. Avant que je ne parvienne à émettre le moindre son, quatre infirmiers me saisissent et m'allongent sur une civière. À l'aide d'un pistolet à air comprimé, l'un d'eux m'injecte quelque chose dans l'épaule. Je n'ai pas le temps de protester que le paysage autour de moi s'estompe, prélude à un sommeil artificiel.

32.

Il n'aurait pas dû faire confiance à cet incapable. D'habitude, il travaille en solo afin d'éviter ce genre de « désagrément ». Le métier de tueur demande de la précision, du professionnalisme et une totale absence d'empathie.

Retirant ses lunettes noires embuées par la transpiration, l'assassin les essuie consciencieusement. Dans le miroir du salon où il a perpétré voilà plusieurs jours les deux crimes commandités par son employeur, son reflet dévoile un visage inexpressif, des traits tendus et surtout l'absence de globes oculaires dans les orbites. « Sans un artifice technologique, je suis aveugle ! », maudit l'homme momentanément désemparé.

D'un geste précis, il ajuste sur son nez la monture dont les verres spéciaux, couplés à l'électronique dissimulée dans les branches, lui permettent de voir de nuit comme de jour. Il ne remerciera jamais assez le scientifique qui a développé cet unique prototype. D'après le peu qu'il a compris des explications du savant, des ondes sont envoyées à son cerveau afin de recréer l'illusion de la vision. Dommage que le concepteur d'une invention révolutionnaire ait été sur sa liste des personnes à abattre...

Archibald Saint-Jones fait irruption dans la pièce, une lueur malsaine dans le regard. Son visiteur ne se lève pas pour le saluer. De toute manière, il n'a jamais serré la main de ses ennemis :

— Qu'avez-vous fait de ma fille ? Si vous avez touché à un seul de ses cheveux...

Pour la première fois de sa vie, il se sait capable de perdre le contrôle de soi. Imaginer son unique enfant captive de ce psychopathe peut engendrer des sueurs froides.

— Calmez-vous, cher monsieur Saint-Jones. Pour l'instant, votre précieuse progéniture ne souffre que de la solitude. Son état de santé dépendra entièrement de votre coopération.

Le ton suave qu'il emploie est censé masquer ses inquiétudes. Depuis l'évasion surprise de son otage, les circonstances jouent en sa défaveur. Combien de temps faudra-t-il à Saint-Jones pour se rendre compte que sa fille a réussi à lui échapper ? Sans cet atout majeur en sa possession, son projet de chantage devient obsolète. Pourtant, il doit jouer son va-tout avant que le « Saint » homme ne découvre le pot aux roses.

— Qu'est-ce que vous voulez, espèce de salopard ?

L'agressivité de façade du président-directeur général ne masque pas son inquiétude. L'orfèvre de la gâchette le sait, aussi, ne se presse-t-il pas pour répondre. Il savoure l'ascendant temporaire acquis sur un puissant de ce monde. La société CAL'GÈNE est une des entreprises les plus influentes de la mégapole. Plusieurs de ses cadres dirigeants siègent au conseil municipal, dont Archibald Saint-Jones. La fin de carrière d'un tueur à gages dans un environnement aussi hostile est plus qu'aléatoire, surtout lorsqu'il est atteint d'un tel handicap. Ses vieux jours ne seront assurés qu'à la seule condition d'un marché juteux.

— J'ai apporté un exemplaire du contrat que vous allez signer, cher associé. Si vous refusez, je vous renverrai votre fille par petits morceaux. Croyez-moi, vous regretteriez amèrement de ne pas la préférer à quelques promesses bancaires.

Son interlocuteur frémit en imaginant le sinistre tableau. Ce malade mental ne perd rien pour attendre. Une signature arrachée sous la contrainte n'aura aucune valeur juridique.

— Finissons-en ! J'exige sa libération en préambule de tout arrangement financier.

Un père ne devrait pas s'abaisser à monnayer la vie de son enfant. Cette discussion sordide le plonge dans un état proche de l'écœurement, surtout parce qu'il a horreur de l'échec. Si ce monstrueux personnage insiste, il n'aura d'autre choix que de le supprimer ! La balise interne de Margaret a cessé d'émettre depuis son enlèvement, preuve que son ravisseur n'a négligé aucun détail.

— Monsieur Saint-Jones, je vous conseille de ne pas m'énerver. En plus de torturer votre fille, je prendrai un réel plaisir à tuer son père !

Brandissant son couteau, l'assassin fait mine de mettre à exécution sa menace. D'un geste précis, il entaille la joue de son adversaire qui n'a pas bronché. Trop sûr de lui, il relâche sa garde un dixième de seconde, suffisamment pour qu'Archibald Saint-Jones lui saisisse le poignet de la main qui tient l'arme blanche. D'un mouvement de torsion, il l'oblige à lâcher l'objet menaçant, avant de le repousser violemment contre le mur. Agacé, l'homme aux lunettes noires adopte par réflexe une posture de combat.

— Dans ma jeunesse, j'ai fait partie des forces spéciales, enfoiré de tueur. Si tu prends ma vie, tu ne toucheras jamais la rançon.

Les deux adversaires se jaugent en simulant des attaques. La haine consume le regard du père, tandis que le meurtrier lutte pour ne pas achever son œuvre de mort. Finalement, il renonce, ramasse son arme nonchalamment, puis la range dans l'étui.

— Je vous laisse le document à signer numériquement. Si je n'ai pas de réponse dans les deux jours, vous ne reverrez jamais Margaret, du moins pas dans son état actuel !

Sans attendre la réaction de Saint-Jones, il sort prestement de la pièce. Son otage s'est libéré, sans qu'il sache exactement comment. Il connaît la solution pour la localiser : réactiver l'émetteur GPS contenu dans la clé USB de Margaret, le même système que celui de son mari... Défunt, il l'espère. Il lui faut agir vite, avant que le père ne se mette en chasse.

Dès qu'il descend à l'étage inférieur, un signal indique sa position. Apparemment, cette idiote est restée au même niveau que son lieu de séquestration. Pris par d'autres affaires, il a eu la faiblesse de confier la corvée de nourriture à un complice. S'aidant des progrès de la domotique, il pensait surveiller son otage à l'aide de micro caméras. Malheureusement, aucun angle de vue ne lui a permis d'enregistrer la scène de la fuite. Seule l'image du corps étendu sur le sol s'affiche, celui d'un imbécile qui trône au milieu de la pièce.

Sa mission précédente, la capture de Samuel Hartley, n'a pas été un succès. Là encore, Svorax Svergenson tarde à se manifester. Son employeur ne tolérera pas un nouvel échec. Margaret Hartley constituait une sorte d'assurance vie, une garantie pour son avenir.

Le signal s'intensifie, preuve qu'il approche du but. La femelle n'imagine même pas qu'il peut la détecter comme un animal apeuré. Finalement, cette traque n'est pas pour lui déplaire. Elle ajoute un peu de piment à des pratiques parfois très répétitives. Pour plus de sécurité, il a enclenché l'option d'invisibilité. La matière extraordinaire de son vêtement devient une arme redoutable pour un chasseur expérimenté. Encore quelques dizaines de mètres et sa proie sera à sa merci. Le long couloir, désert comme souvent, car peu de logements sont occupés, offre un calme trompeur. L'obscurité ne constitue pas un obstacle pour lui, grâce à ses lunettes spéciales.

Bientôt, un carrefour familier s'offrira à sa vue. La stupide pintade s'est sans doute réfugiée à cet endroit, croyant qu'elle croiserait un sauveur. À cet étage, les rencontres sont rares et pas forcément amicales. Un dernier virage pour débusquer facilement sa proie...

Afin de ne lui laisser aucune chance, il bondit tel un fauve. Incrédule, il se heurte au vide et au silence. Margaret n'est pas là ! Pourtant, le signal indique clairement cet endroit. Son instinct de chasseur lui envoie un signal d'alarme : c'est un piège ! Il dégaine son couteau, l'arme blanche ayant toujours eu sa préférence. En scrutant l'obscurité avec l'option infrarouge, il découvre un point rouge qui clignote sur le sol. Précautionneusement, il s'approche de la source lumineuse, jetant des coups d'œil furtifs à droite et à gauche. Après avoir soigneusement inspecté les environs, le tueur s'accroupit. L'objet de très petite taille est taché. Il émet de la chaleur, ce qui prouve qu'il n'est pas hors service. Saisissant la puce dans sa main, il constate qu'elle est enduite d'une substance poisseuse. Troublé, l'assassin désactive son invisibilité et passe en vision de jour. La faible clarté est suffisante pour reconnaître les gouttes du liquide dont est imbibé le composant électronique : du sang !

Margaret choisit ce moment pour lâcher prise au plafond et se laisser tomber sur sa cible. La lame du poignard s'enfonce sans résistance dans le dos de son ravisseur, jusqu'à atteindre le cœur. L'homme aux lunettes noires n'a eu aucune chance ! Transpercé comme un vulgaire gibier, sa trop grande assurance lui a été fatale. Comment aurait-il pu deviner que l'épouse soi-disant éplorée qu'il a enlevée a subi la même formation que des unités de commandos ?

Margaret retire avec délectation l'arme de la chair sans vie de son ravisseur. Mourir aussi bêtement, ce n'est pas digne d'un tel professionnel. Elle se jure d'embellir la fin du tueur légendaire. Consciencieuse, elle retourne la dépouille pour dévisager l'homme mort. Un filet de sang coule pathétiquement le long de son menton.

La curiosité l'emporte sur la prudence : elle ôte avec précaution les lunettes d'un des génies de la mort. Certes, on lui a enseigné durant des cours interminables de criminologie que les yeux changent de couleur après la mort. Néanmoins, elle ne s'attendait absolument pas à trouver deux trous sombres, dépourvus de globes oculaires. Ainsi, son adversaire était aveugle sans ses lunettes. À fixer trop longtemps ce regard vidé de son contenu, la nausée l'envahit. Elle décide de faire la seule chose qu'aurait souhaitée sa victime : l'immolation par le feu.

Lorsqu'elle s'éloigne en ayant auparavant dépouillé de ses habits le corps robuste, celui-ci brûle déjà dans les feux de l'enfer. Margaret sourit en pensant que cette crémation le fera entrer dans le Panthéon des légendes de la profession. Après tout, elle lui devait bien ça.

L'annonce de la mort de ce monstre va se propager comme une traînée de poudre. Avec un peu d'imagination, elle n'aura pas de mal à divulguer à la presse quelques anecdotes liées à son exécuteur. La gloire changera de sexe ! Comme unique trophée, elle emporte la monture spéciale de sa victime...

Quand Archibald Saint-Jones arrive enfin à l'endroit indiqué par l'inspecteur, il est persuadé que le squelette carbonisé découvert par les policiers, après qu'un mystérieux témoin les a informés d'un règlement de compte, est celui de l'assassin qui a osé séquestrer sa fille. Une puce écrasée, qui provient d'après l'expert de la police d'une clé personnelle implantée sous la peau, achève de le convaincre. La signature est celle de Margaret, pour qui il ne peut s'empêcher d'éprouver de la fierté. Digne héritière, elle a réussi son passage à l'acte qui la propulse dans le cercle très fermé des assassins notoires.

En supprimant ce tueur qui devenait encombrant, elle lui a rendu un fier service. L'homme, recruté par son employeur, n'a pas respecté le contrat initialement prévu. Il devait s'occuper de récupérer discrètement la micropuce de son beau-fils. Au lieu de cela, il s'est permis des initiatives regrettables. Sa disparition n'attristera personne. La chair de sa chair a parfaitement réagi. Bon sang ne saurait mentir !

Bien que destinée à d'autres carrières tout aussi brillantes, Margaret ne trahit pas le sang de ses ancêtres : elle exercera une profession à nul autre pareil et se couvrira de gloire... Même si dans son cas, les lauriers seront tachés de sang. Il ne peut retenir une larme, en réalisant que sa progéniture lui a échappé. Si elle fait du bon boulot, un jour, ils se reverront. Dans le cas contraire, l'annonce de son décès sera une source de fierté pour un père comblé.

33.

En lutte contre les éléments, la longue marche vers le nord se poursuit. Dan plaint les hommes et les femmes exténués qui s'acharnent à poursuivre une quête vouée à l'échec. La fournaise de la journée oblige les membres du groupe à se blottir sous les tentes des Cleaners, dont le tissu protège relativement des rayons du soleil. Prévus initialement pour une dizaine de soldats, ces abris de toile accueillent plus du double de personnes. La promiscuité forcée exacerbe les réactions, tant celles des éléments féminins que celles de mâles atteignant leurs limites physiques. De surcroît, la plupart ont le ventre vide.

Le lieutenant Cooper a bien essayé de partir chasser dès minuit, accompagné de Bosco. Malheureusement, les maigres proies ramenées, telles que des petits mammifères, n'ont pas suffi à calmer la faim qui tenaille les voyageurs.

Maria bénéficie d'un régime de faveur, considérant qu'elle vient de mettre au monde un bébé extraordinaire. Les meilleurs morceaux de viande lui sont réservés sans que personne n'y trouve à redire. Éolias est déjà un robuste nourrisson, alors qu'il est né depuis seulement quelques jours. Rien, chez cet enfant, ne s'apparente au comportement classique des autres nouveau-nés. Il ne pleure pas, mais babille distinctement. Parfois, certains pensent qu'il s'adresse aux adultes, tant son visage respire l'intelligence. Il a ses grands yeux ouverts comme des soucoupes, de la même couleur que ceux de sa mère. Crépuscule, la petite fille née quelques semaines auparavant, ne cesse de le fixer d'un air énamouré.

Les jours n'en finissent plus, surtout lorsque les tempêtes de sable font rage. La nature se venge de l'intrusion d'humains sur ses terres arides. Combien de temps mettront-ils pour atteindre leur but ? Personne n'a été capable de lui répondre, pas même l'officier de police. Dan soupire, roulé en boule dans sa tente. Il ne dort que d'un œil, surveillant sans relâche Maria et Éolias. L'épouse et le fils de Sam, leur chef disparu, incarnent l'autorité et sa descendance. Bosco n'admettrait pas que quiconque leur manque de respect.

L'autre souci pressant est la diminution rapide de leurs ressources en eau. Bien qu'utilisées avec parcimonie, les réserves puisées dans le lac souterrain ne suffiront pas à satisfaire les besoins des fugitifs. De même, les Cleaners avaient prévu des citernes transportées par des camions pour s'hydrater, mais les véhicules ont tous été mis hors d'usage. Dan a fait part de son inquiétude au lieutenant, qui est conscient du problème.

Il a été décidé de se réunir à la prochaine halte, en fin de journée, pour trouver des solutions. Lorsqu'enfin le soleil décline, la troupe s'arrête avec bonheur. Une partie de l'effectif, harassée, se contente de se laisser tomber sur une terre ingrate. Cooper ordonne aux hommes encore vaillants de dresser le camp. Lui-même ramasse des brindilles et arrache quelques arbustes rachitiques afin de faire du feu pour cuire les derniers morceaux de viande, malgré la chaleur persistante.

— On n'ira plus très loin sans vivres et sans eau, avertit Dan en s'approchant des flammes. Il nous faut trouver rapidement un point d'eau.

Il se remémore l'exploit de Sam, persuadé de trouver un lieu propice à une halte. La nappe d'eau fraîche a revigoré tout le monde. Sans sa découverte providentielle, tous ses compagnons seraient morts.

— Je ne savais pas qu'un rebelle donnait aussi des leçons. À quoi croyez-vous que je pense depuis plusieurs jours ? Je n'ai pratiquement pas dormi les nuits précédentes en cherchant des points d'eau potable. Les données GPS ne sont pas toujours fiables. Parfois, les rares poches de liquide se sont taries avec la chaleur qui ne cesse d'augmenter...

— Et si on creusait profondément ? l'interrompt Bosco. Avec un peu de chance, on rencontrera nécessairement une réserve souterraine. Les observations géologiques enregistrées par les satellites fournissent des indications sur leur localisation.

Son robuste ami essuie son front transpirant. Il semble souffrir particulièrement de la chaleur, malgré la nuit qui a recouvert le sol poussiéreux. Plusieurs marcheurs n'ont plus la force de répondre, tandis que d'autres ont d'ores et déjà renoncé à participer à la conversation. Dan sait que, bientôt, la plupart refuseront de continuer le voyage.

— Il existe une possibilité..., commence Maria, assise à quelques pas du foyer.

Aussitôt, l'attention de ses compagnons se focalise sur elle et son bébé, tous deux resplendissants malgré les restrictions. Un rayon de lune baigne d'une pâle aura la mère et son fils. Tous se taisent, persuadés que les élus résoudront leurs problèmes.

— Je ne sais pas comment l'expliquer, mais j'ai le sentiment que l'eau est à notre portée. Il suffit de provoquer un orage.

Dan hausse les épaules, peu convaincu par l'assurance de cette femme. Malgré ses exploits passés, il faudrait des circonstances extraordinaires pour que la pluie tombe en cette période de sécheresse intense.

— J'aimerais tellement vous croire ! s'exclame le policier. Mais même un miracle ne suffirait pas. Un point d'eau et du gibier qui vient s'y désaltérer, voilà notre objectif.

— Toujours ce raisonnement cartésien, Lieutenant. Pourtant, au fond de vous, je ressens le doute et l'espérance d'une main tendue. Éolias m'a transmis sa force et son assurance. Laissez-moi vous montrer.

Instinctivement, les femmes s'écartent du feu, imitées malgré eux par les soldats et les combattants libres. Seuls Dan, Bosco et Cooper refusent de céder à la superstition. Pourtant, Maria se dresse vaillamment, l'enfant éveillé dans ses bras. Des décharges électriques zèbrent le ciel nocturne et font reculer le groupe apeuré. Ébranlé, le trio téméraire s'éloigne de la jeune mère.

— Forces des ténèbres, puissances des couches nuageuses, libérez votre énergie, puisez dans celui qui commande aux éléments !

Possédée, Maria hurle ses imprécations pendant que les vents se changent en tempête. Des masses grisâtres s'accumulent au-dessus du campement, éteignant le feu comme on souffle une chandelle. L'agitation gagne les fidèles, certains se prosternent même. Des cris poussés dans la nuit de plus en plus profonde achèvent de semer la panique. S'agitant dans tous les sens, la poignée d'humains perd tout sens de la réalité, libérant ses peurs ancestrales, hurlant à la lune comme une meute de loups. Seul Cooper tente de conserver son calme, fasciné par le spectacle qui se déroule sous ses yeux. Maria brandit le nouveau-né vers les cieux couverts de nuages sombres, chargés d'éclairs impatients de frapper la terre.

— Que la pluie s'abatte sur-le-champ ! ordonne Maria d'une voix de stentor.

Éolias répond par des vagissements qui font écho au tonnerre qui gronde. Le ciel explose de colère, libérant des trombes d'eau. Des éclairs frappent les alentours, épargnant curieusement leur campement de fortune. Les compagnons de la première heure, qui ont assisté au miracle, dansent de joie sous la pluie. Même Svorax Svergenson se tortille pour étancher sa soif. Devant l'air incrédule de Cooper, c'est le sergent Travis qui réagit en ordonnant aux Cleaners de reconstituer les réserves en eau.

Cet orage providentiel s'apparente à une véritable bénédiction. Sans l'intervention de Maria, la sécheresse aurait eu raison des plus faibles. Travis observe, amusé, les manifestations de soulagement de leurs alliés provisoires, plus proche d'une transe extatique que d'une attitude raisonnable. Le policier, qui a retrouvé ses esprits, s'approche, son visage inondé par les gouttes.

— Comment expliquez-vous cet épisode orageux, Sergent ?

Le jeune Cleaner prend le temps de répondre, cherchant visiblement ses mots :

— Je ne me l'explique pas, Lieutenant. Si je n'étais pas un soldat, je dirais que l'enfant de cette femme est une sorte de prophète, un nouveau Messie... Vous savez, comme Jésus de Nazareth, celui de Jérusalem.

— Arrêtez de blasphémer, Travis ! Le Christ est une figure unique dans l'histoire de la civilisation. Les chrétiens encore vivants le vénèrent...

— Excusez si ma langue a fourché. Une chose est certaine, ce petit être doit posséder des pouvoirs que je ne comprends pas. Il nous a déjà sauvés du gigantesque mur de sable. Bosco m'a raconté qu'au sommet du volcan, une protection inexplicable les a préservés des flammes et des gaz asphyxiants. Je vous le redis, mon Lieutenant, Éolias est peut-être un envoyé des dieux.

Sans demander la permission à son supérieur, le sergent exécute un salut militaire et se dirige vers ses hommes, qui manquent d'enthousiasme à accomplir la tâche exigée. « Lâche, il fuit la discussion qui le met mal à l'aise ! », pense Cooper en regardant s'éloigner son subordonné.

À ce moment, Maria s'approche, l'enfant collé à sa peau détrempée. Bien que la remarque soit déplacée, le lieutenant la trouve très sexy dans ses vêtements moulants. Il s'était pourtant juré de ne pas céder à la tentation, mais la brune au regard incendiaire qui le dévisage ne le laisse pas indifférent.

— À quoi pensez-vous, Lieutenant ? demande-t-elle d'un air de défi. Vous semblez avoir découvert une mine d'or. Doutez-vous encore des capacités exceptionnelles de mon fils ?

En présence de cette beauté et de son garnement qui le fixent, Cooper voudrait se soustraire à la conversation, comme son sergent. Au lieu de cela, il tend la main et caresse affectueusement le crâne du nourrisson qui babille. Puis, avec des gestes naturels, il attire Maria dans ses bras. Au même moment, Bosco surgit avec un fusil braqué sur l'importun présumé :

— Lâchez-les, maudit flic, où je vous troue la peau ! Ils ne vous appartiennent pas, encore moins à vous qu'à moi. Vous ne réalisez pas qu'ils détiennent le sort de toute l'Humanité.

D'autres combattants, dont le soldat Byrne, tiennent en joue la boule de muscles qui menace leur supérieur. Face à eux, des renégats se sont positionnés en formation de combat. La tension atteint son comble, au point qu'un affrontement paraît inévitable.

— Assez ! ordonne Maria. Cessez ces enfantillages ! La Terre agonise, les populations se détruisent, et votre seule et unique raison d'être reste l'affrontement jusqu'à l'extermination. Baissez vos armes immédiatement !

Honteux, les belligérants reculent, une forme de nausée les envahissant. Certains jettent spontanément leurs armes, d'autres réalisent l'inutilité de leur agressivité. À l'origine de la rixe, Bosco adopte une posture de martyre, le teint rouge brique et l'attitude d'un premier communiant.

— Mère de l'Envoyé... pardonnez-moi... J'ai cru que cet homme abusait de vous. J'ai eu peur qu'il fasse du mal à Éolias.

Maria ne répond pas, mais elle s'avance en direction de son défenseur autoproclamé. Sans lui demander son avis, elle lui prend des mains son fusil :

— Agenouille-toi, fidèle serviteur du Très-Haut. Je te nomme officiellement Protecteur de l'Enfant, chef de la future Garde prétorienne qui veillera sur sa sécurité. À toi de recruter les éléments dignes de faire partie de cette unité.

Le lieutenant voudrait s'indigner face à cet antique simulacre, mais happé par l'émotion de la cérémonie, il cautionne la nomination prononcée par Maria Shakirova. Il réalise qu'elle a plus d'importance que ses propres sentiments, que son rôle dépasse celui d'une créature désirable. Sa logique s'acharne à lui démontrer que la magie n'existe pas, que rien n'arrive par la volonté divine ; pourtant, comme tous ceux qui sont présents, il a assisté aux prodiges dont sont capables la mère et l'enfant.

La pluie battante a cessé ses valses ruisselantes, la voûte céleste, débarrassée de ses voiles nauséabonds, scintille désormais de mille feux. On croirait que toutes les étoiles de la galaxie se sont donné rendez-vous ce soir pour rendre hommage à leur nouveau souverain.

34.

Une longue agonie... Ballotté sur un océan douloureux. Je crie, mais personne ne m'entend. Sur cette terre sans âme, je suis un naufragé, titubant sous le poids du fardeau. Des milliers d'aiguilles me transpercent la peau, des épines qui me laboureut la chair. J'ai peur de mourir. Un souffle glacial m'envahit : je voudrais en finir...

— Ouvrez les yeux ! Allez, faites un dernier effort.

La voix inconnue m'extirpe des méandres de la pensée dans lesquels je m'étais enlisé. En me forçant à discerner les traits de celui qui répète ses injonctions, je devine le masque d'un chirurgien en tenue de bloc opératoire. D'un geste professionnel, il écarquille ma pupille pour fouiller avec la lueur d'une lampe au fond de mon œil. Je suis trop faible pour opposer la moindre résistance.

— Incroyable ! Votre rétablissement est tout bonnement incroyable. Je n'ai jamais vu un type dans un tel état retrouver aussi rapidement l'usage de ses membres...

Vaguement, je me souviens de l'accident et de la sensation d'avoir tous mes os brisés comme les morceaux de verre d'un flacon tombé par terre. Lentement, je bouge la main droite, puis la gauche. Tous mes doigts de pied répondent à mes sollicitations. Apparemment, mon squelette est en une seule pièce.

— Bien entendu, poursuit le praticien, il faudra un peu de rééducation, mais j'ai bon espoir que vous remarchiez dans quelques jours. Inespéré, vous dis-je !

Je le fixe en plissant les yeux, avec l'espoir d'apercevoir un détail qui m'avait échappé. Serais-je en présence d'une sorte de docteur maboul ? Ai-je échoué dans un asile de fous ? En prenant appui sur mes coudes, je tente sans succès de m'asseoir.

— Doucement, miraculé, doucement. Je viens de vous dire qu'il sera nécessaire d'attendre encore un peu.

Il me glisse un traversin derrière le dos pour que j'adopte une position allongée, mais légèrement inclinée. Ce nouvel angle de vue me permet de réaliser que j'occupe une tente, et que je suis installé sur un lit médical pliant. Dehors, la tempête manifeste sa colère sans que la toile ne cède à ses ardeurs. J'en déduis que seul un matériel militaire peut résister à des bourrasques aussi violentes. Prisonnier des forces spéciales qui ont investi le dôme, je suis !

Le médecin prend ma température avec un appareil que je ne connais pas, puis disparaît sans plus d'explications. Semblables à une nuée de corbeaux, tous les événements dramatiques resurgissent dans ma mémoire. Au souvenir de l'exécution de mes parents, de nouvelles larmes roulent sur mes joues creuses. Je donnerais ma vie pour que mes géniteurs ressuscitent...

Hélas, rien ne se produit et je désespère à l'idée qu'une soi-disant entité supérieure puisse veiller à notre destinée. Dès que je pourrai me lever, le premier acte que j'accomplirai sera de tuer les survivants de la cité dévoilée.

— Je n'ai jamais douté de ton prompt rétablissement, mon enfant.

Je sursaute au son de la voix de mon père. Celui-ci est mort devant mes yeux, massacré par une bande d'ingrats, en même temps que la femme qu'il adorait. Pourquoi me tourmenter, père ? Tu m'as quitté trop vite, après m'avoir oublié pendant longtemps.

En tournant péniblement la tête vers l'origine de mon trouble, mon cœur s'arrête de battre à la découverte de la silhouette paternelle. Je dois imaginer tout cela, victime d'une rechute ou d'une crise de la maladie. Je rêve que je suis éveillé, mais en fait, je suis plongé dans un état comateux. Lorsque je me suis écrasé violemment sur le sol, certaines de mes fonctions cognitives ont forcément été endommagées irréversiblement. Je fantasme que mon père est encore en vie, parce que son absence m'est insupportable.

— Tes yeux et tes oreilles ne t'abusent pas, Sammy. Je me permets d'utiliser ce diminutif affectueux, car j'ai toujours eu un faible pour toi, malgré ta différence.

L'homme qui s'assoit à mon chevet sur le banc métallique est le portrait craché de Dylan. À y regarder de plus près, je note quelques rides supplémentaires et des cheveux plus grisonnants. Néanmoins, le visiteur est un sosie un peu plus âgé de mon père. Une manipulation génétique ! Ces salopards d'apprentis docteurs Frankenstein ont cloné le patrimoine génétique d'un Hartley. Pour quelle raison ? Je suis bien en peine de le dire.

— D'après ton regard, je devine que tu te poses beaucoup de questions. Ton cerveau en ébullition échafaude de nombreuses théories. Tu te demandes pourquoi je ressemble autant à ton défunt père ? Ta perception, encore altérée par le terrible accident dont tu as été victime, n'admet pas l'image que je te renvoie.

— Comment prétendez-vous incarner l'être cher que j'ai perdu ? En abusant de quel subterfuge scientifique imitez-vous les traits de mon père ? Si j'étais en état de me lever, je vous giflerais !

Piqué au vif, le personnage se redresse, éprouvant le besoin d'arpenter l'espace confiné. Je devine qu'il cherche les mots pour se défendre de mes accusations. Je détourne le regard, car sa vision réveille trop de souvenirs en moi. Je n'ai pas eu le droit d'enterrer mes proches, que déjà un nouveau modèle voit le jour. La société CAL'GÈNE doit être derrière cette pathétique imitation. Furieux, je jure de détruire le laboratoire de cette maudite entreprise.

L'ersatz de Dylan a terminé sa ronde. Gêné, il revient vers moi, me dévisageant comme s'il ne me connaissait pas.

— Je n'ai aucun mérite à être devenu ce que je suis. La génétique y est pour beaucoup, ainsi que plusieurs régimes alimentaires. Pourtant, sache que ton père me manque cruellement aussi.

De quoi parle ce cobaye, victime consentante d'un puissant laboratoire ? Il cherche à m'attendrir ou il se fiche de ma gueule ? S'il croit que je vais le plaindre de s'être livré à une telle mascarade !

— N'attendez aucune pitié de ma part. Le simple fait d'avoir manipulé les cellules de mon père, alors qu'il vient à peine de mourir, montre à quel point vous méprisez la vie. J'aurais préféré mourir plutôt que d'assister à cette parodie.

La réaction du clone me stupéfie. Il éclate d'un rire tonitruant, incapable de contenir son hilarité. J'ai d'autant plus de peine à comprendre ce qu'il se passe, qu'il me semble revoir mon père manifestant sa joie. Encore une fois, si j'étais moins faible, je sauterais volontiers à la gorge de ce fumier qui se moque de moi. Les yeux envahis de larmes tellement il s'esclaffe dans une attitude que je juge indécente, l'homme finit par se calmer. Je garde les poings serrés au cas où il s'approcherait de trop près.

— Sam... Sammy, tu n'as donc rien compris ? Je ne suis pas la réincarnation génétique de ton père, mais seulement ton grand-père !

La révélation met un certain temps avant d'atteindre mon cerveau, comme si celui-ci refusait obstinément de comprendre. Personne ne m'a jamais parlé de cet aïeul. Je croyais que tous mes grands-parents étaient morts depuis longtemps. L'autre raison pour laquelle je peine à digérer l'information est d'ordre purement métabolique : le père de mon père ne peut avoir quasiment la même apparence que son fils, comme si le temps n'avait aucun effet sur son organisme.

— Je comprends ton trouble, fiston. Cependant, je dis la vérité, je ne suis pas une imitation de mon fils : c'est plutôt ton père qui me ressemblait à la cinquantaine, grâce à notre patrimoine génétique commun. Pourtant, si je me réfère à mon année de naissance, je viens de fêter mes quatre-vingts ans.

Terrassé par la fatigue, je peine à garder les yeux ouverts. Mon cerveau tente vainement d'enregistrer et de décrypter les révélations que cet homme, qui prétend être mon grand-père, vient de me faire. L'esprit embrumé, je réalise soudain que la fontaine de Jouvence à laquelle s'est abreuvé mon aïeul a pour nom CAL'GÈNE. Autrement dit, un traitement génétique sophistiqué est la cause de ce ralentissement du temps.

— Co... Comment avez-vous réussi à ne pas vieillir ?

Je me rends compte, à l'énoncé de ma question, de la stupéfaction que provoquerait cette hypothèse parmi la population humaine. Qui n'a pas rêvé une fois dans son existence de maîtriser la course du temps ? D'allonger la durée de vie, quel qu'en soit le prix. J'essaie d'imaginer les sacrifices de cet homme qui me contemple, le sourire de mon père gravé sur ses lèvres.

— Plusieurs programmes d'études génétiques ont été menés sur le long terme. Malgré les temps troublés, j'ai eu la chance de pouvoir bénéficier de l'un d'eux, d'autant plus qu'étant à l'origine du projet, je me suis porté volontaire. J'ai accepté d'être le cobaye de ma propre expérience, en quelque sorte.

Bien qu'il m'adresse un sourire complice, je réalise l'horreur de sa démarche. Un scientifique fou qui teste ses inventions sur lui-même. Il me revient en mémoire le roman écrit par Robert Louis Stevenson qui raconte les mésaventures de docteur Jekyll et de M. Hyde. Qui se tient en face de moi ? La chose monstrueuse enfantée par les manipulations d'un savant déraisonnable ou bien l'auteur de sa propre déchéance ?

— J'ai honte de votre descendance, de l'héritage génétique que vous m'avez transmis. L'idée que nous partagions un pourcentage d'ADN me révulse. Je ne sais pas ce que vous cherchez à prouver, mais transgresser les règles naturelles ne vous apportera que le malheur, d'autant plus en ces temps où la survie des terriens reste la priorité.

Mon interlocuteur est visiblement déçu par ma réaction virulente. Sans doute espérait-il que je m'extasie à l'annonce de sa victoire sur la mort ! Pourtant, un des effets de son état physique ne serait-il pas de repousser indéfiniment l'échéance ultime ? Les cycles de la vie et de la mort s'inscrivent dans l'existence même de la race humaine.

— Tu me déçois, Samuel. Je te croyais plus visionnaire. Tu es comme tes parents : des idéalistes qui ont préféré abandonner leurs travaux de recherche pour se consacrer à une œuvre utopique.

Incapable de masquer son dégoût, mon aïeul fait mine de quitter la tente.

— Ne salissez pas leur mémoire ! Mon père, votre fils, et ma mère ont perdu la vie en voulant construire une civilisation meilleure, offrant à l'humanité une chance de survie.

Les yeux du sosie de mon père lancent des éclairs de colère. Il hésite entre partir et se justifier. Du moins, c'est ce que je crois.

— Imbécile ! Tu ne sais rien des agissements de Dylan et de ma bru. Tu les pares de vertus, d'altruisme, tu énumères leurs actes glorieux pour mieux oublier la raison de leur abandon. Car ils t'ont abandonné, tu t'en souviens ? Et d'après toi, qui n'a cessé de veiller sur ta minable petite existence ? Qui s'est soucié chaque jour de ta santé, de la réussite d'un projet mille fois plus ambitieux qu'une simple cure de Jouvence ?

Je le hais ! Je voudrais le faire taire, lui enfoncer dans la gorge ses paroles fielleuses, mais mon état actuel ne me le permet pas. Les larmes me montent aux yeux et je dois faire appel à l'orgueil pour ne pas montrer à ce mégalomane que ses paroles ont atteint leur cible.

35.

Devançant le diagnostic du médecin, j'ai remarché un jour après la visite de l'homme qui se prétend mon grand-père. Galvanisé par un mélange de fierté et de rage, je profite de l'absence du personnel soignant pour m'asseoir après plusieurs essais douloureux au bord du lit. Ensuite, je pose un pied au sol, ce qui m'arrache un cri étouffé de souffrance. Des lames chauffées à blanc transpercent la plante de mes pieds, au point que mes yeux s'embuent. Malgré les avertissements de mon organisme, je m'efforce de poursuivre une rééducation accélérée, me tenant sur mes deux jambes. Des déchirements insupportables lacèrent mes muscles, au point que je crains un moment qu'ils ne soient atrophiés. L'engourdissement alourdit mes jambes et des crampes de fatigue menacent mes mollets. Néanmoins, je tiens bon, serrant les dents au point de saigner d'une lèvre. Si une infirmière ou un docteur avait fait irruption dans la tente, j'aurais immédiatement été reconduit à mon lit. Il n'en a rien été, heureusement... ou plutôt, c'est mon soi-disant aïeul qui a applaudi ma prestation.

— Bravo, Sammy. Tu es digne du sang des Hartley !

Je ne l'ai pas entendu entrer, trop focalisé sur ma douleur pour remarquer sa présence, assis par terre, adossé à la toile. Ses traits sont la copie presque parfaite de mon père décédé, avec cette douceur dans le regard et surtout une lueur espiègle au fond des pupilles. Je fais un effort surhumain pour ne pas lui montrer ma difficulté à rester debout.

— Tes capacités de guérison sont hors normes. Tu es unique à cet égard.

Pendant qu'il me flatte, je m'approche en titubant, suffisamment près pour pouvoir l'étrangler si besoin.

— Les sentinelles devant l'entrée de la tente sont prévenues : si tu te hasardes à un geste de représailles contre moi, elles ont ordre d'intervenir si ma sécurité est menacée. Tu conçois qu'il serait vain de t'acharner à vouloir me punir.

Je sais qu'il a raison, mais ma colère a besoin de s'exprimer. Sans prévenir, je lui assène un coup de poing magistral avec le sentiment équivoque de frapper mon propre père. Les deux gardes armés qui n'ont pas tardé à entrer en action me mettent en joue. Ma dernière heure est arrivée, mais cela vaut peut-être mieux. Cette mascarade a assez duré. Je ne supporte pas d'être le petit-fils d'un miraculé transgénique. Ces scientifiques qui violent les lois de la nature me font horreur. Ils sont prêts à créer des monstres pour assouvir leur soif de pouvoir. Brusquement, le souvenir du message codé me revient en mémoire et une étincelle jaillit dans mon cerveau.

— C'est votre ombre qui plane sur le projet EM-V2. Vous êtes derrière cette horrible mutilation ! Comment peut-on ne serait-ce qu'envisager de priver les êtres humains de leur faculté d'empathie ? Sans elle, les hommes deviendraient égocentriques, incapables de voir au-delà de leur personne. Ils développeraient des troubles graves, tels que l'égocentrisme et pire, la psychopathie.

Agacé par mon réquisitoire spontané, l'objet de ma colère congédie les soldats. Puis, il se redresse en essuyant le sang sur sa bouche et me toise, son regard brûlant de haine.

— Ferme-la, héritier ingrat ! Tu as bénéficié de la protection du plus illustre des Hartley. Je t'ai regardé grandir, bénéficiaire de toutes les avancées de la science, grâce à laquelle tu es devenu un robuste jeune homme à l'abri du besoin et de la maladie. Je t'ai façonné comme de la glaise afin de faire de toi un échantillon unique, une preuve vivante que la génétique peut sauver l'humanité du déclin.

Un froid soudain m'envahit et j'ai peur de comprendre les allusions masquées. Ce malade mental qui me sert de grand-père, cet énergumène qui a accepté de subir un traitement pour ralentir son vieillissement cellulaire, ce maniaque qui n'hésiterait pas à supprimer l'empathie parmi les qualités humaines, s'est servi de moi comme d'un cobaye pour des expériences génétiques !

— Qu'avez-vous osé me faire ? hurlé-je. Quelles règles éthiques votre folie a-t-elle violé ? J'ai le droit de savoir !

Face à mon attitude agressive, sa réaction est de rappeler les gardes pour qu'ils se saisissent de moi. J'ai beau faire mine de m'enfuir, ma faible constitution physique ne pèse pas lourd face à deux militaires costauds et déterminés. Ils m'attachent sans égard sur le lit à l'aide de sangles de contention au niveau des poignets et des chevilles. Je voudrais vraiment disposer des pouvoirs que m'attribue l'aîné des Hartley pour me libérer ! Les sentinelles se fendent d'un salut militaire avant de nous laisser à nouveau en tête à tête.

— Maintenant que te voilà inoffensif, je vais te raconter une histoire véridique... On diagnostiqua à ta naissance une maladie dégénérative. Aucun traitement n'existant, tes parents se sont lancés à corps perdu dans la recherche pour te sauver d'une mort programmée. En tant qu'actionnaire majoritaire de la société CAL'GÈNE, je me suis porté garant financièrement des études entreprises par Dylan et Helen. Cependant, les autres actionnaires ont exigé des retours sur investissement à deux chiffres. J'étais obligé de satisfaire leur demande. Sans avertir mon fils et ma belle-fille, j'ai ajouté des améliorations au programme initial : pourquoi ne pas tenter d'optimiser ton système immunitaire déficient pour qu'il devienne renforcé ?

— Taisez-vous ! Je ne veux plus rien entendre.

Révolté par ses explications, je m'agite vainement pour me débarrasser de mes liens. L'évocation de moi enfant en tant qu'objet de recherches médicales me révolte. Personne ne m'a demandé mon avis. Mon corps m'appartient. Je ne suis pas un rat de laboratoire.

— Je peux comprendre ton désarroi, Samuel, mais songe que tu as montré la voie à tant d'autres études, que la réussite de ce projet a ouvert de nouvelles perspectives à la modification génétique.

Je voudrais lui enfoncer ses paroles mielleuses dans la gorge. Ce salopard, dont je partage les gènes, m'a délibérément sacrifié sur l'autel de la science. Le gamin que j'étais s'est transformé en outil de promotion pour la société CAL'GÈNE. Je déglutis lentement, incapable d'appréhender les altérations que j'ai subies.

— Sammy, je t'en conjure : réfléchis aux côtés positifs. Sans ces améliorations génétiques, tu serais mort depuis longtemps. Au lieu d'une fin sans gloire, te voilà presque surhumain et il ne tient qu'à toi de devenir plus.

Écœuré, je lance un regard torve à ce vieillard dont l'apparence dissimule son vrai âge. Que cherche-t-il, en fin de compte ? L'immortalité, comme beaucoup d'autres illuminés ? Je n'ose imaginer à quels actes odieux cet être vénal accepterait de se livrer pour assouvir ses fantasmes. Je profite qu'il soit légèrement penché vers moi, comme pour recueillir mes confidences, pour lui cracher au visage mon mépris. Horrifié, il recule en titubant, tant l'injure semble l'avoir touché.

— Maudit rejeton d'un couple d'idéalistes ! À l'heure où la Terre se fracture, où le climat se dégrade sans aucune chance de retour en arrière, tu refuses de t'associer à celui qui t'a préservé d'une fin atroce. Tu crois me blesser par ton geste de dégoût ? Pourtant, tes parents que tu aimes sont plus coupables que moi. Ils ont fui sans toi, les lâches, lorsqu'ils ont compris mon projet. Ils t'ont abandonné alors que tu n'étais qu'un enfant, préférant s'exiler dans une cité sans nuages, où la vie s'écoulait au rythme de la nature. Ont-ils seulement manifesté des remords d'avoir offert à la science leur unique enfant ? Je n'ai pas l'impression que tel a été le cas. Si tu n'avais pas hérité du fichier ultraconfidentiel sur ta micropuce, ils seraient probablement encore en vie. Alors, je te repose la question : qui est le plus coupable ?

Incapable de répondre, je garde le silence, mon corps tressautant à cause des tics nerveux. Je ne pourrai jamais lui pardonner tout le mal qu'il m'a fait, qu'il *nous* a fait, à mes parents et moi-même. Cet homme ne recule devant rien pour atteindre son but.

— Cependant, Samuel, un élément inattendu a bouleversé mes plans. Alors qu'avec Archibald Saint-Jones nous attendions que toi et sa fille consommiez votre union, tu t'es échappé de la grande tour. Tu as trouvé refuge au sein d'une prétendue communauté de résistants, et surtout, tu as rejoint ta maîtresse, cette Maria Shakirova, une employée ordinaire à laquelle tu avais fait don de ton sperme.

J'abhorre le portrait négatif qu'il dresse de la femme que j'aime, mais plus encore, je suis atterré qu'il confirme que mon beau-père trempe dans cette sordide machination. Je frémis à l'idée que ce maniaque puisse retrouver Maria afin de s'approprier les facultés exceptionnelles de l'enfant qu'elle porte.

— Et c'est là que le divin hasard est intervenu ! Tu l'as mise enceinte et sa progéniture promet d'être unique. Un instant, j'ai pensé que le tueur aux lunettes de soleil retrouverait ta trace et celle de ta compagne. Il s'est même allié avec le patron des *Infernus*, cette crapule sans scrupules de Svorax Svergenson...

Je ne connais pas cette dernière personne citée, mais j'imagine que les combattants qui nous ont attaqués alors que nous avions trouvé refuge dans le temple faisaient partie de ses sbires. En revanche, l'image de ce meurtrier dépourvu d'empathie me hantera pendant longtemps.

— ... Ce prétentieux de Saint-Jones au titre ronflant de PDG de la filiale « Recherche Génétique » croyait tirer les ficelles alors qu'il n'est qu'un homme de paille. La fille aura été plus utile que le père en éliminant notre premier bénéficiaire du traitement EM-V2. Ton insoupçonnable épouse a habilement joué son rôle de compagne insipide. Pourtant, elle est tellement plus que cela ! Et pour ceux qui le découvriront, il sera trop tard.

Dans quel délire ce fou mégalomane s'est-il lancé ? Margaret ne m'a montré comme unique qualité que d'être « la fille de ». Me serais-je laissé abuser par sa naïveté feinte ? Je ne sais plus quoi penser face à un tel déballage d'inepties et de détails sordides.

— Quelle finalité recherchez-vous, maintenant que vous avez anéanti un modèle idéal de cité futuriste ? L'amélioration des conditions de vie sur Terre doit être la seule finalité d'un homme de pouvoir.

À ma grande honte, mon grand-père, dont je ne connais même pas le prénom, éclate d'un rire sardonique, à tel point qu'un des gardes vient s'enquérir d'éventuels problèmes. Après l'avoir congédié, mon ravisseur s'installe à mon chevet. Longuement, il me fixe avec un regard qui me fait froid dans le dos. Puis, une lueur maligne au fond des yeux, il se lève, excité.

— Sammy, il faut que nous sachions ce que tu peux transmettre à ta descendance. Si nous arrivons à isoler les segments prometteurs de ton ADN, nous posséderions une arme redoutable, mais aussi une avancée technologique sur nos concurrents dans les autres mégapoles. Je n'ai pas d'autre choix que de te confier à nos plus grands spécialistes pour qu'ils pratiquent sur toi toutes les expériences nécessaires.

Je frémis en comprenant l'affreux dessein de ce monstre. Il va me livrer à des biologistes pour qu'ils me dissèquent comme bon leur semble. À ses yeux, je n'ai qu'une valeur scientifique ou marchande !

— Certains professeurs réputés m'ont accompagné dans cette expédition. Le temps qu'ils installent leur matériel sophistiqué et ils pourront procéder à leurs analyses. Je ne te cache pas que certaines pourraient être très douloureuses... D'autant plus que le sujet devra rester éveillé !

Le dégoût l'emporte sur la colère. Que le sosie de mon père m'annonce que mon enveloppe charnelle sera souillée sans que cela ne lui procure la moindre honte m'écœure. Si j'avais la force de briser mes liens, je tuerais ce pitre obsessionnel sans regret. Au lieu de cela, je le regarde sortir de la tente, fredonnant un air d'opéra, l'air insouciant. Si je ne parviens pas à m'enfuir, la mort sera ma seule compagne bientôt, malgré un système immunitaire hors-normes.

36.

Les événements prennent une tournure inattendue. Archibald Saint-Jones vient d'apprendre la nouvelle incroyable par ses plus fidèles informateurs : le « patriarche » Hartley a dirigé lui-même l'attaque contre le monde invisible que les parents de Sam ont inventé. Quel camouflet pour lui qui s'était vu confier une mission de confiance par le vrai maître de la cité de New-Rop ! À l'heure actuelle, le gouverneur Farwell doit également être au courant et enrager. Depuis le début de son mandat, il désespérait de ne pas mettre la main sur les deux éminents scientifiques.

Lui-même regrette parfois les longues soirées passées à discuter avec eux, et plus particulièrement Helen, les rares fois où son mari la délaissait, trop absorbé par ses propres expériences. Il ne l'a jamais avoué à personne, mais cette femme brillante et pétrie d'humanité a fait battre follement son cœur. S'il n'avait pas déjà été marié, de plus avec une richissime fille de banquier, le meilleur ami de Dylan, à l'époque, l'aurait volontiers trompée dans les bras de sa chère épouse. Mais la vie conduit parfois sur des chemins tortueux que la nécessité impose. Sa position sociale ayant toujours primé sur les sentiments, encore plus en cette époque troublée, Archibald Saint-Jones est devenu le bras droit d'un vieil homme qui refuse d'abdiquer face aux stigmates du temps. Il s'est voulu rassurant dans la peau du meilleur ami auquel les parents de Sam se sont confiés, alors que seule la duplicité le motivait.

Qu'importe sa trahison envers des êtres morts à présent ! Car ses espions lui ont confirmé la triste nouvelle. Triste, car la recherche médicale a perdu deux de ses plus beaux fleurons. Un Saint-Jones peut s'abaisser à nouer des alliances stratégiques, mais jamais il ne niera le talent. Helen et Dylan n'en manquaient pas, au point de les jalouser. Toutefois, des qualités exceptionnelles ne remplaceront jamais son sens inné des affaires, inégalable pour assouvir ses besoins de reconnaissance sociale. Le jeu du pouvoir est des plus passionnants. Tous les coups sont permis, tant qu'ils sont gagnants !

Sans savoir pourquoi, Archibald repense à l'assassin engagé, celui dont le port de lunettes spéciales l'horripilait. C'était un expert dans son domaine. Probablement le meilleur, et pourtant, sa fille a réussi à déjouer sa vigilance. Rien que d'y repenser, il éprouve une bouffée d'orgueil à l'idée que Margaret est entrée dans la cour des grands. Il donnerait beaucoup pour savoir où elle se trouve. Malgré la fierté, il a peu de chances de serrer contre son cœur une enfant qui a embrassé une carrière de tueur d'élite. À peine ont-ils quitté le nid parental que les oisillons nous échappent !

La sonnerie à l'entrée de son domicile le ramène à la réalité. Les affaires reprennent ! Après une telle prise, le « vieux » Hartley ne se contentera plus de tirer les ficelles dans l'ombre.

« À la place du gouverneur, je me ferais du souci », songe avec inquiétude le patriarche Saint-Jones.

Par précaution – on n'est jamais assez prudent – il jette un coup d'œil à l'image que diffuse la caméra de surveillance. Son sang ne fait qu'un tour dans sa poitrine : le visage souriant de Margaret irradie, les cheveux coupés court, à la garçonne. Il s'empresse d'ouvrir à sa fille adorée.

— Ma plus belle réussite : une enfant digne du patronyme de son père. Que fais-tu là ? Je croyais que ton activité particulière te contraignait à la solitude...

Margaret fixe la pointe de ses chaussures, l'air penaud. Puis, relevant humblement la tête, elle lance à la cantonade :

— Archie, tu sais bien que je ne peux pas vivre sans toi. Un père aussi formidable, cela ne s'oublie pas facilement. Me laisseras-tu entrer ou me condamneras-tu à me morfondre sur place ?

Se confondant en excuses, ce qui n'est pas dans ses habitudes, le premier des Saint-Jones invite sa fille à franchir le seuil, non sans improviser un cérémonial. Margaret sourit malgré elle, n'oubliant pas que son géniteur reste un incorrigible mondain. Elle retrouve avec une émotion palpable le quartier général de celui qui a fait battre son cœur alors qu'elle était gamine. Elle voudrait vraiment que le temps se soit arrêté à l'époque de son enfance, durant cette période où son père ne la laissait jamais seule.

Sa mère s'était tuée malencontreusement dans une chute de plusieurs étages. Un drame pour la plupart des enfants de son âge. Archie n'avait pas ménagé sa peine pour l'élever, embauchant les meilleurs précepteurs, décelant rapidement ses capacités inhabituelles, ses passions morbides qu'elle exerçait sur les êtres proches. Les animaux de compagnie en avaient fait les frais les uns après les autres. La jalousie avait été un puissant moteur : devoir partager son père avec une autre femme, cette mère qui ne l'avait jamais aimée, lui est peu à peu devenu impossible.

Margaret a rejeté dans les méandres de son cerveau la manière dont elle est parvenue à ses fins. Sans jamais le lui avouer, son père avait découvert la responsable de la mort de son épouse. Après tout, sa disparition prématurée le laissait à la tête d'une fortune immense, héritée de la défunte...

— Je te sers un verre ? Tu bois toujours du Gin Fizz ? Du moins, son ersatz chimique. Je conserve toujours une bouteille pour ta venue. Comme tu le sais, il n'est rien que je ne pourrais te refuser.

Margaret esquisse un sourire forcé, consciente de vivre ses derniers instants en ce lieu chargé de souvenirs. Elle n'oublie pas que sa virginité lui a été prise par cet homme qui a fait office de père et d'amant. Néanmoins, elle garde de bons souvenirs de leur attirance sexuelle génétique. Depuis, ses partenaires sont triés sur le volet et n'ont qu'une seule fonction : fournir un quota de plaisir tarifé.

— Tu es bien silencieuse, mon enfant. Quand ton regard se voile de cette manière, je sais que tu voyages dans le passé. Parfois, je repense à certains de mes actes et je me demande si j'ai bien agi... Le pire, c'est que ton corps m'obsède toujours autant.

Joignant le geste à la parole, le vieillard se colle contre sa fille, décidé à profiter de son physique comme auparavant. Ce droit de cuissage que Margaret n'a jamais contesté, il a de nouveau envie d'en user, même s'il sait très bien que son pucelage n'est plus qu'un lointain souvenir.

Le cœur battant, il passe la main sous son vêtement et caresse voluptueusement le galbe de ses seins. Son sexe en érection cherche le passage entre ses jambes afin d'assouvir son désir. Au moment où il commence à dégrafer son corsage, une douleur insoutenable laboure le côté droit de son torse. Pour qu'il comprenne bien, Margaret lui décoche un coup de genou dans l'entrejambe. Le poignard de sa fille planté dans le flanc, il s'affaisse par terre sans qu'elle esquisse le moindre geste pour le retenir. La lame enfoncée profondément lui fait un mal de chien, mais plus que la blessure mortelle, il déplore l'impassibilité de la perle de sa vie.

— Désolée pour l'orgasme, mon papa pervers, il faudra attendre l'autre monde !

Archibald Saint-Jones, agonisant sur le sol de son appartement, peine à croire que la chair de sa chair ait procédé à son exécution.

— Pour... quoi ? Suis... ton père...

Haussant les épaules avec désinvolture, Margaret retire lentement le couteau de la plaie pour que le sang paternel, de couleur rouge vif, s'écoule jusqu'à ce que son géniteur se vide comme un porc.

— Archie, mon travail ne s'embarrasse pas des liens familiaux. Un contrat est un contrat. Tu devrais être honoré de figurer parmi mes premiers engagements. Apparemment, j'ai fait un sans-faute. C'est bien toi qui m'as toujours dit d'être la meilleure et de le mériter.

Agonisant dans une mare de sang, le dernier mâle Saint-Jones peine à articuler sa question :

— Qui... est... commanditaire ?

— Tu es trop curieux, papa. Secret professionnel oblige, je ne peux te révéler son identité. Néanmoins, sache que c'est un personnage très influent de l'intelligentsia de la mégapole.

Archibald Saint-Jones n'entend plus les paroles de sa fille. Plongé dans un brouillard écarlate, une forme de soulagement l'envahit. Goulûment, il aspire sa dernière bouffée d'oxygène. Margaret vérifie son pouls pour s'assurer que le cœur a cessé de battre.

Cet homme, qu'elle a aimé autant qu'haï, allongé dans une flaque rougeâtre, ne l'impressionne plus. Certes, son meurtre confirmera sa notoriété dans le métier, mais là n'est pas l'essentiel : débarrassée d'un parent trop encombrant, elle peut à présent laisser libre cours à ses fantasmes. Son secret espoir ? Que dans ses prochains contrats figure un beau mâle auquel elle s'offrira avant de le trucider. La Veuve noire, voilà un surnom qui lui conviendrait.

Margaret réalise soudain qu'un clair-obscur a envahi l'appartement de son père. Grisée par ses succès meurtriers, elle n'aurait pas vu passer le temps et décliner le jour ? Pourtant, en jetant un coup d'œil à sa montre, celle-ci lui confirme que l'après-midi débute à peine. Elle s'approche de la fenêtre pour découvrir un ciel couvert de nuages sombres, annonciateurs d'une dégradation météorologique à l'extérieur du bâtiment. En plissant les yeux, la tueuse aperçoit à l'horizon un rouleau gigantesque de poussière qui fonce vers la cité de New-Rop. Pour se rassurer, elle se rappelle que les gratte-ciels ont été conçus pour résister à des intempéries extrêmes. Fascinée malgré le danger, elle observe l'avancée du mur tourbillonnant à la vitesse du galop d'un cheval.

Soudain, le doute fissure ses certitudes, des remords inattendus l'assaillent et, sans savoir pourquoi, Margaret redoute un châtiment pour ses crimes. Elle saisit trop tard l'urgence de la situation alors que déjà, la déferlante engloutit tout sur son passage, balayant les quartiers des *Infernus* où la population de miséreux qui s'entasse est avalée par les trombes d'air souillé.

Comme arc-boutée aux racines de la Terre maltraitée, la forêt de tours érigées par les hommes s'illusionne de résister aux vents paroxysmiques. Margaret comprend que sa dernière heure a sonné lorsqu'un craquement sinistre se propage le long de la façade en verre. Paradoxalement, sa dernière pensée est pour ce père assassiné par ses soins et que, peut-être, elle rejoindra dans un autre monde. L'orgueilleuse construction des survivants de l'humanité se cabre dans une ultime bravade avant de se briser, comme les rêves malsains de la jeune femme. Les uns après les autres, les gratte-ciels s'écroulent, décapités par la fureur de la vague poussiéreuse...

Lorsque le phénomène chaotique s'achève, il ne reste qu'un amas de béton et de fer, dérisoires débris d'une civilisation qui n'a jamais pris la mesure des souffrances de la planète et dont elle n'est que l'hôte temporaire.

37.

La nuit autorise une respiration à la Terre souffrante, semblable au malade atteint d'une pathologie grave et qui trouverait repos dans le sommeil nocturne. La chaleur est presque supportable et les phénomènes climatiques, tels que les tempêtes de sable, s'estompent.

« La nuit, tous les chats sont gris, et les humains se ressemblent dans la pénombre », pense Bosco, marchant fièrement à côté de la mère de l'Envoyé. Depuis qu'elle l'a nommé Protecteur de l'Enfant, il a pris son rôle très au sérieux et a commencé le recrutement d'éléments dignes de la Garde prétorienne. Il ne pouvait concevoir de ne pas enrôler son ami de toujours, Dan, lequel s'est fait prier pour donner son accord. À la surprise générale, et malgré les réticences du lieutenant Cooper, Bosco a proposé à Svorax Svergenson qui, en guise de réponse, a esquissé un sourire accompagné d'une lueur de défi dans le regard. Le sergent Travis a haussé les épaules lorsque Bosco lui en a parlé. Son engagement dans l'unité des Cleaners restera à jamais un sacerdoce et rien ne pourra l'en détourner.

La progression de nuit s'est avérée moins lente que prévu. Les femmes enceintes ont accouché ensemble, quelques jours après Maria, comme par effet de contagion. Délivrées du poids de leur nourrisson, les mères vigoureuses ont récupéré rapidement et montré qu'elles pouvaient suivre le rythme des soldats. Cooper reste admiratif de leur force mentale et la mère de Crépuscule, comme Maria avant la naissance d'Éolias, ne le laisse pas indifférent. D'après le sergent Travis, elle a pour prénom Aurore et cette promesse mélodieuse enchante le lieutenant. Depuis ses démonstrations surnaturelles, la mère de l'Enfant a acquis une dimension mystique telle que les hommes la vénèrent comme une sainte. Nimbée de spiritualité, Maria est devenue inaccessible pour le commun des mortels. Plusieurs combattants jalousent même le mari disparu auquel elle semble rester fidèle.

Les kilomètres poussiéreux succèdent aux kilomètres poussiéreux. L'étoile polaire guide leur marche la nuit. Dan se souvient de ses lectures sur la période de l'Antiquité, et notamment du peuple des Assyriens qui l'appelait Stella Maris, signifiant « étoile de la mer ». De Maris à Maria, il n'y a qu'un pas, car selon certains érudits, Maria pourrait se traduire par « goutte de mer ». Au fond de son cœur meurtri, Dan décide qu'à partir de cet instant, le surnom de « Stella Maria » ira comme un gant à la mère d'Éolias. Bien qu'il exprime peu ses sentiments en public, la fierté est une immense motivation pour poursuivre la quête en direction du pôle Nord. En temps normal, il considérerait que leur chance d'aboutir est quasi nulle, mais depuis qu'il a assisté aux manifestations inexplicables, il a envie de croire à une possibilité d'amélioration. Tout n'est pas clair dans son esprit, mais une foi inébranlable s'enracine grâce à la venue de cet enfant exceptionnel.

— Halte ! ordonne le lieutenant Cooper.

— Pourquoi qu'on s'arrête ? ronchonne Bosco. Le jour n'est pas près de s'lever.

Sans répondre, le policier désigne l'horizon assombri. En se forçant à scruter la pénombre, Bosco finit par repérer une mince lueur.

— Pu... Euh, je voulais dire purée, ça s'pourrait qu'une présence humaine soit à l'origine de cette lumière ?

Personne ne répond dans le groupe, mais tout le monde pense la même chose : cela vaut le coup d'aller voir de plus près.

— Espérons que nous n'ayons pas encore affaire à une tribu de fanatiques !

L'expérience douloureuse du tumulus a marqué Dan et les survivants parmi le clan des résistants.

— Byrne, Bosco et Dan, vous m'accompagnez. Travis, vous prenez le commandement en mon absence. Restez à couvert en attendant notre retour.

Maria voudrait se joindre à eux, mais déjà les quatre hommes s'enfuient en courant vers l'origine de la clarté. Sans qu'elle comprenne vraiment pourquoi, un froid plus intense la saisit. Éolias gesticule contre sa poitrine, ses bras tendus vers la direction empruntée par les solides gaillards.

Après plus d'une heure à trotter sous la lune, le petit groupe s'arrête, fourbu, au pied d'une immense dune qui se dresse comme un obstacle. Byrne propose à boire et avale une gorgée rapide lorsqu'on lui tend la gourde. À déambuler dans le clair-obscur, il a failli trébucher plusieurs fois en heurtant une pierre ou une racine. Ses compagnons plus aguerris n'ont pas montré de gêne : voilà toute la différence entre un simple soldat et un vétéran.

— Je pense que la lueur provient d'un campement, chuchote Cooper. Si nous avons affaire à des nomades, il vaut mieux éviter d'être vu.

— S'ils font vraiment partie d'un des peuples du désert, nous sommes déjà repérés depuis longtemps, ironise Dan. Les combattants des terres brûlantes sont sans pitié avec les étrangers.

Ses trois équipiers le dévisagent avec un air de désapprobation. Ce n'est pas sa faute si, à cause de sa nature pessimiste, il ne peut s'empêcher de prévoir le pire.

— Qu'ils se pointent ! se gausse Bosco. Il m'en faudrait une douzaine pour commencer à m'amuser.

Levant les yeux vers le ciel anormalement constellé d'étoiles, Byrne coupe court aux remarques en débutant l'escalade de la butte sableuse. Son supérieur n'apprécie pas l'initiative, mais le suit néanmoins. Dan et Bosco surveillent leurs arrières en attaquant la montée.

Arrivés au sommet, les deux compères n'en croient pas leurs yeux : les restes d'un dôme immense gisent dans la steppe. Jamais aucun des voyageurs n'a vu un tel spectacle. Sans aucun doute, il a subi une attaque brutale des forces gouvernementales. Des véhicules familiers, positionnés autour de la structure démembrée, rappellent que d'autres contingents de Cleaners ont mené l'assaut victorieux.

— Des collègues ! s'exclame Byrne, épaté de découvrir autant d'unités sœurs dans ce désert éloigné de toute métropole.

— Taisez-vous, imprudent ! La nuit, les sons portent plus loin. On se replie en silence, messieurs.

Le lieutenant Cooper se laisse glisser le long du versant sud, profitant de l'aide du sable. Ce rassemblement militaire devrait le rassurer. Après tout, les troupes proviennent de la ville de New-Rop : il a formellement identifié le blason sur les camions. Il ne devrait plus s'inquiéter pour leur avenir, sachant les renforts à proximité. Pourtant, une telle concentration de troupes signifie une opération de grande envergure. Les stigmates affichés par cette enveloppe hémisphérique témoignent de la violence des combats.

— Pourquoi fait-on demi-tour, Lieutenant ? l'interrompt dans ses réflexions Byrne. Ce sont nos alliés, des camarades de classe peut-être. On n'a rien à craindre d'eux.

Dan et Bosco ne sont pas de cet avis. Ils ont encore en mémoire les attaques sanglantes des Cleaners lorsqu'ils survivaient au pied des gratte-ciels.

— Ça suffit, soldat, contentez-vous d'obéir à mes ordres !

Maria ne cesse de fixer le point vers lequel le groupe s'en est allé. Éolias dort à présent, après s'être beaucoup agité. Elle sait, grâce au lien charnel qui les unit, ce que l'enfant ressent. Il manifeste de l'excitation en regardant dans la direction du nord, celle vers laquelle les quatre hommes sont partis. Se pourrait-il que Sam se trouve à cet endroit ? Sans pouvoir l'expliquer, son cœur lui dicte une réponse positive. Plus la jeune femme observe l'horizon, plus la sensation se mue en certitude. Depuis toujours, Maria a appris à écouter sa première impression, qu'elle assimile à une forme d'intuition. La naissance d'Éolias a renforcé ses facultés de prémonition. Au loin, retenu dans un camp de soldats, son mari a besoin d'elle.

— Ils reviennent ! s'écrie Aurore. J'aperçois le lieutenant.

Comme pour joindre le geste à la parole, elle se précipite au-devant du quatuor. Visiblement épuisés, trois d'entre eux s'écroulent par terre.

— À boire, s'il vous plaît.

Dan semble le plus fatigué de la bande. Seul Cooper se force à rester debout, content de la spontanéité de la mère de Crépuscule. Elle lui tend en premier sa gourde alors qu'il n'a rien demandé. Lorsqu'il effleure sa main, une décharge d'électricité statique le surprend. « Juste une question d'attirance et de répulsion », aurait dit son professeur à l'école de police. Le vieil érudit parlait des électrons, et non pas des sentiments entre humains.

— Vous allez bien, Lieutenant ? demande Aurore d'un air entendu.

Piégé par sa propre stupidité, il lui rend prestement son bidon d'eau en essayant de masquer son trouble.

— Quelles sont les nouvelles ? s'inquiète Maria qui les a rejoints.

Le reste des hommes, menés par Travis, forme un cercle autour d'eux. Partagé entre deux attitudes, Cooper hésite à répondre. Il voudrait ne pas considérer ce rassemblement de troupes en provenance de la mégapole comme des ennemis, mais une petite voix intérieure lui conseille la prudence. Avant qu'il ne trouve les mots justes, Byrne s'exclame spontanément :

— Des renforts, principalement des Cleaners, sont stationnés plus au nord. Notre errance prendra bientôt fin. Nous sommes sauvés !

Bien évidemment, tous les soldats de son unité exultent, manifestant leur enthousiasme à l'annonce de leur frère d'armes. Travis n'est pas le dernier à cacher sa satisfaction. Enfin, il obéira aux ordres d'un supérieur digne de ce nom ! Bosco, Dan et les rescapés du clan du défunt Mad Marpel ne partagent pas cette euphorie. Trop de Cleaners augmentent leurs chances de finir devant un peloton d'exécution.

— Cessez votre tapage ! ordonne le lieutenant d'un ton agressif. Nous ne savons absolument pas ce qui motive un tel déploiement militaire dans ce lieu présumé désert. Les vestiges d'une civilisation détruite par les bombardements des effectifs gouvernementaux pourraient en être la cause.

— Sam a été enlevé par un aéronef d'un modèle inconnu. Je suis convaincu que ses ravisseurs l'ont emporté vers ce lieu. J'avais vu en songe ses parents encore en vie. Ils résidaient dans cette cité qui exerce une attraction irrésistible. Elle est l'essence de notre quête, le but à atteindre.

— Il n'en reste plus grand-chose, s'excuse presque Dan. J'ai pu voir des forêts desséchées, des champs jaunis et de nombreuses carcasses d'animaux, preuves de la mort du bétail.

— Y'avait aussi des cabanes suspendues en partie détruites, des bâtiments en bois éventrés, poursuit Bosco, ému. Je sais pas pourquoi, mais ces images de désolation m'ont déprimé.

Parmi les Cleaners qui sont restés, certains montrent des signes d'impatience. Travis s'avance, l'air maussade.

— Avec les gars, on est d'avis de rejoindre notre unité. C'est l'occasion d'achever notre mission :

livrons-leur les insoumis et nous serons accueillis comme des héros !

Les acclamations des soldats ne laissent aucun doute au lieutenant quant à leurs intentions. Aussitôt, deux clans se font face : d'un côté les Cleaners, à la tête desquels le sergent Travis ; de l'autre, Cooper, Dan et Bosco, entourés par les femmes et les hommes de la communauté rebelle. Toujours entravé, Svorax Svergenson s'éloigne en reculant des belligérants avec l'espoir de tirer parti de la situation conflictuelle.

— Soldat Byrne, venez avec nous, l'interpelle Bosco d'un ton paternel. Rappelez-vous, votre salut dépend de Maria et de son enfant.

Le jeune homme hésite entre ses camarades et le camp opposé. Il apprécie énormément Maria et ses compagnons d'infortune. En même temps, il s'est engagé au sein des Cleaners, car il voulait servir le gouverneur. Pris d'une inspiration soudaine, Byrne sort des rangs et se positionne entre les deux factions.

— Après tout ce que nous avons vécu, nous n'allons pas vous affronter. Nous devons rester unis, car l'avenir nous réserve d'autres mauvaises surprises.

— Traître ! hurle Travis avec mépris. Tu déshonores l'uniforme que tu portes.

Avant que d'aucuns ne réagissent, il dégaine son arme et tire sur le soldat qui prône l'apaisement. Byrne s'écroule, une expression de stupeur figée sur son visage. Horrifiés, les hommes de la partie adverse pointent leurs armes vers le coupable. Les Cleaners font de même, prêts à déclencher le tir. La tension est à son comble, tandis que Travis défie du regard Cooper.

— Viens m'affronter, policier de mes deux ! Tu n'as jamais eu l'étoffe d'un chef de guerre.

Ses compagnons d'armes s'esclaffent, ridiculisant celui qui leur a servi d'officier. Vert de rage sous l'affront, Cooper résiste à l'envie de faire un carton sur la tête du sergent. En hommage à la dépouille de Byrne qui gît entre les deux rangées, il dépose son arme et s'avance témérairement vers son détracteur.

— Je relève le défi. Celui de nous deux qui sortira victorieux du combat à mains nues imposera sa décision à l'ensemble du groupe.

Travis semble moins enclin à fanfaronner tout à coup. Il pourrait tuer ce prétentieux sans avoir à l'affronter, mais alors, tous ses hommes le traiteraient de lâche. N'ayant pas d'autre alternative, il accepte le défi.

Maria voudrait intervenir face à la situation incongrue. Pourtant, elle a compris depuis longtemps, comme d'autres, que ces deux-là avaient un compte à régler. Mieux vaut que les corps s'expriment dans ce cas. Il sera toujours temps d'agir si les choses tournent mal.

— Amène-toi, flic d'opérette. Tu vas tâter des poings d'un vrai soldat. Ne me fais pas attendre.

Cooper n'a proposé ce duel que pour éviter un massacre. Le combat à mains nues n'a jamais été son sport préféré. Pourtant, il se met en garde, espérant que ses leçons de self-défense à l'école de police serviront à quelque chose.

Sans prévenir, son adversaire décoche un coup de pied latéral qui l'atteint au niveau du menton. Sa mâchoire explose sous l'impact, mais il parvient à garder les pieds sur terre. Telle une machine, Travis enchaîne par un crochet, qu'il évite miraculeusement. Les applaudissements en provenance des Cleaners ne laissent aucun doute quant à l'issue de l'affrontement. Il bloque un nouveau coup de pied, destiné à lui briser les côtes. D'une torsion brusque, il arrache un cri de douleur à Travis. Accentuant la rotation, il attend le bruit caractéristique du craquement des os pour relâcher sa prise. Le sergent s'affale sur le sol, ses mains agrippées au niveau de son tibia droit. Déconcertés, les Cleaners maintiennent en joue leurs opposants. Cooper se masse son menton douloureux, puis il lève le bras en signe de victoire.

— Respectez les règles. Baissez vos armes et il ne vous sera fait aucun mal.

— Nooon ! hurle pathétiquement Travis, saisissant un pistolet qu'il avait dissimulé sous sa ceinture.

Une détonation retentit, mais ce n'est pas celle de l'arme du mauvais perdant. Il n'a pas eu le temps cette fois de déclencher son tir. Un des Cleaners a été le plus prompt, éliminant le parjure.

Écœuré, il dépose son arme, imité aussitôt par ses collègues. Maria, son fils dans les bras, lance un regard courroucé à tous ces mâles belliqueux et se dirige vers la dépouille de Byrne. Elle s'agenouille à côté de l'innocente victime, qui repose allongée sur le ventre. Éolias agite ses petits pieds, attiré manifestement par le corps étendu. D'un geste solennel, sa mère l'assoit sur le dos du soldat. Le nourrisson, malgré son âge, se tient droit, signe de sa précocité. Il babille, heureux de se trouver à cet endroit.

Tous les autres se sont regroupés autour du trio improbable. Alors, Maria lève les bras vers le ciel étoilé, tandis qu'Éolias s'illumine comme un des astres, provoquant un mouvement de panique parmi les spectateurs. La lumière embrase le cadavre encore chaud de Byrne, qui est secoué de légers tremblements. Le bébé rigole, amusé par les tressautements sous ses fesses. Il pose ses deux mains sur les épaules agitées, et soudain, Maria pousse un cri inhumain dans la nuit désertique.

Un peu plus tard, avant que le soleil brûlant n'effleure les dunes sableuses, la plupart dorment dans l'abri précaire des tentes, sauf Cooper qui ne peut croire à ce à quoi il a assisté. Byrne repose sous la toile, sa poitrine se soulevant régulièrement : il respire à nouveau ! L'enfant et sa mère ont extrait de la chair du novice la balle qui l'avait fauché. Un nouveau miracle, inexplicable pour un cartésien comme le lieutenant.

— Vous ne voulez pas que cela soit possible. Cela heurte votre entendement.

Maria s'assoit à côté du policier en plein doute. Elle a enfilé un châle, car une rosée matinale inattendue a rafraîchi le sable chaud.

— Tout n'est pas clair pour moi non plus, poursuit-elle, mais une évidence demeure : mon fils n'est pas comme les autres humains. Sa venue bouleversera le monde qui court à sa perte. Sans lui, la Terre n'aurait plus d'espoir. J'ai besoin de votre soutien pour arriver à nous faire entendre.

Cooper se tourne vers cette femme dont les paroles sont sages. Plongeant son regard dans celui, confiant, de Maria, il acquiesce sans poser de questions. La route sera longue et semée d'embûches, mais elle les conduira vers une destinée hors du commun : que demander de plus ?

Soudain, alors qu'un silence apaisant règne sur les plaines sablonneuses, Dan s'avance, suant et essoufflé, au milieu de la troupe, cherchant des yeux la mère de l'Élu. Cooper l'observe, intrigué, tandis que Maria l'invite d'un hochement de tête à s'exprimer.

— Svorax Svergenson. Il a... profité de l'affrontement pour... nous fausser compagnie, annonce-t-il alors entre deux respirations saccadées.

38.

Je suis toujours immobilisé par ces saloperies de sangles au niveau des chevilles et des poignets, malgré mes efforts pour me libérer. Une infirmière militaire me rend visite plusieurs fois par jour pour m'hydrater et procéder à des examens de routine. Elle installe aussi du matériel et des appareils d'analyses médicales dont je ne connais pas l'utilité, mais au vu de la taille de certaines seringues, j'imagine le pire. Je dois échapper à ce piège délirant, parce qu'à l'extérieur, le monde chancelle. Comment des hommes qui se prétendent intelligents peuvent-ils gaspiller leur temps en actions superflues ? À bien y réfléchir, je n'étais pas tellement différent de mes semblables avant de sortir de la grande tour.

Je me concentre une fois de plus pour tenter de focaliser toute mon énergie dans les muscles d'un de mes bras. Au risque de me faire éclater les veines jugulaires, je tire avec l'espoir de défaire l'attache Velcro. Épuisé après un long moment de tension, je relâche la pression, résigné à ne pas pouvoir me débarrasser des liens.

« Fais marcher ta cervelle, Sam ! Trouve une autre solution. » Je dois approcher de la fin de mon existence pour discuter avec moi-même. Les chirurgiens qui sont censés m'examiner de près n'auront pas de mal à disposer de mon corps. Au passage, je revois le visage de mon *grand-père*, satisfait de me livrer à des bourreaux de la science.

Désespéré, je hurle et m'agite comme un possédé. Affolée, l'infirmière fait irruption dans la tente. Elle attrape une seringue, la plante dans le couvercle d'un flacon puis, sans perdre de temps, m'injecte le liquide dans l'épaule. Rapidement, le sédatif agit et mes mouvements ralentissent. Avant de sombrer dans un sommeil comateux, je me jure de ne plus recommencer.

Lorsque je reprends connaissance, l'obscurité recouvre la toile de tente et seules quelques lumières artificielles fournissent des halos dans le campement. La bouche pâteuse, je regrette à nouveau d'avoir cédé à la colère. Je dois trouver un moyen de m'extraire de ces sangles. En observant méticuleusement mes attaches, je découvre une légère blessure au niveau de mon poignet droit. J'ai certes plus de force du côté dominant, mais cela n'a pas suffi à me détacher. Je focalise toute mon attention sur la possibilité de propager une fissure en exerçant une pression animale. Je tente de me persuader que l'esprit vaincra la matière. La respiration bloquée, à la limite de l'asphyxie, je bande tous les muscles de mon bras droit, dont le tendon du biceps proche de se déchirer... Sans résultat ! Ma force physique n'est pas suffisante pour briser des chaînes à la manière d'Hercule.

Soudain, sans que je sache pourquoi, une vision macabre s'impose à moi : un animal, peut-être un loup, une de ses pattes coincée dans un piège, la ronge volontairement pour se délivrer. Une auto-amputation ! Un frisson de dégoût me traverse le corps. L'idée de volontairement me mutiler pour échapper à mes ravisseurs me donne la nausée. Je me tourne pour vomir par terre, l'image d'un moignon ensanglanté incrustée dans ma tête me retourne l'estomac. J'ai d'autant plus en horreur cette possibilité que je la sais être la seule réalisable pour fuir ce bloc opératoire improvisé. Une telle conclusion me paraît dingue et je crains un moment pour ma santé mentale. « *Sam, tu dois le faire !* » Une voix m'ordonne de passer à l'acte. Je ne veux pas servir de cobaye aux scientifiques convoqués par mon grand-père. Je ne veux pas finir brisé par les sévices des autres. Je décide de choisir ma fin, quitte à ce qu'elle soit très douloureuse.

Serrant les dents, j'applique un mouvement de flexion à mon poignet lié à la sangle. Plus j'accentue le mouvement, plus la douleur s'intensifie. « *Donnez-moi la force, donnez-moi le courage de mes actes !* » Je transpire abondamment. L'effet de levier atteint son paroxysme, mais malgré la souffrance, je poursuis mon effort. Au bord de l'évanouissement, la dernière vision, celle d'une flûte de champagne qui se brise et répand sur le sol un liquide rougeâtre, m'interpelle.

Ouvrant mes paupières trempées, je réalise que le lit sur lequel j'étais maintenu immobile est taché. Le matelas engloutit mon sang qui s'échappe de la fracture. Les yeux remplis de larmes, je m'assois, puis après un effort incommensurable, je me penche et défais le lien Velcro de mon autre main avec mes dents. Se libérer les pieds n'est qu'une formalité. Libre... Mais à quel prix ? Sans l'usage de ma main droite, je suis très vulnérable. Vite, sortir avant que des praticiens ne rappliquent. J'arrache un morceau du drap pour improviser un bandage. Serrant le nœud, un mal de chien irradie vers mon avant-bras. À la hâte, j'enfile une des blouses chirurgicales que l'infirmière a disposées sur un chariot. Au moins, mon pitoyable moignon pourra être dissimulé dans la manche.

Dehors, une agitation anormale règne. Des prisonniers, dont les visages ne me sont pas inconnus, sont parqués sans égards dans des camions de transport de troupes. Les habitants de l'ancienne civilisation ont le regard hébété, la plupart ne réagissent plus, prostrés. En d'autres temps, je m'apitoierais sur leur sort, mais en songeant que ces mêmes personnes ont lynché mes parents, je ne ressens aucune mansuétude.

Les Cleaners que je croise me lancent un regard suspect, mais me saluent à cause de ma tenue médicale. Chez les soldats, le port d'un uniforme, quel qu'il soit, attire toujours le respect. Je ne reconnais plus rien du paysage verdoyant qui prospérait sous le dôme. Beaucoup d'arbres ont été abattus, d'autres dépérissent à vue d'œil : leurs branchages ne font pas bon ménage avec un soleil de plomb journalier. L'héritage de mes parents disparaîtra rapidement : des décennies à élaborer patiemment un fragile écosystème, balayé en quelques heures par l'ambition d'hommes sans scrupules.

Le temps des règlements de comptes viendra. Pour l'instant, je dois sortir de ce camp ou ma silhouette finira par être reconnue. Les élancements dans mon bras augmentent au fur et à mesure que je marche. Favoriser la circulation sanguine n'est pas la meilleure solution pour diminuer la douleur. J'ai perdu beaucoup de sang, la tête me tourne.

— Hé ! Vous, le chirurgien...

Un soldat gradé s'approche de moi. Il a l'air sûr de son coup. Je ne vais quand même pas échouer si près du but.

— Où comptez-vous aller ? Les consignes de sécurité s'appliquent aussi au personnel médical. Interdiction de sortir du camp !

Il me dévisage avec méfiance, le regard braqué sur mon bras qui pend contre mon flanc.

— Je suis le capitaine Storne, troisième brigade de Cleaners. À qui ai-je l'honneur ?

Le ton sarcastique ne m'échappe pas. Je voudrais sourire pour essayer de désamorcer, mais j'ai trop mal.

— Docteur Hartman. Je profite d'une pause pour aller me dégourdir les jambes. J'ai aussi des raideurs dans les membres supérieurs. Quelle malchance que la température diurne soit insupportable !

Il me fixe sans broncher, interloqué devant ma personne. Il va comprendre, deviner mon usurpation identité.

— Qu'avez-vous fait de votre plaque, docteur ? Un militaire ne doit jamais s'en séparer.

Je n'ai pas pensé à ce détail pourtant évident. Mon évasion ressemble de plus en plus à une débâcle. Je me prépare à détaler en courant vers le paysage obscur, quand une explosion retentit à l'autre extrémité du campement. Aussitôt, l'officier me gratifie d'un salut militaire, et après avoir effectué un demi-tour réglementaire, s'empresse vers la direction d'où provient le grabuge. Paradoxalement, je respire un peu mieux, juste assez pour me mordre les lèvres. La mutilation que je me suis volontairement imposée me fait affreusement souffrir. Mon membre amputé se venge et me rappelle que j'ai agi sous l'emprise de la folie. Je m'éloigne de ce lieu maudit pour m'enfoncer dans un désert pierreux, à la recherche d'une cache.

— Nous sommes attaqués, hurle un sergent en joignant le geste à la parole. En formation de combat, bande de vermines !

Le contingent de Cleaners chargé de la défense de l'avant-poste forme une ligne continue, ses armes pointées vers l'origine des tirs d'explosifs. Lorsqu'une vingtaine d'hommes et de femmes émergent de la fumée produite par l'explosion, le sergent se demande s'il ne rêve pas : ces pouilleux sont plus fous que téméraires.

— Feu à volonté ! ordonne-t-il pour ne plus avoir à se poser de questions.

À la surprise des tireurs, les impacts ricochent sur une enveloppe protectrice, invisible à l'œil nu. Le sergent ordonne d'employer les grands moyens. Un canon à ondes asynchrones atteint plusieurs fois sa cible sans que les assaillants ne paraissent incommodés. Avant que ses hommes n'aient le temps de recharger, une vague d'énergie se propage dans leur direction.

— Oh, non !

Ce seront les derniers mots du sous-officier avant la déflagration.

Autour de Maria, le groupe n'en croit pas ses yeux. Une partie des soldats a préféré rester ligotée à côté de son chef mort, Travis, sous la surveillance de Byrne à peine remis de sa guérison miraculeuse.

— Maria, c'est de la folie, s'insurge le lieutenant Cooper. Nous n'allons quand même pas détruire tout un escadron militaire.

— Si c'est le prix à payer pour rejoindre Sam, alors je n'hésiterai pas.

Installé aux premières loges dans les bras de sa mère, Éolias semble apprécier le spectacle, le regard brillant d'une lueur malicieuse. Bosco et Dan n'osent contredire la mère de l'Élu de droit divin. Qu'ils éliminent des adversaires impitoyables ne les gêne pas. En revanche, comment épargner son mari, ils ne sauraient le dire.

— Ne vous inquiétez pas, vaillants soldats de la Garde prétorienne. Bientôt, vous pourrez mettre à l'épreuve votre loyauté. En attendant, mon fils m'a confirmé que son père s'est libéré de ses liens... Il aura besoin de nous. Dépêchons-nous de le retrouver.

Les trois hommes haussent les épaules, tandis que la communauté des femmes se remet en marche d'un pas décidé. « Nous nageons en pleine folie ! », soupire Cooper. Jamais aucune attaque n'a été menée de telle façon ! Dan est horrifié par la stratégie suicidaire de la jeune femme, espérant vraiment que ses pouvoirs suffiront à repousser une force armée. Seul Bosco sourit à pleines dents, persuadé que ces Cleaners vont payer pour tous les autres qui n'ont eu de cesse de les traquer pour les éliminer comme de vulgaires cafards.

Une force est en marche qui bousculera l'ordre établi. Plus rien ne sera comme avant. Dans ses réflexions aux accents juvéniles, il sait qu'un autre temps arrive, une époque nouvelle qui bouleversera les schémas établis. Pour rien au monde il ne raterait cette occasion unique, lui que la vie n'a pas épargné, pauvre renégat parmi tant d'autres relégué au fin fond de ces bidonvilles crasseux !

Lorsqu'un comité inhabituel se présente en face des troupes aguerries et en ordre de bataille, le capitaine Storne, qui a hérité du commandement, a la conviction d'une victoire facile. Il n'imagine pas un instant la déferlante à laquelle il va être confronté, au risque de sacrifier toutes ses troupes.

39.

J'avance comme un somnambule dans la steppe aride. Je me force à poser un pied après l'autre, feignant d'ignorer la douleur lancinante qui comprime mon bras droit. Seules les lueurs lointaines d'explosions et les tirs d'armes à feu en provenance du campement troublent ma progression poussive. L'obscurité augmente la sensation d'étouffement, celle d'un piège qui se referme inexorablement. Je ne m'illusionne pas d'une liberté chèrement acquise. Bien que débarrassé de mes entraves, j'emporte avec moi mes propres chaînes, un fardeau que rien ne soulagera. Isolé dans cet espace inconnu, la blessure que je me suis infligée s'est rouverte, augurant d'une situation guère plus enviable que ma récente captivité.

Épuisé, je m'affale par terre, incapable de poursuivre sans m'accorder une pause. Je n'ose regarder l'état de mon membre amputé. Quel orgueil de penser qu'en me mutilant, je gagnerais la paix intérieure ! Un spasme insoutenable remonte jusqu'à mon épaule, au point de presque m'évanouir. Si au moins, l'idée d'emporter une boîte ou deux d'analgésiques m'était venue avant de sortir de cette tente...

Mes yeux s'habituent à la pénombre, mais malheureusement, je n'aperçois aucun abri provisoire. Je scrute les alentours avec la certitude d'être observé par des bêtes sauvages. Le sang frais agit toujours comme un puissant aimant sur l'odorat des charognards. Si, par hasard, une bande de chacals passe dans le coin, je leur servirai de plat de résistance. Le cri d'une chouette résonne, visiblement agacée par ma présence sur son territoire qu'elle survole. Décidément, même en approchant de la fin, je serai toujours un intrus, un étranger en ce monde. Malgré les révélations liées à ma naissance et les soins particuliers dont j'aurai bénéficié, je me sens oublié, abandonné entre deux chapitres d'un roman. Je n'ose pas ausculter ma plaie, de peur de découvrir la gangrène. Super idée de m'échapper, vraiment ! J'ai juste omis un détail pathétique : le désert qui m'entoure est un gardien intraitable. Lorsque le soleil me gratifiera de ses rayons vicieux, je me racornirai comme l'écorce de la Terre sur laquelle l'humanité a élu domicile.

Un vacarme en provenance du camp, pareil à une secousse sismique, me fait sursauter alors que je m'assoupissais. L'occasion d'apercevoir des nouveaux compagnons : une meute de loups qui m'encercle consciencieusement. Montrant les dents, la crinière hérissée, le mâle alpha s'avance en éclaireur. Ses crocs démesurés m'incitent à me relever tant bien que mal, criant et gesticulant pour chasser les prédateurs. Ils s'éloignent tranquillement, puis reviennent, certains qu'une proie affaiblie ne pourra leur échapper. Ce manège ne durera pas longtemps, car les carnivores se rapprochent un peu plus à chaque fois, malgré mes gestes vains pour les éloigner.

— Allez-vous-en, fichues bestioles ! Je n'ai pas affronté toutes ces épreuves pour finir dans l'estomac d'un canidé !

Le mâle alpha me répond par un sourd grondement et je comprends que la meute va passer à l'attaque. Je tombe à genoux, les yeux fermés, en emportant le visage de Maria, ma tendre épouse qui accouchera d'un enfant que je ne connaîtrai jamais. Je sens déjà l'excitation des loups qui savourent d'avance leur festin. À présent, je ne regrette pas de finir dévoré par ces animaux affamés : tout plutôt qu'être autopsié par des savants ivres de folie, une démence qu'ils osent appeler sagesse. Je joindrais volontiers les mains pour prier, s'il ne m'en manquait une !

Svorax Svergenson maudit la malchance qui l'a conduit en ce lieu. Certes, il a faussé compagnie à la bande de dégénérés avec lesquels il s'était acoquiné par obligation. Certes, en frottant ses liens sur le tranchant d'un rocher, il s'est libéré. Pour autant, perdu dans l'immensité nocturne de la plaine, il sait que ses chances de survie restent faibles. Lorsqu'il a grillé la politesse aux deux factions qui s'écharpaient, sa première intention a été de se glisser dans le campement des Cleaners, établi sous les vestiges d'un immense dôme. Profitant du remue-ménage, il aurait réussi à chaparder du matériel militaire, peut-être même un véhicule. Malheureusement, le lieutenant Cooper et ses acolytes ont rappliqué et il a été obligé d'abandonner son poste d'observation. En utilisant des ruses de Sioux, il s'est efforcé de contourner sa seule source de salut. Depuis, il erre en regrettant le jour où sa pauvre mère l'a mis au monde.

Le souffle de l'explosion projette Svorax sur le sol. D'instinct, il se roule en boule, la tête enfouie sous les bras. Une pluie de poussières et de gravats s'abat sur le colosse, au point de l'ensevelir. Quand il juge raisonnable de s'extraire de la couche tiède, il se palpe tout le corps : aucune blessure. D'après un rapide examen topographique, aucun volcan ne figure à proximité de la base des Cleaners. Il s'ébroue, tel un étalon, afin de se débarrasser de la fine pellicule dont il est recouvert. Les grains filent entre ses doigts. Leur texture lui paraît familière. Un doute l'effleure. Il tend la main vers le ciel constellé. Un rayon complice de lune lui fournit un peu de clarté. Les reflets lumineux ne trompent pas : c'est de la poudre de diamant. En tant qu'expert des trafics en tout genre, Svorax sait reconnaître la plus recherchée des pierres précieuses.

Des grognements rageurs interrompent ses réflexions. Non loin, il discerne une meute de loups en train de s'acharner sur une proie. Le parrain des

Infernus aurait volontiers laissé ces sales bêtes à leur gibier, mais un cri humain attire son attention. Son sang ne fait qu'un tour ! Il déteste ces carnivores qui ont attaqué sa mère, alors qu'adolescente, elle allait chercher de l'eau au puits.

Au pas de course, il fonce vers la curée, attrapant au passage une branche d'arbre que l'explosion a propulsé dans le périmètre. Fouettant l'air en hurlant comme un beau diable, Svorax Svergenson chasse les loups qui refusent d'affronter un nouvel adversaire. Essoufflé, mais vainqueur, le colosse s'agenouille auprès de la dépouille ensanglantée. Les terribles morsures infligées par les prédateurs qu'il découvre n'augurent rien de bon. Le jeune homme, du moins ce qu'il en reste, est dans un tel état que sa propre mère ne le reconnaîtrait pas. Des nombreuses plaies béantes s'échappe un sang bouillonnant. La poitrine de la victime se soulève sporadiquement. Svorax s'approche du torse sanguinolent pour entendre son cœur battre anarchiquement. Sa fréquence cardiaque ressemble à un prélude de Bach !

Un patron de la mafia tel que lui ne peut s'embarrasser d'un poids mort. Le laisser mourir serait le meilleur service à lui rendre. D'un autre côté, l'idée que la meute de loups revienne le bouffer encore vivant révulse Svorax. Après tout, perdu pour perdu, autant qu'ils soient deux. Au pire, il creusera une sépulture digne à cet homme, à l'abri des carnassiers. Sans prononcer la moindre parole, il s'accroupit et installe le mort-vivant sur son dos. Sa robuste constitution lui servira une fois de plus. Intrigué par l'attaque conséquente du camp des Cleaners, digne d'un cataclysme naturel, il fait demi-tour malgré le danger. Pourvu que les éventuels survivants ne les choisissent pas pour cible !

L'impression d'être ballotté, haché comme de la viande. La douleur à l'extrémité d'un bras amputé n'était rien en comparaison de ce que je ressens. Je flotte dans une mer de sang, brûlant comme en enfer. Mes globules blancs sont en effervescence, pirates à l'abordage du rivage de mon organisme. Je délire. C'est la fièvre. J'ai la sensation d'être plongé dans un bain en fusion. Les bruits, les odeurs n'ont plus la même saveur. J'hésite entre deux options : une facile, faite de repos éternel, et l'autre, complexe et vivifiante, âpre mais enrichissante. Les molécules de mon corps se recomposent, interprétant un ballet que je ne soupçonnais pas. Les atomes ricochent comme des balles de ping-pong, s'échangent, se régénèrent. L'écho d'une phrase prononcée par mon maudit grand-père se répercute des milliers de fois dans mon cerveau : « Tes capacités de guérison sont hors-normes. Tu es unique à cet égard. »

Les tressautements s'accentuent, preuve d'une accélération. Mon organisme livre-t-il un baroud d'honneur ? Un dernier combat contre l'anéantissement ? Pourtant, j'aperçois une étoile dans un ciel de suie, une étoile qui grossit sans cesse. L'astre fonce à toute vitesse vers notre planète : la collision est inévitable. Je sais que cela est irréel, que l'état comateux dans lequel je me morfonds n'autorise pas de tels exploits.

Après la chaleur insupportable et son cortège de douleurs, un froid glacial s'insinue progressivement dans toute ma chair bafouée. Les battements de mon cœur ralentissent, au point d'atteindre ceux d'un état d'hibernation. Bientôt, je ressemblerai à une marmotte, impatiente de l'arrivée du printemps qui la réveillera. Je ne veux plus ouvrir les yeux, la souffrance m'a convaincu de rendre les armes.

Un filet d'air pénètre dans mes voies respiratoires, imprégnant chaque atome d'oxygène d'une saveur incomparable. Le temps de l'orage viendra dans les paysages désertiques. La pluie nourricière inondera la terre de sa bienfaisance et mes semblables retrouveront le goût de vivre. La lumière s'éteint peu à peu. J'appelle au secours de toutes mes forces Maria et mon fils. La nuit éternelle menace de s'installer sur ce nouveau rivage. Fasse le ciel qu'une aube nouvelle m'accueille !

40.

Deux enfants s'amusent à courir autour de la fontaine au milieu du parc. Leurs rires résonnent parmi les chants des oiseaux qui nichent dans les branchages. Le sol, tapissé de feuilles multicolores, annonce la fin de l'automne. Assise sur un banc à quelques pas, une jeune femme en tenue stricte surveille les galopins, tout en potassant un manuel militaire. À bout de souffle, le garçon s'assoit sur la litière naturelle, tandis que la fillette se moque de lui :

— Éolias ! C'est pas parce que je viens d'avoir huit ans, un mois avant toi, qu'il faut t'arrêter.

Crépuscule lui jette une poignée de feuilles, à laquelle il réplique aussitôt par une giclée d'eau.

— Les enfants, vous savez pertinemment que c'est défendu !

Les garnements pouffent en silence à la mise en garde de l'aspirante Tomers, affectée à leur sécurité. Pour se calmer, ils contemplent l'eau vive qui éclabousse les pieds de la grande statue en diamant brut à l'effigie du jeune homme.

— Il est vraiment beau, comme ça, ton père.

— L'artiste a poussé le détail jusqu'à le représenter sans sa main droite.

Crépuscule caresse la joue de son meilleur ami, consciente du poids de sa destinée.

— Il est mort pour que renaisse une civilisation. Son sacrifice aura été l'acte fondateur d'un nouveau monde.

Au même moment, un robuste soldat sanglé dans un uniforme impeccable s'approche de la fontaine. Malgré ses cheveux blanchis, l'homme d'âge mûr porte beau. Son sourire enjôleur et sa barbe taillée avec soin ont de quoi faire craquer plus d'un cœur. À sa vue, l'aspirante se dresse comme un beau diable pour lui adresser un salut réglementaire.

— Repos, soldat. Repos. Alors les gamins, on ne dit plus bonjour ?

— Oncle Svergenson, quel plaisir de vous voir parmi nous !

Aussitôt, les deux enfants se lèvent et courent se jeter dans les bras du visiteur. Les effusions sont de courte durée, car bientôt, une sonnerie protocolaire annonce la venue d'une délégation. En tête de la colonne, Maria marche d'un pas alerte, suivie de près par les lieutenants de la Garde prétorienne, Dan et Bosco.

— Quel honneur d'être reçu en personne par la dirigeante de la ville d'Helendyl.

— Svorax, vous resterez toujours un vilain charmeur !

Malgré la vigilance des gardes, l'ancien maître des *Infernus* ne peut résister à l'envie de baiser la main que lui tend son hôtesse. Que le temps où il errait dans la nuit, les épaules voûtées sous le poids d'un fardeau humain, paraît loin !

— Vous appréciez la statue de mon défunt mari ? enchaîne Maria. Éolias a fourni le bloc de diamant nécessaire à la sculpture. Vous n'êtes pas sans savoir que mon fils a le pouvoir d'agir sur la matière. Son père lui a transmis dans ses gènes des facultés exceptionnelles. Sam avait des capacités uniques de guérison, mais elles n'ont pas suffi à le sauver des morsures d'une meute de loups.

— Si j'avais réussi à vous rejoindre plus rapidement, peut-être votre fils l'aurait arraché aux griffes de la mort, comme il l'a fait avec le sergent Byrne. Hélas, nous nous sommes retrouvés trop tard. Chaque jour, je regrette de ne pas être arrivé avant le décès de votre époux.

— Allons, Svorax, le temps n'est plus aux regrets. Huit saisons se sont écoulées depuis sa disparition tragique. En s'aidant des facultés uniques d'Éolias, nous avons rebâti un modèle de cité sur les décombres de l'ancienne. Rapidement, d'autres constructions ont vu le jour sur la planète et de nombreuses habitations d'un genre novateur ont champignonné, reliées les unes aux autres par un réseau souterrain. Respectueux de l'environnement, ces laboratoires de la biodiversité ont remodelé les paysages, protégés par des dômes révolutionnaires, encourageant la vie en symbiose entre les espèces sauvages et les humains. Les parents de Sam ont été des pionniers en ce sens, voilà pourquoi les prénoms d'Helen et de Dylan seront éternellement associés à sa création.

— Maria Stella, votre agenda est très chargé aujourd'hui. Des émissaires de plusieurs autres projets de cités sont venus quérir vos conseils.

Dan a toujours la gorge un peu nouée lorsqu'il prononce « Stella ». N'est-ce pas lui, jadis, qui a eu l'idée d'accoler un prénom dont la signification sied tellement à la mère des patries ? Ses tempes grisonnantes et ses rides marquées ne lui font pas oublier d'où il vient. Bosco s'impatiente : l'heure c'est l'heure, après tout.

— Quelles sont les nouvelles d'Alan et Aurore Cooper ? poursuit Maria en affichant un sourire en guise de justification à ses deux amis. Ils sont nos meilleurs ambassadeurs à travers le monde.

Crépuscule se serre davantage contre Svorax pour mieux écouter. Ses parents lui manquent. Depuis plusieurs semaines, ils sont partis en mission vers le sud, pour convaincre les dirigeants récalcitrants de mégapoles surpeuplées d'adhérer au projet de villes du futur.

— Ils vont bien ! les rassure le colosse. Leur voyage a été mouvementé, mais Alan ne renonce pas facilement... et sa digne épouse encore moins ! Bientôt, ils seront de retour parmi vous.

Maria soupire en se remémorant leurs aventures passées. Jadis, une estime proche de l'amour aurait pu les réunir. Mais la mort de Sam a définitivement scellé sa destinée, figeant dans l'histoire ses sentiments intimes. Depuis, la mère de l'Élu consacre sa vie à une œuvre inestimable : s'acharner à la renaissance de la Terre. Le développement progressif de zones vertes de plus en plus étendues, pour l'instant encore protégées par des dômes révolutionnaires, conduira à la régénération des poumons de la planète. Un nouvel équilibre s'instaure, freinant lentement le réchauffement climatique, stabilisant les conditions météorologiques, fournissant à la Terre une bouffée d'oxygène.

— Nous sommes vraiment très en retard, bougonne Bosco, qui ne tient décidément plus en place.

Saluant Svorax Svergenson, toute la délégation, à laquelle se joignent les enfants et leur garde du corps, fait demi-tour en direction du bâtiment suspendu qui fait office de lieu de réception. En guise d'au revoir, les deux enfants singent des mimiques comiques.

— Je compte sur vous pour le dîner ce soir ! s'exclame Maria. Vous me raconterez en détail tous vos périlleux voyages.

L'intéressé salue d'un geste fraternel la dirigeante éclairée. N'a-t-il pas abandonné son existence mafieuse pour se rallier à sa juste cause ? Avec une vive émotion, il se souvient de son retour à la cité dévastée. Jamais il n'avait assisté à pareil spectacle de désolation. Un souffle brûlant, à des températures extrêmes, avait balayé tout le campement, figeant les êtres et les matériaux sous une fine pellicule de diamants. Dan avait évoqué l'analogie avec l'éruption du Vésuve qui avait emprisonné sous les cendres les habitants de la ville romaine de Pompéi. De cette dévastation est né le projet de restauration, puis d'amélioration et enfin de généralisation.

À présent, Svorax respire l'air qui embaume et écoute le refrain de la fontaine. Plusieurs jardiniers s'affairent à l'entretien du parc. Parmi eux, un vieillard dont le visage a quelque chose de familier. Baste ! La nostalgie n'est pas son point fort. Il préfère l'action et les résultats concrets. Effrayé par cet instant de faiblesse, le trafiquant converti à la croissance verte s'éclipse prestement.

Le vieil homme en train de tailler la haie observe attentivement la silhouette qui disparaît au loin, comme si son regard était encore capable de transpercer le dos du visiteur. Il pose l'outil de jardinage sur le sol pour s'accorder une pause. Une grimace de dégoût enlaidit son teint hâlé. Les années l'ont rattrapé et le temps a prélevé au centuple son dû. Il regrette presque d'avoir échappé au carnage ce jour-là, au même endroit, mais à une époque révolue. S'il ne s'était pas lancé à la poursuite de son petit-fils, ce monstre d'ingratitude, le fil de sa vie se serait rompu. Il lui a fallu longtemps pour revenir en ce lieu maudit où toutes ses espérances ont pris fin. Son vieillissement accéléré, conséquence de l'arrêt de son traitement, l'a conduit à un état de décrépitude avancée. Pourtant, la rage chevillée au corps, il attend le moment de la revanche.

Bientôt, cette femme et son enfant qui ont détruit ses rêves de grandeur paieront. Il supprimera les promoteurs d'une nouvelle civilisation, appelant de toute sa haine au développement d'un monde industrialisé. Pourvu que le dieu de la vengeance lui accorde la santé pour accomplir son œuvre de délivrance !

REMERCIEMENTS

Comme à chaque nouveau roman en cours d'écriture, les lecteurs, bêta-lecteurs, chroniqueurs, correcteurs, internautes, curieux de la Toile... ont un rôle fondamental à jouer, pour espérer que le manuscrit soit le plus parfait possible.

Je voudrais remercier Alexandra et Sandra, toutes deux patientes et impitoyables traqueuses des moindres erreurs, oublis, lapsus, fautes d'orthographe, errances grammaticales, phrases trop compliquées, de mon écriture. Collaborer avec elles a été un réel plaisir, un travail enrichissant et, surtout, un soutien moral indéfectible.

Enfin, je voudrais remercier Christophe Ribbe d'avoir accepté de réaliser la couverture. Merci pour son travail splendide.

.